Crônicas Cimérias

A ESPADA E O BÁRBARO
(1932 – 1933)

Robert E. Howard

Tradução: Maurício Muniz

ns

São Paulo, 2022

Conan, The Cimmerian Barbarian: The Complete Weird Tales
Crônicas Cimérias: A Espada e o Bárbaro
Copyright © 2022 by Novo Século Editora Ltda.
Traduzido a partir do original disponível no Project Gutenberg.

EDITOR: Luiz Vasconcelos
COORDENAÇÃO EDITORIAL E TRADUÇÃO: Maurício Muniz
PROJETO GRÁFICO E DIAGRAMAÇÃO: Will
REVISÃO: Marcelo Cassiano
ILUSTRAÇÕES: Diego Miranda
CAPA: Caio Cacau

Dedicado à memória de Darcio Sapupo

Texto de acordo com as normas do Novo Acordo Ortográfico da Língua Portuguesa (1990), em vigor desde 1o de janeiro de 2009.

Dados Internacionais de Catalogação na Publicação (CIP)
Angélica Ilacqua CRB-8/7057

Howard, Robert E
  Crônicas Cimérias : a espada e o bárbaro : 1932-1933 / Robert E. Howard. -- Barueri, SP : Novo Século Editora, 2022
  224 p. : il. (Coleção Crônicas Cimérias)

ISBN 978-65-5561-362-9
Título original: Conan, The Cimmerian Barbarian: The Complete Weird Tales

1. Ficção norte-americana I. Título II. Série

22-1526   CDD 823

Índices para catálogo sistemático:
1. Ficção norte-americana

Alameda Araguaia, 2190 – Bloco A – 11o andar – Conjunto 1111
CEP 06455-000 – Alphaville Industrial, Barueri – SP – Brasil
Tel.: (11) 3699-7107 | Fax: (11) 3699-7323
www.gruponovoseculo.com.br | atendimento@gruponovoseculo.com.br

SUMÁRIO

A FÊNIX NA ESPADA 5

A CIDADELA ESCARLATE 33

A TORRE DO ELEFANTE 75

O COLOSSO NEGRO 101

A SOMBRA RASTEJANTE 141

O POÇO MALDITO 177

ARTIGO ESPECIAL: HERÓI DE PAPEL 207

Esta edição traz os seis primeiros contos do personagem Conan, o Bárbaro, de Robert E. Howard, apresentados em sua ordem de publicação original na revista WEIRD TALES entre 1932 e 1933, com a intenção de proporcionar ao público atual a mesma experiência vivida pelos leitores que descobriram o herói à época e o transformaram em um grande sucesso.

Ao final desta edição, o leitor encontrará um artigo especial sobra a criação de Conan na literatura e sua passagem pelos quadrinhos. Se o leitor preferir, o artigo pode ser lido antes dos contos, pois não "entrega" surpresas e reviravoltas de suas tramas.

A FÊNIX NA ESPADA
(The Phoenix on the Sword)

Publicada originalmente em dezembro de 1932 na revista Weird Tales

1

"Saiba, ó príncipe, que entre os anos em que os oceanos engoliram a Atlântida e as cidades reluzentes, e os anos da ascensão dos Filhos de Aryas, existiu uma era jamais sonhada, em que reinos brilhantes se espalharam pelo mundo como mantos azuis sob as estrelas: Nemédia, Ophir, Britúnia, Hiperbórea e Zamora, com suas mulheres de cabelos escuros e torres misteriosas assombradas e cheias de aranhas; Zingara com seus cavaleiros andantes; Koth, que fazia fronteira com as terras pastorais de Shem; Estígia, com seus túmulos protegidos por sombras, Hirkânia, cujos cavaleiros vestiam aço, seda e ouro. Mas o reino mais orgulhoso do mundo era a Aquilônia, que reinava suprema no fantástico ocidente. Para lá se dirigiu Conan, o cimério, de cabelos escuros, olhos taciturnos, espada na mão, ladrão, saqueador, assassino, dono de gigantesca melancolia e de gigantesco júbilo, para percorrer os reinos repletos de tesouros ao redor do mundo com seus pés calçados em sandálias."

– AS CRÔNICAS NEMÉDIAS

SOBRE PINÁCULOS SOMBRIOS e torres cintilantes se estendem a escuridão e o silêncio fantasmagóricos que surgem antes do amanhecer. Em um beco escuro, um dentre muitos de um verdadeiro labirinto de misteriosos caminhos sinuosos, quatro figuras mascaradas saíram apressadas de uma porta que uma mão morena abrira furtivamente. Em silêncio, as figuras se misturaram rapidamente à escuridão, mantos firmemente envoltos ao redor delas; tão silenciosamente quanto os fantasmas de homens assassinados, elas desapareceram na escuridão. Atrás delas, um semblante sarcástico ficou emoldurado na porta parcialmente aberta; um par de olhos malignos brilhou maliciosamente na escuridão.

– Ganhem a escuridão, criaturas da noite – uma voz zombou. – Oh, tolos, a sua destruição persegue seus calcanhares como um cão cego e vocês de nada suspeitam.

O homem fechou a porta e trancou-a, depois se virou e seguiu pelo corredor, segurando uma vela. Ele era um gigante sinistro, cuja pele escura revelava seu sangue estígio. Ele adentrou uma câmara interna, onde um homem alto e magro, vestido em veludo roto, repousava como um grande gato preguiçoso em um divã de seda, bebericando vinho em uma enorme taça dourada.

— Bem, Ascalante — disse o estígio, pousando a vela. — Os tolos correram para a rua como ratos correndo de suas tocas. Você trabalha com ferramentas estranhas.

— Ferramentas? — respondeu Ascalante. — Ora, eles é que me consideram uma ferramenta deles. Há meses, desde que esses quatro rebeldes me convocaram do deserto ao sul, tenho vivido no próprio coração dos meus inimigos, me escondendo durante o dia nesta casa obscura, me esgueirando por becos escuros e corredores ainda mais escuros à noite. E já consegui o que aqueles nobres rebeldes não conseguiram. Trabalhando por meio deles, e por meio de outros agentes, muitos dos quais nunca viram meu rosto, eu semeei discórdia e inquietação pelo império. Em suma, trabalhando nas sombras, eu pavimentei a queda do rei que se senta glorioso no trono. Por Mitra, eu era um estadista antes de ser um fora da lei.

— E quanto a esses tolos que se consideram seus mestres?

— Eles continuarão a crer que eu os sirvo, até que nossa tarefa atual seja concluída. Eles acham que podem competir em inteligência com Ascalante? Volmana, o conde anão de Karaban; Gromel, o comandante gigante da Legião Negra; Dion, o barão gordo de Attalus; Rinaldo, o menestrel abobalhado. Eu sou a forja que moldou o aço em cada um deles, mas vou esmagá-los como argila quando chegar a hora. Mas isso ficará para o futuro; esta noite, o rei morrerá.

— Dias atrás, vi os esquadrões imperiais cavalgando para fora da cidade — disse o estígio. — Eles cavalgaram até a fronteira que os pagãos vêm atacando... graças às bebidas alcoólicas que contrabandeei através das fronteiras para enlouquecê-los. A grande fortuna de Dion tornou isso possível. E Volmana tornou possível se livrar do resto das tropas imperiais que permaneceu na cidade. Por meio de seus parentes principescos na Nemédia, foi fácil persuadir o rei Numa a solicitar a presença do conde Trocero de Poitain, magistrado da Aquilônia; e, claro, para homenageá-lo, ele estará acompanhado por uma escolta imperial, bem como por suas próprias tropas, e também por Próspero, o braço direito do rei Conan. Isso deixou na cidade apenas o guarda-costas pessoal do rei, além da Legião Negra. Por meio de Gromel, corrompi um oficial endividado dessa guarda e o subornei para afastar seus homens da porta do rei à meia-noite. E então, com dezesseis de meus temerários asseclas, entraremos no palácio por um túnel secreto. Depois que a ação estiver terminada, mesmo que o povo não nos aceite de bom grado, a Legião Negra de Gromel será suficiente para controlar a cidade e a coroa.

– E Dion acredita que essa coroa será dada a ele?

- Sim. O gordo idiota diz ter direito a ela por possuir um traço de sangue real. Conan comete um grande erro ao deixar vivos homens que ainda se gabam de serem descendentes da velha dinastia, a mesma da qual ele roubou a coroa da Aquilônia. Volmana deseja ser reintegrado à realeza como era no antigo regime, para que possa retornar suas propriedades miseráveis à grandeza do passado. Gromel odeia Pallantides, comandante dos Dragões Negros, e deseja o comando de todo o exército, com sua teimosia natural de bossoniano. Diferente de todos nós, Rinaldo é o único que não tem ambições pessoais. Ele vê Conan como um bárbaro desprezível e violento que veio das terras do norte para saquear um reino civilizado. Ele tem uma visão idealizada do rei que Conan matou para conquistar a coroa, lembrando apenas que aquele soberano ocasionalmente até patrocinava as artes, mas esquecendo os males de seu reinado, e está fazendo o povo esquecer deles também. Já cantam abertamente *O Lamento pelo Rei*, em que Rinaldo glorifica o santificado vilão e denuncia Conan como "aquele selvagem de coração negro saído dos infernos". Conan ri ao ouvir, mas o povo rosna de raiva.

– E por que ele odeia Conan?

– Os poetas sempre odeiam quem está no poder. Para eles, a perfeição está sempre logo atrás da esquina anterior, ou depois da próxima. Eles escapam do presente em sonhos sobre o passado e o futuro. Rinaldo é uma tocha flamejante de idealismo, revoltando-se, ele imagina, para derrubar um tirano e libertar o povo. Quanto a mim... bem, alguns meses atrás eu tinha perdido toda a minha ambição, exceto a de assaltar caravanas pelo resto da minha vida; mas agora velhos sonhos se agitam. Conan irá morrer; Dion vai subir ao trono. Depois, ele também morrerá. Um por um, todos os que se opõem a mim morrerão... pelo fogo, pelo aço ou por aqueles vinhos mortais que você sabe tão bem como fermentar. Ascalante, rei da Aquilônia! Como isso soa a você?

O estígio deu de ombros.

– Houve um tempo – disse ele com amargura evidente – em que eu também tive ambições que fariam as suas parecerem tolas e infantis. A que ponto eu desci! Meus antigos companheiros e rivais ficariam espantados se pudessem ver Thoth-amon, dono do anel, servindo como escravo de um estrangeiro, um fora da lei; e ajudando nas ambições mesquinhas de barões e reis!

– Você botou sua confiança em magia e truques – respondeu Ascalante de modo descuidado. – Eu confio na minha inteligência e na minha espada.

– Inteligência e espadas são como palha contra a sabedoria das trevas – rosnou o estígio, seus olhos escuros brilhando com luzes e sombras ameaçadoras. – Se eu não tivesse perdido o anel, nossas posições poderiam estar invertidas.

– De qualquer modo – respondeu o fora da lei com impaciência –, você já sentiu meu chicote nas costas e provavelmente continuará a senti-lo.

– Não tenha tanta certeza! – o ódio demoníaco do estígio brilhou por um instante em seus olhos vermelhos. – Algum dia, de alguma forma, encontrarei o anel novamente, e quando o fizer, pelas presas de serpente de Set, você irá pagar caro...

O temperamental aquiloniano levantou-se e deu-lhe um soco poderoso na boca. Thoth cambaleou para trás com sangue escorrendo dos lábios.

– Você é ousado demais, cão – rosnou o fora da lei. – Tome cuidado; eu ainda sou seu mestre e conheço seu segredo. Suba aos telhados e grite que Ascalante está na cidade conspirando contra o rei. Quero ver se você se atreve.

– Não me atrevo – murmurou o estígio, limpando o sangue dos lábios.

– Não, você não se atreve – Ascalante deu um sorriso lúgubre. – Pois se eu morrer por ardil ou traição da sua parte, um sacerdote eremita no deserto ao sul saberá e quebrará o selo de um manuscrito que deixei aos cuidados dele. E, após sua leitura, uma palavra será sussurrada na Estígia e um vento soprará do sul à meia-noite. E onde você poderá esconder sua cabeça, Thoth-amon?

O escravo estremeceu e seu rosto escuro ficou pálido.

– Já chega! – Ascalante mudou seu tom imperioso. – Eu tenho trabalho para você. Não confio em Dion. Pedi a ele que cavalgasse até sua propriedade no campo e permanecesse lá até o trabalho desta noite terminar. O gordo idiota não conseguiria esconder seu nervosismo diante do rei durante o dia. Vá atrás dele e, se não o ultrapassar na estrada, prossiga até a propriedade e permaneça com ele até que mandemos buscá-lo. Não o perca de vista. Ele está confuso, assustado e pode tentar fugir... pode até correr para Conan em pânico e revelar todo o complô, esperando assim salvar a própria pele. Vá!

O escravo curvou-se, escondendo o ódio em seus olhos, e fez o que foi ordenado. Ascalante voltou-se para o vinho. Sobre os pináculos reluzentes, um amanhecer tão vermelho quanto o sangue começava a se anunciar.

11

Quando eu era um soldado, tambores em minha honra eles tocavam;
Até mesmo ouro em pó, sob as patas de meu cavalo, todos lançavam;
Mas, agora que sou um grande rei, todos me olham apenas com desdém;
Veneno em meu vinho ou adaga em minhas costas é o que lhes convém.
– A ESTRADA DOS REIS

A SALA ERA GRANDE E ORNAMENTADA, com ricas tapeçarias nas paredes de painéis polidos, tapetes felpudos no chão de marfim e o teto alto adornado com entalhes intrincados e arabescos de prata. Atrás de uma escrivaninha com incrustações de ouro e marfim sentava-se um homem cujos ombros largos e pele bronzeada pareciam deslocados naquele ambiente luxuoso. Parecia que ele estaria mais à vontade ao sol, açoitado por ventos e em montanhas das terras distantes. Seu menor movimento indicava músculos de aço unidos a um cérebro aguçado e a coordenação de um guerreiro nato. Não havia nada deliberado ou pomposo em suas ações. Ou ele estava perfeitamente em repouso, imóvel como uma estátua de bronze, ou então ele estava em movimento, não com a rapidez agitada de nervos excessivamente tensos, mas com uma velocidade felina capaz de turvar a visão de quem tentasse segui-lo.

Suas vestes eram de um tecido rico, mas de confecção simples. Ele não usava anéis ou adereços, e sua cabeleira negra de corte reto era contida apenas por uma faixa de tecido prateado em volta de sua cabeça.

Ele pousou a pena dourada com a qual vinha rabiscando laboriosamente em papiro encerado, apoiou o queixo no punho e fixou os olhos azuis, ardentes de inveja, no homem que estava diante dele. Aquela pessoa estava ocupada com seus próprios assuntos no momento, pois estava ajustando os cordões de sua armadura dourada e assobiando distraidamente. Uma performance pouco convencional, considerando que estava na presença de um rei.

– Próspero – disse o homem à mesa –, essas questões de política me cansam de um modo que nem todas as lutas de que já participei o fizeram.

– É tudo parte do jogo, Conan – respondeu o poitaniano de olhos escuros. – Você é rei… precisa desempenhar o seu papel.

– Eu gostaria de poder cavalgar com você até a Nemédia – disse Conan com inveja. – Parece que há séculos não tenho um cavalo entre os joelhos. Mas Publius diz que os problemas da cidade exigem minha presença. Maldito seja!

Ele continuou, falando com a familiaridade fácil que existia apenas entre o poitaniano e ele:

– Derrubar a velha dinastia foi bastante fácil, embora tenha parecido muito difícil à época. Olhando para trás agora, para o caminho selvagem que percorri, todos aqueles dias de labuta, intriga, massacre e adversidades parecem um sonho. Mas meus sonhos não me mostraram suficientemente o futuro, Próspero. Quando o rei Numedides caiu morto a meus pés e eu arranquei a coroa de sua cabeça ensanguentada e a coloquei na minha, eu havia alcançado o limite máximo dos meus sonhos. Eu tinha me preparado para tomar a coroa, não para mantê-la. Nos velhos tempos, tudo que eu queria era uma espada afiada e caminho livre até meus inimigos. Agora nenhum caminho é livre e minha espada é inútil.

Ele continuou:

– Quando eu derrubei Numedides, me chamaram de libertador... agora eles cospem na minha sombra. Eles colocaram uma estátua daquele porco no templo de Mitra e as pessoas vão chorar diante dela, saudando-a como a representação sagrada de um santo monarca que foi morto por um bárbaro violento. Quando conduzi os exércitos de Aquilônia à vitória como mercenário, ninguém se importou que eu fosse um estrangeiro, mas agora não podem me perdoar. Agora, no templo de Mitra, todos vão queimar incenso à memória de Numedides, mesmo homens que seus carrascos mutilaram e cegaram, homens cujos filhos morreram em suas masmorras, cujas esposas e filhas foram arrastadas para seu harém. Que idiotas mal-agradecidos!

– Rinaldo é o grande responsável – respondeu Próspero, fazendo mais um entalhe no cinto de sua espada. – Ele entoa canções que enraivecem os homens. Pendure-o na torre mais alta da cidade, usando seu traje de bobo da corte. Deixe-o criar rimas para os abutres.

Conan balançou a cabeça de leão.

– Não, Próspero, ele está fora do meu alcance. Um grande poeta é maior que qualquer rei. Suas canções são mais poderosas que meu cetro; pois ele quase arrancou o coração de meu peito quando decidiu cantar para mim. Eu morrerei e serei esquecido, mas as canções de Rinaldo viverão para sempre.

O rei continuou a falar, um olhar sombrio de dúvida marcando seus olhos:

– Não, Próspero, há algo escondido, uma movimentação oculta da qual não temos conhecimento. Eu a sinto, como na minha juventude sentia o tigre escondido na grama alta. Há uma inquietação sem nome por todo o reino. Eu sou como um caçador que se agacha próximo à sua pequena fogueira no meio da floresta e ouve passos furtivos na escuridão, quase vendo o fulgor de olhos ardentes. Se ao menos eu pudesse enfrentar algo tangível, capaz de ser cortado com minha espada! Eu afirmo, não é por acaso que os pictos ultimamente têm atacado tão ferozmente as fronteiras, de modo que os bossonianos foram obrigados a pedir nossa ajuda para derrotá-los. Eu deveria ter cavalgado para lá com nossas tropas.

– Publius temia um complô para fazer você cair numa armadilha e matá-lo além da fronteira – respondeu Próspero, alisando sua túnica de seda sobre sua cota de malha brilhante e admirando sua figura alta e esguia em um espelho prateado. – É por isso que ele implorou que você permanecesse na cidade. Essas dúvidas advêm dos seus instintos bárbaros. O povo que rosne! Os mercenários estão do nosso lado! Os Dragões Negros também. E todos os patifes em Poitain adoram você. O único perigo que você correria é o de assassinato, e isso é impossível com guardas da tropa imperial protegendo você dia e noite. E o que está desenhando aí?

– Um mapa – Conan respondeu com orgulho. – Os mapas da corte mostram bem os países do sul, leste e oeste, mas sobre o norte eles são vagos e cheios de erros. Estou eu mesmo adicionando as terras do norte. Aqui fica a Ciméria, onde nasci. E aqui…

– Asgard e Vanaheim – Próspero examinou o mapa. – Por Mitra, quase acreditei que esses países eram saídos de contos de fadas.

Conan sorriu ferozmente, tocando involuntariamente as cicatrizes em seu rosto moreno.

– Teria opinião diferente se tivesse passado sua juventude nas fronteiras do norte da Ciméria! Asgard fica ao norte e Vanaheim ao noroeste da Ciméria, e há uma guerra contínua ao longo das fronteiras.

– Que tipo de gente é esse povo do norte? – perguntou Próspero.

– Altos, loiros e de olhos azuis. Seu deus é Ymir, o gigante do gelo, e cada tribo tem seu próprio rei. Eles são rebeldes e perigosos. Lutam o dia todo, bebem cerveja e rugem suas canções selvagens a noite toda.

– Então acho que você é como eles – riu Próspero. – Você ri alto, bebe demais e entoa boas canções; embora eu nunca tenha conhecido outro cimério que eu possa dizer que bebe apenas água, que ri baixo ou que cante apenas músicas tristes.

– Talvez seja a terra em que vivem – respondeu o rei. – Uma terra mais triste que aquela nunca existiu. Todas as colinas têm árvores tenebrosas, um céu quase sempre cinza, com ventos soprando assustadoramente nos vales.

– Não é de se admirar que os homens cresçam mal-humorados por lá – disse Próspero dando de ombros, pensando nas planícies ensolaradas e nos rios azuis e preguiçosos de Poitainia, a província mais ao sul da Aquilônia.

– Eles não têm esperança na vida ou no pós-vida – respondeu Conan. – Seus deuses são Crom e sua raça sinistra, reinando em um lugar sem sol e de névoa eterna, que é o mundo dos mortos. Por Mitra! As crenças dos Aesir eram mais do meu agrado.

– Bem – sorriu Próspero –, as colinas escuras da Ciméria ficaram muito atrás de você. E agora vou embora. Vou beber uma taça de vinho branco nemediano à sua saúde na corte de Numa.

– Ótimo – grunhiu o rei –, mas beije as dançarinas de Numa apenas à sua própria saúde, para não trazer complicações ao trono!

Sua rica gargalhada acompanhou Próspero enquanto este saía da câmara.

III

Sob as enormes pirâmides, o grande Set jaz adormecido;
Entre as sombras das tumbas, seu povo nefasto permanece escondido.
Entoo um pedido saído dos abismos nos quais o sol é barrado:
Envie um servo para atender meu ódio, ó ser brilhante e escamado.

O SOL SE PUNHA, transformando brevemente o verde e o azul nebuloso da floresta em um belo dourado. Os raios minguantes cintilaram na grossa corrente dourada que Díon de Attalus torcia continuamente em sua mão rechonchuda, enquanto se sentava em meio à profusão de flores e árvores em seu jardim. Ele ajeitou seu corpo gordo no assento de mármore e olhou furtivamente ao redor, como se estivesse em busca de um inimigo à espreita. Ele estava sentado no meio de uma formação circular de árvores delgadas, cujos galhos entrelaçados lançavam uma sombra espessa sobre ele. Perto dali, uma fonte prateada tilintava, e outras fontes mais distantes em várias partes do grande jardim sussurravam uma sinfonia eterna.

Dion estava sozinho, exceto pela grande figura sombria que repousava em um banco de mármore próximo, observando o barão com olhos profundos e sérios. Dion dava pouca atenção a Thoth-amon. Ele sabia vagamente que era um escravo em quem Ascalante depositava muita confiança mas, como tantos homens ricos, Dion mal notava a existência de alguém abaixo de sua própria posição social.

– Não precisa ficar tão nervoso – disse Thoth. – O plano é à prova de falhas.

– Ascalante pode cometer erros tanto quanto qualquer outro – retrucou Dion, suando com a mera ideia de um fracasso.

– Não ele – sorriu o estígio malignamente –, senão eu não seria escravo dele, mas seu mestre.

– Que tipo de conversa é essa? – comentou Dion, mal-humorado, com apenas metade de sua atenção na conversa.

Os olhos de Thoth-amon se estreitaram. Apesar de todo o seu rígido autocontrole, ele estava quase explodindo de vergonha, ódio e fúria há muito reprimidos, pronto para correr qualquer tipo de risco desesperado. O que ele não levava em conta era o fato de que Dion não o via como um ser humano com cérebro e sagacidade, mas simplesmente como um escravo e, como tal, uma criatura a ser desprezada.

– Ouça-me – disse Thoth. – Você se tornará rei. Mas pouco conhece a mente de Ascalante. Não pode confiar nele quando Conan estiver morto. Eu posso ajudar você. Se me proteger quando chegar ao poder, eu o ajudarei. Ouça, meu senhor. Eu fui um grande feiticeiro quando habitava o sul. Os homens falavam de Thoth-Amon como falavam de Rammon. O rei Ctesphon da Estígia me encheu de honrarias, expulsando seus magos das posições de poder para me exaltar acima deles. Eles me odiavam, mas me temiam, pois eu controlava seres do além que atendiam ao meu chamado e obedeciam às minhas ordens. Por Set, meus inimigos não sabiam quando poderiam acordar à meia-noite e sentir os dedos em garras de um horror desconhecido presos à sua garganta! Eu realizei magias negras e terríveis com o Anel de Serpente de Set, que encontrei certa noite, em uma tumba a uma légua abaixo da terra, esquecido desde antes que o primeiro homem rastejasse para fora do mar viscoso.

Após uma pausa, Thoth-amon continuou sua narrativa:

– Mas um ladrão roubou o anel e meu poder foi quebrado. Os magos se rebelaram, tentaram me matar e eu fugi. Disfarçado como condutor de camelo, eu viajava em uma caravana na terra de Koth, quando os saqueadores de Ascalante caíram sobre nós. Todos na caravana foram mortos, exceto eu; salvei minha vida revelando minha identidade a Ascalante e jurando servi-lo. Porém, amarga tem sido minha escravidão! Para me controlar, ele escreveu sobre mim em um manuscrito, o selou e entregou nas mãos de um eremita que habita na fronteira sul de Koth. Não me atrevo a golpeá-lo com uma adaga enquanto dorme, ou atraiçoá-lo para os inimigos, pois aí o eremita abriria o manuscrito e o leria... como Ascalante instruiu que fizesse. E se ele falasse uma única palavra na Estígia sobre isso...

Thoth estremeceu novamente e uma tonalidade acinzentada tingiu sua pele escura.

– Os homens da Aquilônia não me conheciam – disse ele. – Mas, se meus inimigos na Estígia descobrirem meu paradeiro, nem mesmo meio mundo de distância entre nós seria suficiente para me salvar de um ódio capaz de explodir até a alma de uma estátua de bronze. Somente um rei com castelos e centenas de espadachins poderia me proteger. Por isso lhe contei meu segredo e imploro que faça um pacto comigo. Posso ajudá-lo com minha sabedoria e você pode me proteger. E algum dia encontrarei o anel e...

– Anel? Anel?

Thoth havia subestimado o egoísmo absoluto do homem. Dion nem mesmo tinha ouvido as palavras do escravo, tão absorto estava em seus próprios pensamentos, mas a palavra final conseguiu furar seu egocentrismo.

– Anel? – ele repetiu. – Isso me faz lembrar... meu anel de boa sorte. Eu o comprei de um ladrão shemita que jurou tê-lo roubado de um mago distante ao sul, e que me traria sorte. Eu paguei a ele um valor alto, Mitra bem sabe. Por todos os deuses, eu preciso de toda a sorte que puder reunir, com Volmana e Ascalante me metendo em seus planos sangrentos. Preciso do meu anel.

Thoth ficou em pé num pulo, o sangue se acumulando em seu rosto, enquanto seus olhos brilhavam com a fúria surpresa de um homem que de repente percebe as profundezas da estupidez suína de um tolo. Dion nem chegou a notar tudo isso. Levantando uma portinhola secreta do assento de mármore, ele remexeu por um momento em uma pilha de quinquilharias de vários tipos... amuletos bárbaros, pedaços de ossos, bijuterias de mau gosto... talismãs da sorte e conjuros que a natureza supersticiosa do homem o levara a coletar.

– Ah, aqui está!

Ele ergueu triunfantemente um anel de estranha fabricação. Era de um metal parecido com o cobre e tinha a forma de uma serpente com escamas, enrolada em três voltas, com a cauda enfiada na boca. Seus olhos eram joias amarelas que brilhavam malignamente. Thoth-amon gritou como se tivesse levado um golpe, e Dion voltou-se para ele e ficou boquiaberto, seu rosto subitamente lívido. Os olhos do escravo estavam em chamas, sua boca aberta, suas enormes mãos escuras estendidas como garras.

– O Anel! Por Set! O Anel! – ele gritou. – Meu anel! Roubado de mim...

O aço brilhou na mão do estígio e, com um movimento de seus grandes ombros, ele cravou a adaga no corpo gordo do barão. O grito agudo e fino de Dion foi cortado por um gorgolejo estrangulado e todo o seu corpo flácido desabou como manteiga derretida. Um tolo até o fim, ele morreu tomado por puro terror, sem ao menos saber por quê. Empurrando para o lado o cadáver amarrotado, já quase esquecendo dele, Thoth agarrou o anel com as duas mãos, seus olhos escuros brilhando com uma avidez temerosa.

– Meu anel! – ele sussurrou em terrível exultação. – Meu poder!

Por quanto tempo ele permaneceu curvado sobre o objeto maligno, imóvel como uma estátua, absorvendo sua aura maligna para dentro de sua alma cheia de trevas, nem mesmo o estígio sabia dizer. Quando ele sacudiu para longe seu devaneio e recuperou sua mente dos abismos noturnos onde ela estivera vagando, a lua estava se elevando, lançando longas sombras sobre o assento do banco de mármore liso do jardim, ao pé do qual estava caída uma sombra mais escura que já tinha sido o senhor de Attalus.

– Nunca mais, Ascalante, nunca mais! – sussurrou o estígio, e seus olhos queimavam vermelhos como os de um vampiro na escuridão. Abaixando-se, ele pegou um punhado de sangue coagulado da poça em que sua vítima estava deitada e esfregou-o nos olhos da serpente de cobre até que os riscos amarelos estivessem cobertas por uma máscara escarlate.

– Cegue seus olhos, serpente mística – ele entoou em um sussurro de gelar o sangue. – Cegue seus olhos para o luar e abra-os em abismos mais escuros! O que você vê, ó serpente de Set? Quem você chama dos abismos da noite? A sombra de quem recai sobre a luz minguante? Convoque-o para mim, ó serpente de Set!

Acariciando as escamas com um movimento circular peculiar de seus dedos, um movimento que sempre levava os dedos de volta ao ponto inicial, sua voz ficou ainda mais baixa enquanto ele sussurrava nomes sombrios e encantamentos terríveis esquecidos pelo resto do mundo, exceto nos recônditos mais escuros da Estígia, onde formas monstruosas se movem no crepúsculo das tumbas.

Houve um movimento no ar ao redor, um redemoinho como o que ocorre na água quando alguma criatura sobe à superfície. Um vento gelado e sem nome soprou sobre ele brevemente, como se proveniente de uma porta aberta. Thoth sentiu uma presença às suas costas, mas não olhou em volta. Ele manteve os olhos fixos no mármore iluminado pela lua, sobre o qual pairava uma sombra tênue. Enquanto ele continuava a sussurrar seus encantamentos, aquela sombra cresceu em tamanho e definição, até se mostrar distinta e horrenda. Sua forma não era diferente daquela de um babuíno gigante, mas nenhum babuíno como aquele jamais caminhara sobre a Terra, nem mesmo na Estígia. Ainda assim, Thoth não olhou, mas tirando do cinto uma sandália de seu mestre, sempre carregada na vaga esperança de poder usá-la dessa exata maneira, ele a jogou atrás de si.

– Ouça bem, escravo do anel! – ele exclamou. – Encontre aquele que isto usava e destrua-o! Olhe em seus olhos e exploda sua alma, antes mesmo que você rasgue sua garganta! Mate-o! Sim!

E em uma explosão cega de ódio:

– E todos junto a ele!

Delineado contra o muro iluminado pela lua, Thoth viu aquele horror abaixar sua cabeça disforme e farejar como um cão horrendo. Então, a cabeça abominável se lançou para trás e a coisa girou e foi embora como o vento por entre as árvores. O estígio ergueu os braços em exultação enlouquecida, e seus dentes e olhos brilharam ao luar.

Um soldado de guarda do lado de fora gritou de pavor quando uma grande sombra negra com olhos flamejantes atravessou a parede e passou por ele em meio a uma rajada de vento rodopiante. Mas ela sumiu tão rapidamente que o perplexo guerreiro se perguntou se tinha sido um sonho ou uma alucinação.

IV

Quando homens eram fracos, demônios vagavam livres e era
jovem o mundo,
Eu enfrentei Set usando fogo, aço e o veneno vegetal mais furibundo;
Agora que durmo no coração negro do morro e sinto o peso da idade,
Vocês esquecem daquele que lutou com a Cobra para salvar a humanidade?

SOZINHO NO ENORME APOSENTO DE REPOUSO com sua alta cúpula dourada, o Rei Conan dormia e sonhava. Através da névoa cinzenta rodopiante, ele ouviu um chamado curioso, fraco e distante, e embora não o entendesse, não parecia capaz de ignorá-lo. Espada na mão, ele atravessou a névoa cinzenta, como um homem pode caminhar pelas nuvens, e a voz começou a ficar mais clara à medida que ele prosseguia, até que ele entendeu qual era a palavra pronunciada: era seu próprio nome sendo chamado através dos abismos do espaço ou do tempo.

A névoa ficou mais clara e ele viu que estava em um grande corredor escuro que parecia ser talhado em pedra negra sólida. O corredor não era iluminado mas, por algum tipo de magia, ele podia ver claramente. O piso, o teto e as paredes eram polidos e apresentavam um brilho fosco, e estavam entalhados com as imagens de heróis antigos e deuses quase esquecidos. Ele estremeceu ao perceber os vastos contornos sombrios dos Antigos Inomináveis e soube, de alguma forma, que pés mortais não cruzavam aquele corredor há séculos.

Ele chegou a uma escada larga esculpida na rocha sólida e as laterais do poço estavam adornadas com símbolos esotéricos tão antigos e horríveis que a pele do rei Conan se arrepiou. Cada um dos degraus fora esculpido com a figura abominável de Set, a Velha Serpente, de modo que a cada passo ele plantava seu calcanhar na cabeça da cobra, como fora planejado desde os tempos antigos. Mas, mesmo assim, ele não se sentia à vontade em fazê-lo.

Mas a voz o chamou e, por fim, na escuridão que seria impenetrável a seus olhos materiais, ele entrou em uma cripta estranha e viu uma vaga figura de barba branca sentada sobre uma tumba. O cabelo de Conan se eriçou e ele apertou sua espada, mas a figura falou em tons sepulcrais.

– Ó humano, você me conhece?

– Não, por Crom! – respondeu o rei.

– Humano – disse o ancião –, eu sou Epemitreus.

– M... Mas, Epemitreus, o Sábio, morreu há mil e quinhentos anos! – gaguejou Conan.

– Preste atenção! – falou o outro com autoridade. – Como uma pedra lançada em um lago escuro envia ondulações para margens distantes, acontecimentos no além se quebraram como ondas contra o meu sono. Eu o vejo bem, Conan da Ciméria, e o sinal de acontecimentos poderosos e grandes feitos distingue você. Mas há perigos à solta na terra, perigos contra os quais sua espada não pode ajudá-lo.

– Você fala por meio de enigmas – disse Conan, inquieto. – Deixe-me ver meu adversário e partirei seu crânio até os dentes.

– Direcione sua fúria bárbara contra seus inimigos de carne e osso – respondeu o ancião. – Não é contra outros homens que devo protegê-lo. Existem mundos sinistros pouco imaginados pelos homens, nos quais monstros disformes habitam... demônios que podem vir dos Vácuos Exteriores para tomar forma física, matar e devorar sob ordens de feiticeiros malignos. Há uma serpente em sua casa, ó rei... uma víbora em seu reino, vindo da Estígia, com a sabedoria nefasta das trevas em sua alma tenebrosa. Como um homem adormecido sonha com a serpente que rasteja próxima a ele, eu senti a presença imunda do discípulo de Set. Ele está embriagado de um poder terrível, e os golpes que ele desfere contra seu inimigo podem muito bem destruir o reino. Eu o convoquei a mim para lhe dar uma arma contra ele e sua matilha de cães infernais.

– Mas por quê? – perguntou Conan, perplexo. – Os homens dizem que você dorme no coração negro de Golamira, de onde envia seu fantasma sobre asas invisíveis para ajudar a Aquilônia em tempos de necessidade, mas eu... eu sou um forasteiro e um bárbaro.

– Chega! – os tons fantasmagóricos reverberaram pela grande caverna escura. – Seu destino é uno com a Aquilônia. Acontecimentos gigantescos estão tomando forma na teia e no útero da fatalidade e um feiticeiro com sede de sangue não pode ficar no caminho do destino imperial. Séculos atrás, Set enrolou-se ao redor do mundo como uma cobra ao redor de sua presa. Durante toda a minha vida, que durou tanto quanto a vida de três homens comuns, eu lutei contra ele. Eu o espantei para as sombras do misterioso sul mas, na tenebrosa Estígia, alguns ainda adoram aquele que para nós é o demônio supremo. Assim como enfrento Set, também enfrento seus adoradores, seus devotos e seus acólitos. Mostre-me sua espada.

Curioso, Conan obedeceu, e na grande lâmina, perto da pesada guarda de prata, o ancião traçou, com um dedo ossudo, um estranho símbolo que brilhava como fogo branco nas sombras. E, naquele instante, a cripta, a tumba e o ancião desapareceram. Conan, desnorteado, saltou de seu divã no aposento com cúpula dourada. E, enquanto ele se levantava, perplexo com a peculiaridade de seu sonho, notou que estava segurando sua espada em suas mãos. Seus cabelos se arrepiaram na nuca, pois na lâmina larga estava esculpido um símbolo: o contorno de uma fênix. E ele se lembrou de que no túmulo dentro da cripta ele vira o que pensara ser uma figura semelhante, esculpida em pedra. Agora ele se perguntava se teria sido mesmo apenas uma figura de pedra, e sua pele se arrepiou com a estranheza de tudo aquilo.

E então, enquanto ele se levantava, um som furtivo no corredor externo o fez despertar de vez e, sem sair para investigar, ele começou a vestir sua armadura. Novamente ele era o bárbaro, desconfiado e alerta como um lobo cinzento à espreita.

V

O que entendo sobre educação, polidez, mentiras e diplomacia?
Eu, que nasci ao léu e lutava por minha sobrevivência a cada dia.
Língua doce e astúcia intelectual falham se espadas surgem, bem sei;
Ataquem-me e morram, cães... eu já era um homem antes de ser um rei.
— A ESTRADA DOS REIS

ATRAVESSANDO O SILÊNCIO que envolvia o corredor do palácio real, vinte figuras se moviam dissimuladamente. Seus pés furtivos, descalços ou envoltos em couro macio não faziam nenhum som no tapete grosso ou nos ladrilhos de mármore. As tochas presas em nichos ao longo dos salões lançavam brilhos vermelhos sobre as adagas, as espadas e os machados de gumes afiados.

— Parados! — sibilou Ascalante. — Cesse essa maldita respiração alta, seja quem for entre vocês! O encarregado da guarda noturna dispensou a maioria das sentinelas e embriagou o restante, mas devemos ter cuidado, mesmo assim. Para trás! Lá vem a guarda!

Eles se amontoaram atrás de alguns pilares esculpidos e quase imediatamente dez gigantes envergando armaduras pretas passaram por eles em um ritmo regular. Seus rostos mostravam dúvida enquanto olhavam para o oficial encarregado que os conduzia para longe de seus postos. O encarregado estava bastante pálido; quando passou pelo esconderijo dos conspiradores, puderam vê-lo enxugar o suor da testa com uma mão trêmula. Ele era jovem e a traição ao rei não era fácil para ele. Mentalmente, ele amaldiçoou as extravagâncias monetárias que o deixaram em dívida com os agiotas e o tornaram um joguete das intrigas de políticos.

Os guardas passaram com as armaduras retinindo e desapareceram pelo corredor.

— Ótimo — sorriu Ascalante. — Conan dorme desprotegido. Apressem-se! Se formos pegos matando-o, estaremos perdidos. Mas poucos homens se levantariam para defender um rei já morto.

— Sim, apressem-se! — gritou Rinaldo, seus olhos azuis combinando com o brilho da espada que balançava acima da cabeça. — Minha lâmina tem sede! Até já ouço os abutres se reunindo! Avante!

Eles dispararam pelo corredor descuidadamente e pararam diante de uma porta dourada que trazia o símbolo do dragão real da Aquilônia.

– Gromel! – disparou Ascalante. – Arrombe essa porta!

O gigante respirou fundo e lançou sua poderosa forma contra a madeira, que gemeu e se dobrou com o impacto. Mais uma vez, ele se inclinou e atacou. Com o estalo de seus ferrolhos e um alto estrondo da madeira, a porta se estilhaçou e explodiu para dentro.

– Entrem! – rugiu Ascalante, empolgado com o ato.

– Entrem! – gritou Rinaldo. – Morte ao tirano!

Eles pararam de repente. Conan os encarava, não um homem nu e desarmado, acordando confuso de um sono profundo para ser trucidado como uma ovelha, mas um bárbaro bem desperto e encarando-os, parcialmente vestido de armadura e com sua longa espada na mão.

– Entrem, canalhas! – gritou o fora da lei. – É um contra vinte e ele nem está de capacete!

Era verdade; não houvera tempo para vestir o pesado elmo ornado com plumas ou amarrar as placas laterais de sua couraça, nem para alcançar o grande escudo preso à parede. Ainda assim, Conan estava mais protegido que qualquer um de seus inimigos, com exceção de Volmana e Gromel, que usavam armadura completa.

O rei os encarava, intrigado quanto à identidade deles. Ele não conhecia Ascalante; não conseguia ver através dos visores fechados dos conspiradores usando armaduras, e Rinaldo havia puxado sua viseira para baixo, cobrindo os olhos. Mas não havia tempo para longas considerações. Com um grito que ecoou pelo telhado, os assassinos invadiram o aposento com Gromel na dianteira. Ele atacou como um touro raivoso, cabeça abaixada, espada em posição para estripar com um golpe. Conan saltou para encará-lo e direcionou toda a sua força de tigre para o braço que brandia a espada. Em um arco sibilante, a grande lâmina atravessou o ar e atingiu com força o capacete do bossoniano. Espada e capacete se quebraram ao mesmo tempo e Gromel caiu sem vida ao chão. Conan pulou para trás, ainda segurando o punho quebrado de sua espada.

– Gromel! – ele cuspiu, seus olhos brilhando de espanto quando o capacete rachado revelou a cabeça também rachada; mas subitamente o resto da matilha já estava sobre ele. Uma ponta de adaga passou ao longo de suas costas entre a placa peitoral e a placa traseira de sua couraça, o fio de uma espada cintilou diante de seus olhos. Com o braço esquerdo, ele lançou para o lado o homem que segurava a adaga e bateu com o punho quebrado na têmpora do espadachim. O cérebro do homem respingou em seu rosto.

– Cinco de vocês, vigiem a porta! – gritou Ascalante, dançando ao redor do redemoinho de aço sibilante, pois temia que Conan pudesse atravessar a barreira dos inimigos e escapar. Os vilões recuaram momentaneamente quando seu líder agarrou vários deles e os empurrou em direção à única porta. Naquele breve intervalo, Conan saltou para a parede e arrancou dela um antigo machado de batalha que, intocado pelo tempo, permanecera pendurado lá por meio século.

De costas para a parede, ele encarou por um instante o círculo que se fechava, depois saltou para dentro dele. Ele não era um lutador defensivo; mesmo ao enfrentar terríveis adversidades, ele sempre levava a guerra ao inimigo. Qualquer outro homem já teria morrido ali, e o próprio Conan não tinha esperança de sobreviver, mas ele tinha a intenção de infligir ferozmente o máximo de dano que pudesse antes de cair. Sua alma bárbara estava em chamas, e os cânticos de antigos heróis ressoavam em seus ouvidos.

Quando ele saltou para longe da parede, seu machado derrubou um fora da lei, decepando seu ombro, e quando Conan puxou de volta seu braço, o machado esmagou o crânio de outro. Espadas cortaram o ar venenosamente ao redor dele, mas a morte não conseguiu tocá-lo. O cimério avançou sobre os inimigos como um borrão em alta velocidade. Ele parecia um tigre entre babuínos quando saltou, desviou para o lado e girou, tornando-se um alvo em constante movimento, enquanto seu machado tecia um círculo fulgurante de morte ao seu redor.

Por um breve momento, os assassinos o cercaram ferozmente, desfechando golpes às cegas e prejudicados pela própria quantidade do grupo. Então, eles retrocederam repentinamente. Os dois cadáveres no chão eram uma evidência muda da fúria do rei, embora o próprio Conan estivesse sangrando devido a ferimentos no braço, pescoço e pernas.

– Biltres! – gritou Rinaldo, arrancando da cabeça o seu capacete emplumado, seus olhos selvagens brilhando. – Vocês fogem do combate? Vão deixar o déspota viver? Para cima dele!

Ele avançou, golpeando violentamente, mas Conan, reconhecendo-o, quebrou sua espada com um golpe curto e terrível do machado e, com um poderoso empurrão de sua mão aberta, o mandou rolando pelo chão. O rei foi ferido em seu braço esquerdo por Ascalante e o fora da lei apenas conseguiu salvar a própria vida ao se abaixar e saltar para longe do machado. Mais uma vez, os lobos atacaram e o machado de Conan cortou e esmagou. Um vilão de corpo peludo abaixou-se sob seus golpes e mergulhou na direção das pernas do rei, mas depois de se engalfinhar por um breve instante com o que parecia uma sólida torre de ferro, olhou para cima a tempo de ver o machado descendo, mas não a tempo de evitá-lo. Nesse meio tempo, um de seus camaradas ergueu uma espada com as duas mãos e cortou a ombreira esquerda do rei, ferindo o ombro logo abaixo. Imediatamente, a couraça de Conan encheu-se de sangue.

Volmana, empurrando os agressores para a direita e para a esquerda em sua impaciência selvagem, se aproximou tentando atingir mortalmente a cabeça desprotegida de Conan. O rei abaixou-se rapidamente e a espada cortou uma mecha de seu cabelo preto quando passou assobiando acima dele. Conan girou sobre os calcanhares e atacou de lado. O machado esmagou a couraça de aço e Volmana desabou ao chão com todo o seu lado esquerdo triturado.

– Volmana! – arfou Conan, sem fôlego. – Eu reconheceria esse anão até no Inferno!

Ele se levantou para enfrentar a investida enlouquecida de Rinaldo, que avançou de modo selvagem e sem proteção, armado apenas com uma adaga. Conan saltou para trás, erguendo o machado.

– Rinaldo! – sua voz ficou estridente, com uma urgência desesperada. – Para trás! Eu não quero matar você...

– Morra, tirano! – gritou o menestrel louco, atirando-se de frente em direção ao rei. Conan segurou o golpe que estava relutante em desferir, até que foi tarde demais. Só quando sentiu a mordida do aço em seu lado desprotegido foi que ele atacou, em um frenesi de desespero cego.

Rinaldo caiu com o crânio partido e Conan cambaleou contra a parede, sangue jorrando entre os dedos que seguravam seu ferimento.

– Ataquem agora e matem-no! – gritou Ascalante.

Conan apoiou as costas contra a parede e ergueu o machado. Ele parecia a perfeita imagem do homem primordial invencível: pernas bem afastadas, cabeça inclinada para a frente, uma mão segurando a parede como apoio, a outra segurando o machado no alto, com os grandes e tensos músculos destacando-se em sulcos de ferro e suas feições congeladas em um grunhido mortal de fúria. Seus olhos brilhavam terrivelmente através do sangue espirrado que os cobria. Os homens vacilaram. Por mais selvagens, criminosos e pervertidos que fossem, ainda eram de uma raça que os homens chamam de civilizados, com uma origem civilizada; enquanto à sua frente estava um bárbaro, um assassino natural. Eles se encolheram e se afastaram. O tigre moribundo ainda podia espalhar morte.

Conan percebeu a insegurança deles e deu um sorriso ao mesmo tempo melancólico e feroz.

– Quem quer morrer primeiro? – ele murmurou entre lábios machucados e sangrentos.

Ascalante saltou como um lobo, quase pairou no ar com incrível rapidez e caiu ao chão para evitar a morte que veio assobiando em sua direção. Ele girou freneticamente os pés para fora do caminho e rolou para longe enquanto Conan se recuperou do golpe que não o acertara e atacou novamente. Desta vez, o machado afundou vários centímetros no chão polido perto das pernas de Ascalante.

Outro atacante equivocado escolheu este instante para atacar, seguido sem entusiasmo por seus companheiros. Ele pretendia matar Conan antes que o cimério pudesse arrancar seu machado do chão, mas julgou errado a situação. O machado vermelho se soltou, subindo por um instante e desabou de novo e a caricatura escarlate de um homem foi catapultada para trás contra as pernas dos outros atacantes.

Naquele instante, um grito de medo irrompeu dos bandidos na porta quando uma sombra negra deformada atravessou a parede. Todos, exceto Ascalante, voltaram-se ao ouvir o grito e então, uivando como cães, irromperam cegamente pela porta em uma massa delirante e blasfema, e se espalharam pelos corredores em fuga alucinada.

Ascalante não olhou para a porta; ele tinha olhos apenas para o rei ferido. Ele supôs que o barulho da briga havia finalmente despertado o palácio e que os guardas leais estavam prestes a cair sobre ele, embora mesmo naquele momento parecesse estranho que seus asseclas brutais gritassem tão terrivelmente enquanto fugiam. Conan não olhou para a porta porque estava observando o fora da lei com os olhos ardentes de um lobo moribundo. Nesta situação extrema, a filosofia cínica de Ascalante não o abandonou.

– Parece que tudo está perdido, principalmente a honra – murmurou. – No entanto, o rei está morrendo e...

Qualquer outra conjetura que possa ter passado pela mente de Ascalante nunca será conhecida; pois, deixando a frase incompleta, ele correu na direção de Conan no exato momento em que o cimério estava usando o braço que segurava o machado para limpar o sangue de seus olhos cegos.

Mas assim que ele iniciou seu ataque, houve uma estranha agitação no ar e um enorme peso atingiu seus ombros de maneira assustadora. Ele foi atingido com força e grandes garras afundaram de modo agonizante em sua carne. Contorcendo-se desesperadamente sob seu agressor, ele girou a cabeça e fitou a personificação do pesadelo e da loucura. Sobre ele se inclinava um ser grande e escuro que, ele sabia, não podia ter nascido em nenhum mundo humano ou controlado pela sanidade. Suas presas negras estavam próximas da garganta de Ascalante e o brilho de seus olhos amarelos murchou seus membros como um vento assassino murcha o milho novo.

De tão hedionda, a face transcendia a mera bestialidade. Poderia ter sido o rosto de uma múmia antiga e maligna, reanimada por uma vida demoníaca. Naquelas feições repulsivas, os olhos esbugalhados do fora da lei pareciam ver, como uma sombra na loucura que o envolvia, uma semelhança tênue e terrível com o escravo Thoth-amon. Então, a filosofia cínica e autossuficiente de Ascalante o abandonou e, com um grito medonho, ele se entregou à morte antes que aquelas presas que babavam espuma o tocassem.

Conan, tirando as gotas de sangue dos olhos, ficou imóvel. A princípio, ele pensou que fosse um grande cão negro que surgira sobre o corpo distorcido de Ascalante; mas, quando sua visão clareou, ele viu que não era nem um cão nem um babuíno.

Com um grito que foi como um eco do guincho de morte de Ascalante, ele cambaleou para longe da parede e atacou a horrível entidade com seu machado, fazendo uso de toda a força desesperada de seus músculos eletrificados. A lâmina da arma bateu inutilmente contra o crânio deformado que deveria ter esmagado, e o rei foi arremessado para o meio do aposento graças ao impacto contra o corpo gigante.

As mandíbulas espumantes se fecharam sobre o braço que Conan ergueu para proteger sua garganta, mas o monstro não fez nenhum esforço para desferir uma mordida fatal. Por cima do braço mutilado, o ser encarava diabolicamente os olhos do rei, nos quais começou a se refletir uma imagem espelhada do horror que se via nos olhos mortos de Ascalante. Conan sentiu sua alma murchar e começar a ser arrastada para fora de seu corpo, para se afogar nos poços amarelados do horror cósmico que bruxuleava de modo sobrenatural em meio ao caos informe que crescia ao redor dele e engolfava toda a vida e sanidade. Aqueles olhos cresceram e se tornaram gigantescos, e neles o cimério vislumbrou a realidade de todos os horrores abismais e blasfemos que se escondem na escuridão exterior de vácuos amorfos e precipícios noturnos. Ele abriu os lábios ensanguentados para gritar de ódio e aversão, mas apenas um estertor seco explodiu de sua garganta.

Mas o horror que paralisou e destruiu Ascalante despertou no cimério uma fúria frenética semelhante à loucura. Com um giro vulcânico de todo o corpo, ele mergulhou para trás, sem se importar com a agonia de seu braço rasgado, arrastando com ele o corpo monstruoso. E sua mão estendida esbarrou em algo que seu atordoado cérebro de lutador reconheceu como o punho de sua espada quebrada. Instintivamente, ele o agarrou e golpeou com toda a força de seus nervos e músculos, como um homem que esfaqueia com uma adaga. A lâmina quebrada afundou profundamente e o braço de Conan foi liberado quando a boca abominável abriu como se estivesse em agonia. O rei foi arremessado violentamente para o lado e, erguendo-se com uma das mãos, ele viu, surpreso, as terríveis convulsões do monstro, do qual sangue espesso jorrava pelo grande ferimento que sua lâmina quebrada havia criado. E, enquanto ele observava, o ser parou de se debater e tombou em meio a espasmos, olhando para cima com seus assustadores olhos mortos. Conan piscou e sacudiu o sangue de seus próprios olhos; parecia a ele que a coisa estava derretendo e se desintegrando em uma massa pegajosa instável.

Então, uma mistura de vozes alcançou seus ouvidos, e a sala foi tomada pelos membros da corte que finalmente tinham sido acordados: cavaleiros, nobres, damas, soldados, conselheiros, todos tagarelando, gritando e se atropelando. Os Dragões Negros apareceram, loucos de raiva, xingando e agitados, com as mãos nos punhos de suas espadas e soltando blasfêmias desconhecidas entredentes. Do jovem oficial encarregado dos guardas nada se viu, e nem foi encontrado mais tarde, mesmo se foi bastante procurado.

– Gromel! Volmana! Rinaldo! – exclamou Publius, o alto conselheiro, remexendo os corpos com suas mãos gorduchas. – Alta traição! Alguém será enforcado por isto! Chamem a guarda!

– A guarda já está aqui, seu velho tolo! – exclamou rudemente Pallantides, comandante dos Dragões Negros, esquecendo a patente de Publius durante o nervosismo do momento. – Melhor parar com sua histeria e nos ajudar a cuidar das feridas do rei. Senão, ele sangrará até a morte.

– Claro, claro! – exclamou Publius, que era homem de fazer planos e não de ação. – Devemos fechar suas feridas. Mandem buscar todas as sanguessugas da corte! Oh, meu senhor, que vergonha enorme para a cidade! Eles estão mesmo todos mortos?

– Vinho! – pediu o rei, ofegante no divã onde o haviam deitado. Colocaram uma taça em seus lábios ensanguentados e ele bebeu como um homem quase morto de sede.

– Muito bom! – ele grunhiu, caindo para trás. – Matar é um trabalho desgraçadamente árido.

À medida que estancavam o fluxo de sangue, a vitalidade inata do bárbaro foi se mostrando presente.

– Cuidem primeiro do ferimento de adaga em meu torso – ordenou aos médicos da corte. – Rinaldo escreveu uma canção mortal nele e sua pena era afiada.

– Devíamos tê-lo enforcado há muito tempo – murmurou Publius. – Nada de bom pode vir de um poeta. Quem é este?

Ele tocou nervosamente o corpo de Ascalante com seu pé calçado em sandália.

– Por Mitra! – exclamou o comandante. – É Ascalante, outrora Conde de Thune! Que obra do demônio o tirou de seu esconderijo no deserto?

– Mas por que ele nos encara assim? – sussurrou Publius, afastando-se, os próprios olhos arregalados e um formigamento peculiar entre os cabelos curtos de sua nuca gorda. Os outros ficaram em silêncio enquanto olhavam o fora da lei morto.

– Se você tivesse visto o que ele e eu vimos – rosnou o rei, sentando-se apesar dos protestos das sanguessugas –, você não estaria se perguntando. Que seus olhos também sofram olhando para...

Ele parou de repente, a boca aberta, o dedo apontando inutilmente. Onde o monstro havia morrido, apenas o chão vazio encontrou seus olhos.

– Crom! – ele esbravejou. – A coisa derreteu e voltou à imundície que a gerou!

– O rei está delirando – sussurrou um dos nobres. Conan ouviu e soltou impropérios bárbaros.

– Por Badb, Morrígan, Macha e Nemain! – ele concluiu raivosamente. – Estou são! O bicho era como um cruzamento entre uma múmia estígia e um babuíno. Ele atravessou pela porta e os asseclas de Ascalante fugiram com medo. Ele matou Ascalante, que estava prestes a me vencer. Então a coisa me atacou e eu o matei. Como, eu não sei, já que meu machado não teve maior efeito contra ele. Mas desconfio que o sábio Epemitreus teve algo a ver com isso...

– Ouçam isso, ele fala de Epemitreus, morto há mil e quinhentos anos! – eles sussurraram um para o outro.

– Por Ymir! – trovejou o rei. – Esta noite eu conversei com Epemitreus! Ele me chamou em meus sonhos e eu caminhei por um corredor de pedra negra esculpido com imagens de deuses antigos, até uma escadaria de pedra cujos degraus tinham a forma de Set, até que cheguei a uma cripta e uma tumba com uma fênix esculpida nela...

– Em nome de Mitra, senhor meu rei, fique em silêncio! – gritou o sumo sacerdote de Mitra com um semblante pálido.

Conan levantou a cabeça como um leão jogando sua crina para trás e sua voz ficou rouca como o rosnado de um leão furioso.

– Eu sou um escravo, para calar minha boca ao seu comando?

– Não, não, meu senhor! – o sumo sacerdote estava tremendo, mas não de medo da ira real. – Eu não quis ofendê-lo.

Ele inclinou a cabeça perto do rei e falou em um sussurro que chegou apenas aos ouvidos de Conan:

– Meu senhor, este é um assunto além da compreensão humana. Apenas o círculo interno do sacerdócio sabe sobre o corredor de pedra negra esculpido no coração negro do Monte Golamira por mãos desconhecidas. Ou sobre a tumba guardada pela fênix onde Epemitreus foi sepultado há mil e quinhentos anos. E desde então nenhum homem vivo entrou nele, já que seus sacerdotes escolhidos, após colocarem o sábio na cripta, bloquearam a entrada externa do corredor para que ninguém pudesse encontrá-lo. Hoje, nem mesmo os sumos sacerdotes sabem onde fica. Apenas por conhecimento de boca a boca, transmitido pelos sumos sacerdotes aos poucos escolhidos e zelosamente guardado, é que o círculo interno dos acólitos de Mitra sabe do local de descanso de Epemitreus no coração negro de Golamira. É um dos mistérios sobre o qual se ergue o culto de Mitra.

– Não posso dizer com que magia Epemitreus me levou até ele – respondeu Conan. – Mas eu falei com ele, e ele fez uma marca na minha espada. Por que tal marca a tornou mortal para demônios, ou que magia havia por trás da marca, eu não sei. Mas, embora a lâmina tenha se quebrado no capacete de Gromel, ainda assim o fragmento restante foi grande o bastante para matar o monstro.

– Deixe-me ver sua espada – sussurrou o sumo sacerdote com a garganta subitamente seca.

Conan estendeu a arma quebrada e o sumo sacerdote gritou e caiu de joelhos.

– Que Mitra nos proteja contra os poderes das trevas! – ele engasgou. – O rei realmente conversou com Epemitreus esta noite! Aqui na espada... é o sinal secreto que ninguém poderia criar exceto ele. O emblema da fênix imortal que guarda para sempre sua tumba! Uma vela, rápido! Mirem novamente o ponto onde o rei disse que o espectro morreu!

O ponto ficava atrás de uma cortina rasgada. Eles colocaram a cortina de lado e banharam o chão com a luz de velas. Um silêncio arrepiante recaiu sobre todos enquanto olhavam. Então, alguns dos presentes caíram de joelhos chamando por Mitra, enquanto alguns fugiram da câmara gritando.

Lá, no piso onde o monstro morrera, jazia, como uma sombra tangível, uma grande mancha escura que não desbotaria; a coisa havia deixado seu contorno claramente gravado com seu sangue, e esse contorno não era de nenhum ser proveniente de um mundo são e normal. Sinistra e horrível, a forma pairava ali, como a sombra lançada por um dos deuses símios presentes sobre os altares malignos dos templos escuros da terra nefasta de Estígia.

FIM

A CIDADELA ESCARLATE
(The Scarlet Citadel)

Publicada originalmente em janeiro de 1933 na revista Weird Tales

1

Na planície de Shamu, o Leão foi aprisionado;
Cada um de seus membros foi acorrentado;
Um grito de júbilo foi ouvido quando a trombeta tocou:
"O Leão está finalmente enjaulado, o perigo acabou."
Mas as cidades do rio e da planície irão sofrer
Se um dia o Leão se libertar e voltar a correr!

– ANTIGA BALADA

O RUGIDO DA BATALHA HAVIA SILENCIADO; os gritos de vitória se misturavam aos gemidos dos moribundos. Como folhas de tons alegres após uma tempestade de outono, os corpos caídos cobriam a planície; o sol que se punha cintilava em capacetes polidos, cotas de malha trabalhadas a ouro, couraças de prata, espadas quebradas e as pesadas costuras reais dos estandartes de seda, tombados em poças de escarlate coagulante. Cavalos de guerra e seus cavaleiros vestidos de aço jaziam amontoados, crinas esvoaçantes e plumas sopradas, todas igualmente manchadas pela maré vermelha. Ao redor deles e entre eles, como o vento que marca uma tempestade, se viam espalhados corpos retalhados e pisoteados em elmos de aço e coletes de couro: arqueiros e lanceiros.

As trombetas soaram uma fanfarra de triunfo por toda a planície, e os cascos dos vencedores esmagaram os peitos dos vencidos enquanto todas as fileiras desgarradas e brilhantes convergiam para o ponto central como os raios de uma roda cintilante, para o local onde o último sobrevivente ainda travava uma luta em que era minoria.

Naquele dia, Conan, rei da Aquilônia, vira seus melhores cavaleiros serem cortados em pedaços, despedaçados, retalhados e varridos para a eternidade. Com cinco mil cavaleiros, ele cruzara a fronteira sudeste da Aquilônia e cavalgara pelas pastagens cobertas de relva de Ophir, apenas para acabar encontrando seu antigo aliado, o rei Amalrus de Ophir, pronto a se virar contra Conan com o auxílio dos exércitos de Strabonus, rei de Koth. Ele só percebera a armadilha quando já era tarde demais. Tudo o que um homem poderia fazer, ele fizera com seus cinco mil soldados contra os trinta mil cavaleiros, arqueiros e lanceiros dos conspiradores.

Sem muitos arqueiros ou infantaria, ele arremessara seus cavaleiros blindados contra o exército que se aproximava, vira os cavaleiros de seus inimigos, em suas cotas de malha brilhante, caírem diante de suas lanças, rasgara o centro adversário em pedaços e abrira as fileiras à sua frente, apenas para se encontrar preso em um torniquete quando as alas laterais do inimigo, ainda incólumes, se fecharam. Os arqueiros shemitas de Strabonus haviam causado baixas entre seus cavaleiros, acertando-os com flechas que encontraram cada fenda possível em suas armaduras; atirando contra os cavalos, os lanceiros kothianos correndo para atacar os cavaleiros caídos. Os lanceiros vestidos em cotas de malha do ataque central haviam se agrupado novamente, auxiliados pelos cavaleiros das laterais, e investido várias vezes, varrendo o campo com a vantagem do simples peso dos números.

Os aquilonianos não haviam fugido; eles morreram no campo de batalha, e dos cinco mil cavaleiros que seguiram Conan para o sul, nenhum saiu de lá vivo. E agora o próprio rei estava em pé, entre os corpos retalhados de seus soldados, suas costas contra uma pilha de cavalos e homens mortos. Cavaleiros ophireanos em malhas douradas fizeram seus cavalos saltar sobre montes de cadáveres para golpear a figura solitária; shemitas atarracados com barbas preto-azuladas e cavaleiros kothianos de rosto escuro rodeavam-no a pé. O clangor do aço aumentava de modo ensurdecedor; a figura usando cota de malha preta do rei vindo do oeste assomava entre seus inimigos, desferindo golpes como um açougueiro empunhando um grande cutelo. Cavalos sem cavaleiros corriam pelo campo; em torno de seus pés revestidos de ferro crescia um círculo de cadáveres mutilados. Seus atacantes recuavam ante sua selvageria desesperada, ofegantes e lívidos.

Agora, através das fileiras que gritavam e xingavam, vinham cavalgando os senhores dos conquistadores: Strabonus, com seu rosto largo e escuro e seus olhos astutos; Amalrus, esguio, manhoso, traiçoeiro, perigoso como uma serpente; e Tsotha-Lanti, um abutre franzino, vestido apenas com mantos de seda, seus grandes olhos negros brilhando em um rosto que era como o de uma ave de rapina. Sobre esse mago kothiano, histórias sombrias eram contadas; mulheres com cabelos desgrenhados nas aldeias do norte e do oeste usavam seu nome para assustar crianças, e escravos rebeldes eram levados à submissão mais rapidamente do que pelo açoite frente à ameaça de serem vendidos a ele. Os homens diziam que ele tinha uma biblioteca inteira de obras nefastas encadernadas com pele arrancada de vítimas humanas vivas, e que em fossos sem nome abaixo da colina onde ficava seu palácio, ele negociava com os poderes das trevas, trocando escravas aos gritos por segredos profanos. Ele era o verdadeiro governante de Koth.

Agora ele sorria de modo lúgubre enquanto os reis freavam seus cavalos a uma distância segura da figura severa e vestida de ferro parada entre os mortos. Diante dos selvagens olhos azuis que brilhavam furiosos por baixo do capacete amassado e adornado com uma crista, até o mais ousado entre eles se encolhia. O rosto moreno e marcado por cicatrizes de Conan estava mais escuro ainda com o ódio; sua armadura negra estava aos farrapos e salpicada de sangue; sua grande espada, vermelha até o cabo. Nessa situação, todo o verniz de civilização se desvanecera; era um bárbaro que enfrentava seus conquistadores. Conan era um cimério de nascimento, um daqueles montanheses ferozes e temperamentais que viviam em sua terra natal sombria e nublada ao norte. Sua saga, que o levara ao trono da Aquilônia, era a base de inúmeros contos heroicos.

Assim, os reis mantiveram distância, e Strabonus convocou seus arqueiros shemitas para disparar suas flechas contra seu inimigo à distância; seus capitães haviam caído como grãos maduros ante a espada do cimério, e Strabonus, avarento tanto com seus cavaleiros quanto com dinheiro, espumava de fúria. Mas Tsotha balançou a cabeça.

– Leve-o vivo.

– Falar é fácil! – rosnou Strabonus, preocupado com a possibilidade de o gigante com cota de malha negra abrir caminho até eles através das lanças. – Quem pode capturar vivo um tigre devorador de gente? Por Ishtar, o calcanhar dele está no pescoço de meus melhores espadachins! Gastei sete anos e pilhas de ouro para treinar cada um deles, e lá estão agora, carne para os abutres. Flechas, eu digo!

– Repito, não! – retrucou Tsotha, descendo de seu cavalo e soltando uma fria gargalhada. – A esta altura ainda não aprendeu que meu cérebro é mais poderoso do que qualquer espada?

Ele passou pelas fileiras de lanceiros, e os gigantes em seus elmos de aço e cota de malha se encolheram com medo, tomando cuidado para não tocarem sequer as pontas de seu manto. Os cavaleiros emplumados também não demoraram menos a abrir espaço para ele. Ele passou por cima dos cadáveres e ficou cara a cara com o rei de expressão séria. Os anfitriões assistiam em silêncio nervoso, prendendo a respiração. A figura de armadura negra agigantava-se como uma terrível ameaça sobre a forma esguia e vestida de seda, a espada toda marcada pelo uso e gotejante pairando alta.

– Eu te ofereço a vida, Conan – disse Tsotha, uma alegria cruel borbulhando no fundo de sua voz.

– Eu te dou a morte, bruxo – rosnou o rei, e com o auxílio de músculos de ferro e ódio feroz, a grande espada desferiu um golpe com o objetivo de cortar o torso magro de Tsotha ao meio. Mas, no mesmo momento em que os anfitriões gritaram assustados, o bruxo interveio, rápido demais para o olho seguir, e aparentemente apenas colocou a mão aberta no antebraço esquerdo de Conan, sobre os músculos tensos expostos pela cota de malha arrancada. A lâmina silvante desviou de seu arco e o gigante com cota de malha caiu pesadamente no chão, ficando imóvel. Tsotha riu silenciosamente.

– Peguem-no e não temam. As presas do leão foram arrancadas.

Os reis se acalmaram e olharam com admiração para o leão caído. Conan estava deitado e rígido, como um homem morto, mas seus olhos fuzilavam-nos, arregalados e flamejantes com uma fúria impotente.

– O que você fez com ele? – perguntou Amalrus, inquieto.

Tsotha exibiu um anel largo de e de aparência curiosa em seu dedo. Ele pressionou seus dedos e, do lado interno do anel, uma pequena ponta de aço disparou como a língua de uma cobra.

– Foi embebida no suco de lótus roxo que cresce nos pântanos assombrados por fantasmas do sul da Estígia – disse o mago. – Seu toque produz paralisia temporária. Prenda-o com correntes e coloque-o em uma carruagem. O sol se põe e já é hora de tomar a estrada para Khorshemish.

Strabonus voltou-se para seu general, Arbanus.

– Voltaremos a Khorshemish com os feridos. Apenas uma tropa da cavalaria real nos acompanhará. Suas ordens são marchar ao amanhecer até a fronteira aquiloniana e invadir a cidade de Shamar. Os ophireanos fornecerão comida a vocês durante a marcha. Iremos nos juntar a vocês o mais rápido possível, com reforços.

Assim, as forças inimigas, com seus cavaleiros com espadas de aço enfiadas nas bainhas, seus lanceiros, arqueiros e servos de campo, resolveram acampar nas campinas perto do campo de batalha. E, durante a noite estrelada, os dois reis e aquele feiticeiro que era maior do que qualquer rei cavalgaram para a capital de Strabonus, em meio à tropa do palácio cintilante, e acompanhados por uma longa linha de carruagens carregadas com os feridos. Em uma dessas carruagens estava Conan, rei da Aquilônia, preso com correntes, o gosto ruim da derrota em sua boca, a fúria cega de um tigre aprisionado em sua alma.

O veneno que congelou seus membros poderosos ao desamparo não paralisou seu cérebro. Enquanto a carruagem em que estava deitado balançava pelos prados, sua mente pensava enlouquecidamente sobre sua derrota. Amalrus havia enviado um emissário implorando ajuda contra Strabonus, que, disse ele, estava devastando suas terras a oeste, que se estendiam como uma passagem estreita entre a fronteira da Aquilônia e o vasto reino meridional de Koth. Ele pediu apenas por mil cavaleiros e a presença de Conan, para animar seus súditos desmoralizados. Conan blasfemava mentalmente agora. Em sua generosidade, ele veio com cinco vezes o número que o monarca traiçoeiro havia pedido. Ele cavalgara até Ophir de boa fé e fora confrontado pelos supostos rivais, agora aliados contra ele. Era um bom atestado da destreza de Conan o fato de terem trazido todo um exército para atacá-lo e aos seus cinco mil.

Uma nuvem vermelha velou sua visão; suas veias incharam de fúria e, em suas têmporas, uma pulsação latejava de forma enlouquecedora. Durante toda a sua vida, ele nunca sentira uma ira maior e mais impotente. Em cenas velozes, o espetáculo de toda a sua vida passou fugazmente diante de seu olho mental, um panorama em que se moviam figuras sombrias que eram ele mesmo, em muitas facetas e condições: um bárbaro vestido de pele; um espadachim mercenário com capacete de chifres e cota de malha; um corsário em um barco com proa de dragão que deixava uma trilha vermelha de sangue e pilhagem ao longo da costa sul; um capitão de hostes militares usando aço polido, sobre um corcel preto empinado; um rei em um trono dourado com a bandeira do leão flutuando acima, e multidões de cortesãos em roupas alegres e damas de joelhos. Mas os solavancos e trepidações da carruagem sempre traziam seus pensamentos de volta a lembrar com monotonia enlouquecedora a traição de Amalrus e a feitiçaria de Tsotha. As veias quase estouraram em suas têmporas e os gritos dos feridos nas carruagens o encheram de feroz satisfação.

Antes da meia-noite, eles cruzaram a fronteira de Ophir e, ao amanhecer, as torres de Khorshemish ergueram-se cintilantes e tingidas de rosa no horizonte a sudeste, as torres estreitas cercadas pela cidadela escarlate sombria que à distância era como um respingo de sangue brilhante no céu. Aquele era o castelo de Tsotha. Apenas uma rua estreita, pavimentada com mármore e guardada por pesados portões de ferro, conduzia até ele, que coroava a colina que dominava a cidade. Os lados daquela colina eram íngremes demais para serem escalados por algum outro ponto. Das muralhas da cidadela, era possível vigiar as largas ruas brancas da cidade e suas mesquitas com minaretes, comércios, templos, mansões e mercados. Também se podia olhar para baixo, para o palácio do rei, com seus amplos jardins, muros altos, luxuosos trechos de árvores frutíferas e flores, através dos quais riachos artificiais murmuravam e fontes prateadas ondulavam incessantemente. Acima de tudo aquilo pairava a cidadela, como um condor curvando-se sobre sua presa, concentrado em suas próprias meditações sinistras.

Os poderosos portões entre as enormes torres da muralha externa se abriram com estrépito e o rei entrou em sua capital entre as fileiras de lanceiros cintilantes, enquanto cinquenta trombetas eram tocadas em saudação. Mas a multidão não se aglomerou nas ruas pavimentadas de branco para atirar rosas aos cascos do conquistador. Strabonus tinha chegado antes da notícia da batalha, e o povo, iniciando suas ocupações do dia, ficou boquiaberto ao ver seu rei retornar com um pequeno séquito, e ficou em dúvida se isso significava vitória ou derrota.

Conan, com a vida movendo-se lentamente em suas veias novamente, esticou o pescoço do chão da carruagem para ver as maravilhas desta cidade que os homens chamavam de Rainha do Sul. Ele havia pensado que um dia cavalgaria por esses portões dourados à frente de seus esquadrões revestidos de aço, com a grande bandeira do leão flutuando sobre sua cabeça protegida por um capacete. Em vez disso, ele entrava acorrentado, despido de sua armadura e lançado como um escravo cativo ao piso de bronze da carruagem de seu conquistador. Uma alegria diabólica e rebelde, de zombaria, ergueu-se acima de sua fúria, mas para os soldados nervosos que guiavam a carruagem, sua risada soou como o murmúrio de um leão que despertava.

11

Couraça reluzente de antiga mentira; Direito Divino presenteado
Você ganhou sua coroa como herança, eu com sangue derramado.
O trono que conquistei com sangue e suor, por Crom, não irei negociar
Nem pela promessa de vales de ouro, nem se o Inferno tentar me ameaçar!
— A ESTRADA DOS REIS

NA CIDADELA, EM UMA CÂMARA com um teto abobadado de azeviche esculpido e os arcos desgastados das portas cintilando com estranhas joias escuras, uma estranha reunião se dava. Conan da Aquilônia, com sangue que escorria dos ferimentos sem curativos e que coagulava em seus enormes membros, encarava seus captores. Em cada lado dele havia uma dúzia de gigantes negros, segurando seus machados de cabo longo. Diante dele se encontrava Tsotha e, em divãs, Strabonus e Amalrus descansavam envoltos em seda e ouro, brilhando com joias, com escravos jovens e nus ao lado servindo vinho em taças esculpidas em uma única safira. Em forte contraste estava Conan. Raivoso, sujo de sangue, nu exceto por uma tanga, algemas em seus membros poderosos, seus olhos azuis brilhando sob a cabeleira negra emaranhada que caía sobre sua testa larga. Ele dominava a cena, transformando em piada a pompa dos conquistadores graças à pura vitalidade de sua personalidade selvagem, e os reis, em seu orgulho e esplendor, estavam cientes disso no mais íntimo de seus seres, e não estavam à vontade. Apenas Tsotha não estava incomodado.

– Nossos desejos serão expressos prontamente, rei da Aquilônia – disse Tsotha. – É nosso desejo estender nosso império.

– E, portanto, querem tomar meu reino – murmurou Conan.

– O que é você, senão um aventureiro, que se apoderou de uma coroa à qual não tinha mais direito do que qualquer outro bárbaro errante? – se defendeu Amalrus. – Estamos preparados para oferecer a você uma compensação adequada...

– Compensação! – a palavra saiu com uma rajada de riso profundo do peito poderoso de Conan. – O preço da infâmia e da traição! Eu sou um bárbaro, então irei vender meu reino e seu povo em troca de minha vida e seu ouro imundo? Hah! Como conseguiu sua coroa, você e esse porco da cara preta ao seu lado? Seus pais lutaram e sofreram, e entregaram suas coroas a vocês em bandejas de ouro. O que vocês herdaram sem levantar um dedo... exceto para envenenar alguns de seus irmãos... eu lutei para conquistar. Vocês se sentam em cetim e bebem vinho que as pessoas suam para produzir, e falam dos direitos divinos da soberania... Bah! Eu escalei o abismo da barbárie nua e crua até chegar ao trono. Nessa escalada, derramei meu sangue tanto quanto derramei o de outros. Se algum de nós tem o direito de governar outros homens, por Crom, sou eu! O que fizeram para provarem ser meus superiores?

Ele continuou:

– Encontrei a Aquilônia nas garras de um porco como vocês... alguém que podia traçar sua genealogia até mil anos. A terra estava dilacerada pelas guerras dos barões e o povo sofria com a opressão e os impostos. Hoje, nenhum nobre aquiloniano se atreve a maltratar nem o mais humilde dos meus súditos, e os impostos do povo são mais leves do que em qualquer outro lugar do mundo. E vocês? Seu irmão, Amalrus, detém a metade leste de seu reino e o desafia. E você, Strabonus, seus soldados estão agora mesmo sitiando castelos de uma dúzia ou mais de barões rebeldes. O povo de ambos os seus reinos está esmagado contra a terra por meio de impostos e taxas tirânicos. E vocês ainda querem saquear o meu... hah! Libertem minhas mãos e eu vou encerar este piso com seus cérebros!

Tsotha sorriu tristemente ao notar o ódio de seus companheiros reais.

– Tudo isso, por mais verdadeiro que seja, não vem ao caso. Nossos planos não são da sua conta. Sua responsabilidade terminará quando assinar este pergaminho, segundo o qual abdica em favor do Príncipe Arpello, de Pellia. Nós lhe daremos armas, um cavalo, cinco mil lunas douradas e o escoltaremos para a fronteira a leste.

– Deixando-me de volta no lugar pelo qual adentrei a cavalo a Aquilônia para servir nos exércitos do reino, só que agora com o fardo adicional de ser um traidor! – A risada de Conan foi como o latido profundo e curto de um lobo cinzento. – Arpello, hein? Eu já suspeitava daquele açougueiro de Pellia. Vocês não conseguem nem roubar e saquear com honestidade, precisam usar uma desculpa, por mais frágil que seja? Arpello afirma ter um pouco de sangue real; então vocês o usam como uma desculpa para o roubo e, depois, um déspota por meio do qual governar. Verei vocês no inferno antes de consentir com isso.

– Você é um tolo! – exclamou Amalrus. – Está em nossas mãos, e podemos tomar tanto sua coroa quanto sua vida à vontade!

A resposta de Conan não foi digna de um rei, mas caracteristicamente instintiva no homem, cuja natureza bárbara nunca foi abatida pela cultura que tinha adotado. Ele lançou uma cusparada que atingiu bem os olhos de Amalrus. O rei de Ophir saltou com um grito de fúria indignada, tateando em busca de sua espada delgada. Encontrando-a, ele se adiantou na direção do cimério, mas Tsotha interveio.

– Espere, sua majestade; este homem é meu prisioneiro.

– Afaste-se, bruxo! – gritou Amalrus, enlouquecido pelo brilho nos olhos azuis do cimério.

– Afasta-se, já disse! – rugiu Tsotha, dominado por uma ira terrível. Sua mão esguia saiu da manga larga e lançou uma chuva de poeira no rosto contorcido do ophireano. Amalrus gritou e cambaleou para trás, esfregando os olhos, a espada caindo de sua mão. Ele caiu debilmente no divã, enquanto os guardas kothianos olhavam impassíveis e o rei Strabonus engoliu apressadamente outra taça de vinho, segurando-a com mãos trêmulas. Amalrus abaixou as mãos e balançou a cabeça violentamente, a inteligência lentamente voltando a seus olhos cinzentos.

– Eu fiquei cego – ele rosnou. – O que você fez comigo, bruxo?

– Apenas um gesto para convencê-lo de quem era o verdadeiro mestre – retrucou Tsotha, a máscara de seu comportamento formal indo por terra e revelando a personalidade real e maligna do homem. – Strabonus aprendeu a lição... que você também aprenda a sua. Foi apenas a poeira que encontrei em uma tumba na Estígia o que joguei em seus olhos. Se eu tirar a visão deles novamente, vou deixá-lo tateando na escuridão pelo resto da sua vida.

Amalrus encolheu os ombros, sorriu de modo extravagante e pegou uma taça, disfarçando seu medo e fúria. Um diplomata educado, ele recuperou rapidamente sua pose. Tsotha voltou-se para Conan, que permanecera imperturbável durante o episódio. A um gesto do bruxo, os homens negros agarraram seu prisioneiro e o carregaram atrás de Tsotha, que abriu caminho para fora da câmara através de uma porta em arco que dava em um corredor sinuoso, cujo piso era feito de mosaicos multicoloridos, com paredes incrustadas de ouro e prata, e de cujo teto arqueado e desgastado balançavam incensários dourados que enchiam o corredor com deliciosas nuvens perfumadas. Eles viraram por um corredor menor, feito de azeviche e jade preto, sombrio e horrível, que terminava em uma porta de bronze com um arco sobre o qual um crânio humano sorria horrivelmente. Nesta porta estava parada uma figura gorda e repelente, balançando um molho de chaves, o eunuco-chefe de Tsotha, chamado Shukeli, de quem histórias horríveis eram sussurradas, um homem no qual um desejo bestial por praticar tortura tomava o lugar das paixões humanas normais.

A porta de bronze dava para uma escada estreita que parecia serpentear até as entranhas da colina em que se erguia a cidadela. O grupo desceu essas escadas, até finalmente parar em uma porta de ferro, cuja solidez parecia desnecessária. Evidentemente, ela não abria para o ar exterior, mas foi construída como se para resistir ao golpe de catapultas e aríetes. Shukeli a abriu e, ao empurrar o pesado portal, Conan notou a evidente inquietação entre os gigantes negros que o protegiam; nem Shukeli parecia totalmente destituído de nervosismo ao analisar a escuridão além. Dentro da grande porta havia uma segunda barreira, composta de pesadas barras de aço. Eram travadas por um ferrolho engenhoso que não tinha fechadura e só podia ser acionado do lado de fora; esse ferrolho disparou de volta e a grade deslizou na parede. Eles passaram por um corredor largo, o chão, as paredes e o teto arqueado pareciam ser esculpidos em pedra sólida. Conan sabia que estava muito abaixo do solo, até abaixo da própria colina. A escuridão pressionava as tochas dos guardas como algo inteligente e animado.

Eles prenderam o rei a uma argola na parede de pedra. Acima de sua cabeça, em um nicho na parede, colocaram uma tocha, de modo que ele se viu em um semicírculo de luz fraca. Os gigantes negros estavam ansiosos para saírem dali; eles murmuravam entre si e lançavam olhares temerosos para a escuridão. Tsotha fez sinal para que saíssem e eles atravessaram a porta em passos trôpegos, como se temessem que a escuridão pudesse assumir uma forma tangível e saltar sobre suas costas. Tsotha se virou para Conan, e o rei percebeu, inquieto, que os olhos do mago brilhavam na semiescuridão e que seus dentes se pareciam muito com as presas de um lobo, brilhando nas sombras.

– E assim, adeus, bárbaro – zombou o feiticeiro. – Devo cavalgar até Shamar, até o cerco. Em dez dias estarei em seu palácio em Tamar, com meus guerreiros. Que recado da sua parte darei às suas mulheres antes de esfolar suas peles delicadas para transformar em pergaminhos nos quais narrar os triunfos de Tsotha-Lanti?

Conan respondeu com uma maldição ciméria que teria estourado os tímpanos de um homem comum, e Tsotha sorriu e se retirou. Conan teve um vislumbre de sua figura semelhante a um abutre através das barras grossas, enquanto fechava a grade; então a pesada porta externa ressoou e o silêncio caiu como uma mortalha.

III

O Leão caminhou pelos corredores infernais;
Em seu caminho, sombras e formas mortais
De seres e coisas que nem ao menos nome ganharam,
Monstros com mandíbulas que muitas vidas tiraram.
A escuridão estremeceu com tantos gritos finais
Quando o Leão espreitou pelos corredores infernais.

– VELHA BALADA

O REI CONAN TESTOU A ARGOLA na parede e a corrente que o prendia. Seus membros estavam livres, mas ele sabia que nem mesmo sua força de ferro poderia quebrar as algemas. Os elos da corrente eram tão grossos quanto seu polegar e presos a uma faixa de aço em volta de sua cintura, uma faixa larga como sua mão e com meia polegada de espessura. O próprio peso de suas algemas teria matado de exaustão um homem menor. As fechaduras que prendiam a faixa e a corrente eram peças enormes que nem mesmo uma marreta poderia amassar. Quanto à argola, evidentemente ela atravessava a parede e se fechava do outro lado.

Conan praguejou e o pânico o invadiu quanto fitou a escuridão que pressionava contra o semicírculo de luz. O pavor supersticioso dos bárbaros dormia em sua alma, intocado pela lógica civilizada. Sua imaginação primitiva povoou a escuridão subterrânea com formas terríveis. Além disso, sua razão dizia-lhe que não fora colocado ali apenas para confinamento. Seus captores não tinham motivo para poupá-lo. Ele havia sido colocado nesses fossos para receber um fim definitivo. Ele se amaldiçoou por ter recusado a oferta, mesmo enquanto sua teimosa masculinidade se revoltava com o pensamento, e ele sabia que, se fosse perguntando de novo e tivesse outra chance, sua resposta seria a mesma. Ele não venderia seus súditos ao açougueiro. E, no entanto, não fora pensando no ganho de ninguém além do seu próprio que ele havia conquistado o reino originalmente. Assim, sutilmente, o instinto da responsabilidade como soberano às vezes se imbui até mesmo em um saqueador ardiloso.

Conan pensou na última ameaça abominável de Tsotha e até gemeu tomado por fúria doentia, sabendo que não era uma declaração vazia. Para o bruxo, homens e mulheres não eram mais importantes do que um inseto se contorcendo era para o cientista. Mãos brancas e macias que o acariciaram, lábios vermelhos que foram pressionados contra os seus, colos brancos e delicados que tremeram com seus beijos quentes e ferozes, sendo despojados de sua pele delicada, branca como marfim e rosa como pétalas jovens – dos lábios de Conan explodiu um grito tão assustador e desumano em sua fúria enlouquecida que, se alguém tivesse ouvido, teria ficado horrorizado ao descobrir que vinha de uma garganta humana.

Os ecos arrepiantes o fizeram estremecer e forçaram o rei a notar vividamente sua própria situação. Ele olhou com apreensão para a escuridão próxima e lembrou das histórias terríveis que ouvira sobre a crueldade necromântica de Tsotha, e foi com uma sensação gelada na espinha que percebeu que aqueles deviam ser os próprios Salões do Horror, assim batizados nas lendas aterradoras, os túneis e masmorras em que Tsotha realizava experiências horríveis com seres humanos, com feras e, como era dito em sussurros, demônios, adulterando os elementos básicos da própria vida em sua blasfêmia. Rumores diziam que o poeta louco, Rinaldo, havia visitado esses fossos e o bruxo mostrara-lhe tantos horrores que as monstruosidades sem nome das quais falou em seu terrível poema, *A Canção do Fosso*, não eram meras fantasias de um cérebro confuso. Aquele cérebro havia se desmanchado em pó sob o machado de batalha de Conan na noite em que o rei lutou por sua vida com os assassinos e traidores que o rimador louco havia conduzido ao palácio, mas as palavras arrepiantes daquela canção horrível ainda soavam nos ouvidos do rei enquanto ele estava lá em pé, preso por suas correntes.

Mal acabara de pensar naquilo, o cimério foi paralisado por um leve farfalhar, capaz de gelar o sangue em suas implicações. Ele ficou tenso enquanto escutava, uma atitude dolorosa em sua intensidade. Uma mão gelada acariciou sua espinha. Era o som inconfundível de escamas deslizando suavemente sobre a pedra. Suor frio molhou sua pele quando, além do anel de luz fraca, ele viu uma forma vaga e colossal, terrível mesmo sendo indistinta. A coisa se ergueu, oscilando ligeiramente, e olhos amarelos em meio às sombras brilharam friamente sobre ele. Lentamente, uma enorme e horrível cabeça triangular tomou forma diante de seus olhos dilatados e vinda da escuridão se aproximou em espirais escamosas, o horror reptiliano máximo.

Era uma cobra que colocava no chinelo todas as ideias anteriores de Conan sobre cobras. Ela se estendia por 25 metros de sua cauda pontuda até sua cabeça triangular, que era maior do que a de um cavalo. Na penumbra, suas escamas brilhavam frias, brancas como a geada. Certamente este réptil nascera e crescera nas trevas, mas seus olhos estavam cheios de maldade e confiança. Ela enrolou seu poderoso corpo na frente do prisioneiro, e a enorme cabeça no pescoço arqueado oscilou a poucos centímetros de seu rosto. Sua língua bifurcada quase roçou os lábios de Conan quando entrou e saiu rapidamente, e seu odor fétido fez os sentidos dele se encolherem de náusea. Os grandes olhos amarelos queimaram os dele, e Conan os encarou de volta como um lobo aprisionado. Ele lutou contra o impulso louco de agarrar o grande pescoço arqueado com suas mãos poderosas. Forte além da compreensão de um homem civilizado, ele já quebrara o pescoço de uma píton em uma batalha feroz na costa da Estígia em seus dias de corsário. Mas este réptil era venenoso; ele viu as grandes presas, com trinta centímetros de comprimento, curvas como cimitarras. Delas pingava um líquido incolor que ele sabia instintivamente significar a morte. Ele poderia até conseguir esmagar aquele crânio triangular com o golpe desesperado de um punho cerrado, mas ele sabia que, ao primeiro sinal de movimento, o monstro atacaria como um relâmpago.

Não foi devido a nenhum processo de raciocínio lógico que Conan permaneceu imóvel, já que a razão poderia ter dito a ele, uma vez que estava condenado de qualquer maneira, a incitar a cobra a atacar e acabar logo com isso; era o instinto cego de autopreservação que o mantinha rígido como uma estátua feita de ferro. Agora o grande monstro se empinou e a cabeça ficou suspensa bem acima da sua, enquanto o monstro investigava a tocha. Uma gota de veneno caiu em sua coxa nua, e a sensação foi como uma adaga incandescente sendo cravada em sua carne. Jatos vermelhos de agonia dispararam pelo cérebro de Conan, mas ele se manteve imóvel; nem a contração de um músculo ou o piscar de um cílio traiu a dor do ferimento que deixou uma cicatriz que ele carregaria até o dia de sua morte.

A serpente dançou sobre ele, como se procurasse verificar se havia vida de verdade nesta figura que estava tão imóvel como a morte. Então, de repente e inesperadamente, a porta externa, quase invisível nas sombras, ressoou estridentemente. A serpente, desconfiada como toda sua espécie, chicoteou com uma rapidez incrível para seu tamanho e desapareceu com um deslizar longo corredor abaixo.

A porta se abriu e permaneceu aberta. A grade foi retirada e uma enorme figura escura ficou emoldurada pelo brilho das tochas do lado de fora. A figura deslizou para dentro, puxando a grade parcialmente para trás, deixando o ferrolho suspenso. Enquanto se movia até a luz da tocha sobre a cabeça de Conan, o rei viu que era um negro gigante, totalmente nu, segurando em uma das mãos uma espada enorme e na outra um molho de chaves. O negro falou em um dialeto da costa marítima, e Conan respondeu; ele aprendera a língua enquanto era corsário nas costas de Kush.

– Há muito tempo desejo conhecê-lo, Amra – O negro chamou Conan de "Amra, o Leão", o nome pelo qual o cimério era conhecido pelos kushitas em seus dias de pirataria. O rosto do escravo se abriu em um sorriso largo, mostrando presas brancas, mas seus olhos brilhavam vermelhos à luz das tochas.
– Eu arrisquei muito para conseguir este encontro! Veja! As chaves das suas correntes! Eu as roubei de Shukeli. O que você vai me dar por elas?

Ele balançou as chaves na frente dos olhos de Conan.

– Dez mil luas douradas – respondeu o rei rapidamente, uma nova esperança surgindo ferozmente em seu peito.

– Não é o bastante! – gritou o negro, uma exultação feroz brilhando em seu semblante de ébano. – Não é o suficiente para os riscos que corro. Os bichinhos de estimação de Tsotha podem sair do escuro e me devorar, e se Shukeli descobrir que roubei as chaves dele, ele vai me pendurar pelo meu... bem, o que vai me dar?

– Quinze mil luas e um palácio em Poitain – ofereceu o rei.

O negro gritou e bateu os pés em um frenesi de felicidade bárbara.

– Mais! – ele gritou. – Ofereça-me mais! O que você vai me dar?

– Cão maldito – uma névoa vermelha de fúria percorreu os olhos de Conan. – Se eu estivesse livre, partiria sua coluna! Shukeli mandou você aqui para zombar de mim?

– Shukeli não sabe nada sobre a minha vinda aqui, homem branco – respondeu o negro, esticando o pescoço grosso para olhar nos olhos selvagens de Conan. – Eu te conheço há muito tempo, desde os dias em que eu era o chefe de um povo livre, antes que os estígios me capturassem e me vendessem no norte. Você não se lembra do saque de Abombi, quando seus lobos do mar nos atacaram? Ante o palácio do rei Ajaga você matou um chefe e um chefe fugiu de você. Foi meu irmão quem morreu; fui eu quem fugiu. Exijo de você um pagamento em sangue, Amra!

– Liberte-me e eu pagarei seu peso em moedas de ouro – rosnou Conan.

Os olhos vermelhos brilharam, os dentes brancos reluziram como os de um lobo à luz das tochas.

– Sim, seu cão branco, você é como toda a sua raça; mas para um homem negro o ouro nunca pode pagar pelo sangue derramado. O preço que eu peço é... a sua cabeça!

A última palavra saiu como um grito maníaco que ecoou fortemente. Conan se retesou, inconscientemente lutando contra as algemas em sua aversão a morrer como uma ovelha. Subitamente, ele ficou paralisado por um horror maior. Por cima do ombro do homem negro, ele viu uma forma vaga e horrível balançando na escuridão.

– Tsotha nunca saberá! – riu o homem diabolicamente, absorto demais em se regozijar com seu triunfo para dar atenção a qualquer outra coisa, bêbado de ódio demais para saber que a morte dançava atrás de seu ombro. – Ele não virá para as masmorras até que os demônios tenham arrancado seus ossos de suas correntes. Eu terei sua cabeça, Amra!

Ele apoiou as pernas grossas como colunas de ébano e ergueu a enorme espada com as duas mãos, seus grandes músculos negros girando e estalando à luz das tochas. E, naquele instante, a sombra titânica atrás dele disparou para baixo e para a frente, e a cabeça triangular golpeou com um impacto que ecoou pelos túneis. Nenhum som saiu dos lábios grossos que se abriram em agonia fugaz. Com o baque do golpe, Conan viu a vida fugir dos grandes olhos negros com a rapidez de uma vela assoprada. O golpe lançou o grande corpo negro para o outro lado corredor e, horrivelmente, a forma sinuosa e gigantesca girou em torno dele em espirais brilhantes que o ocultaram de vista, e o estalo da compressão de ossos chegou claramente aos ouvidos de Conan. Então algo fez seu coração bater loucamente. A espada e as chaves voaram das mãos do homem e caíram sobre a pedra... e as chaves estavam quase aos pés do rei.

Ele tentou se curvar até elas, mas a corrente era muito curta; quase sufocado pelas batidas loucas de seu coração, ele escorregou um pé de sua sandália e pegou-as com os dedos dos pés; levantando o pé, ele as agarrou ferozmente, mal abafando o grito de exultação feroz que subiu instintivamente aos seus lábios.

Um instante manuseando as enormes fechaduras e ele estava livre. Ele pegou a espada caída e olhou ao redor. Seus olhos encontraram apenas o vazio da escuridão, para a qual a serpente arrastara um objeto esmagado e esfarrapado que apenas vagamente se parecia com um corpo humano. Conan se virou para a porta aberta. Alguns passos rápidos o levaram até a soleira.

Um som de risadas estridentes se fez ouvir através das catacumbas, e a grade se fechou sob seus próprios dedos, o ferrolho descendo para seu lugar. Através das grades, espiava um rosto como o de uma gárgula zombeteira esculpida diabolicamente: Shukeli, o eunuco, que havia seguido suas chaves roubadas. Em sua alegria, certamente ele não viu a espada na mão do prisioneiro. Com um terrível esconjuro, Conan atacou como uma cobra atacaria; a grande lâmina sibilou entre as barras e a risada de Shukeli terminou em um grito mortal. O eunuco gordo curvou-se ao meio, como se estivesse se curvando para seu assassino, e se derreteu como cera, as mãos rechonchudas agarrando-se em vão às entranhas derramadas.

Conan rosnou com satisfação selvagem; mas ele ainda era um prisioneiro. Suas chaves eram inúteis frente ao ferrolho, que só podia ser aberto do lado de fora. Seu toque experiente lhe disse que as barras eram resistentes como uma espada; uma tentativa de abrir seu caminho para a liberdade iria apenas estilhaçar sua única arma. No entanto, ele encontrou mossas nessas barras adamantinas, como marcas de presas incríveis, e se perguntou com um estremecimento involuntário que tipos de monstros sem nome haviam atacado tão terrivelmente as grades. Apesar de tudo, havia apenas uma coisa para ele fazer, e era buscar alguma outra saída. Tirando a tocha do nicho, ele se lançou pelo corredor, a espada na mão. Ele não viu nenhum sinal da serpente ou de sua vítima, apenas uma grande mancha de sangue no chão de pedra.

A escuridão espreitava silenciosa ao seu redor, pouco afastada por sua tocha bruxuleante. Nas duas laterais, ele viu passagens escuras, mas se manteve no corredor principal, observando o chão à sua frente com atenção, para não cair em algum buraco. E, de repente, ele ouviu o som de uma mulher chorando dolorosamente. Outra das vítimas de Tsotha, ele imaginou, amaldiçoando o bruxo novamente e, virando-se para aquele lado, seguiu o som por um túnel menor, frio e úmido.

O choro ficava mais próximo à medida que ele avançava e, erguendo a tocha, avistou uma forma vaga nas sombras. Aproximando-se mais, ele se deteve repentinamente, horrorizado com a massa amorfa que se esparramava diante dele. Seus contornos instáveis sugeriam um polvo, mas seus tentáculos malformados eram curtos demais para seu tamanho e sua substância gelatinosa e trêmula o deixava enjoado de olhar. Em meio a essa massa asquerosa, erguia-se uma cabeça parecida com a de uma rã, e ele ficou paralisado e nauseado de horror ao perceber que o som de choro vinha daqueles obscenos lábios deformados. O barulho mudou para um riso agudo abominável quando os grandes olhos da monstruosidade pousaram sobre ele, em seguida erguendo seu corpo trêmulo na sua direção. Ele recuou e fugiu túnel acima, sem confiança em sua espada. A criatura podia ser composta de matéria terrestre, mas abalou sua própria alma olhar para ela, e ele duvidava do poder de armas feitas pelo homem para feri-la. Por uma curta distância, ele ouviu a coisa se agitando e se debatendo atrás dele, com uma risada alta e horrível. A nota inconfundivelmente humana de sua alegria quase desconcertou a razão de Conan. Era exatamente a mesma risada que ele ouvira borbulhar obscenamente dos lábios cheios das mulheres lascivas de Shadizar, a cidade da perversidade, quando garotas escravas eram despidas no leilão público. Por meio de que artes infernais Tsotha trouxe aquele ser sobrenatural à vida? Conan sentia vagamente que havia testemunhado uma blasfêmia contra as leis eternas da natureza.

Correu em direção ao corredor principal, mas antes de alcançá-lo cruzou uma espécie de pequena câmara quadrada, onde se cruzavam dois túneis. Ao chegar a esta câmara, ele percebeu rapidamente uma pequena massa atarracada no chão à sua frente. Então, antes que pudesse controlar sua velocidade ou desviar para o lado, seu pé atingiu algo que deu um guincho estridente, e ele caiu para a frente, a tocha voando de sua mão e se apagando ao atingir o chão de pedra. Um tanto atordoado por sua queda, Conan se levantou e tateou na escuridão. Seu senso de direção estava confuso e ele não conseguia decidir em que direção ficava o corredor principal. Ele não procurou a tocha, pois não tinha como reacendê-la. Suas mãos tateantes encontraram as aberturas dos túneis e ele escolheu um ao acaso. Por quanto tempo ele o atravessou na escuridão total, ele nunca soube, mas subitamente seu instinto bárbaro o deteve com o aviso de um perigo próximo.

Ele teve a mesma sensação de quando esteve à beira de grandes precipícios na escuridão. Caindo de quatro, ele seguiu engatinhando e logo sua mão estendida encontrou a borda de um poço, no qual o chão do túnel sumia abruptamente. Até onde ele podia tatear, os lados eram largos, úmidos e viscosos ao seu toque. Ele estendeu um braço na escuridão e mal conseguiu tocar a borda oposta com a ponta de sua espada. Ele poderia saltar por cima, portanto, mas não havia sentido nisso. Ele havia pegado o túnel errado e o corredor principal estava em algum lugar atrás dele.

Enquanto pensava nisso, ele sentiu um leve movimento de ar. Um vento sinistro, subindo do poço, agitou seu cabelo negro. A pele de Conan se arrepiou. Ele tentou dizer a si mesmo que esse poço se conectava de alguma forma com o mundo exterior, mas seus instintos lhe diziam que não era algo natural. Ele não estava apenas dentro da colina; ele estava abaixo, muito abaixo do nível das ruas da cidade. Como, então, um vento externo poderia encontrar seu caminho para dentro dos fossos e soprar de baixo para cima? Um latejar fraco pulsou naquele vento fantasmagórico, como tambores batendo, muito, muito abaixo. Um forte calafrio sacudiu o rei da Aquilônia.

Ele se levantou e recuou e, enquanto o fazia, algo flutuou para fora do poço. O que era, Conan não sabia. Ele não conseguia ver nada na escuridão, mas sentia distintamente uma presença, uma inteligência invisível e intangível que pairava malignamente perto dele. Virando-se, ele fugiu por onde tinha vindo. Bem à frente, ele viu uma minúscula faísca vermelha. Ele se dirigiu para ela e, muito antes de pensar que tinha alcançado, ele se chocou de cabeça contra uma parede sólida e viu a faísca a seus pés. Era sua tocha, a chama apagada, mas seu final um carvão incandescente. Com cuidado, ele a pegou e soprou sobre ela, transformando-a em chamas novamente. Ele deu um suspiro quando a pequena chama saltou. Ele estava de volta à câmara onde os túneis se cruzavam e seu senso de direção voltou.

Ele localizou o túnel pelo qual havia deixado o corredor principal e, quando avançava em direção a ele, a chama da tocha tremeluziu loucamente como se tivesse sido soprada por lábios invisíveis. Novamente ele sentiu uma presença e ergueu a tocha, olhando ao redor.

Ele não viu nada; no entanto sentiu, de alguma forma, uma coisa invisível e incorpórea que pairava no ar, gotejando viscosamente e murmurando obscenidades que ele não podia ouvir, mas das quais estava ciente de alguma maneira instintiva. Ele girou violentamente sua espada e sentiu como se estivesse cortando teias de aranha. Um horror frio o sacudiu então, e ele fugiu pelo túnel, sentindo um hálito fétido e quente nas costas nuas enquanto corria.

Mas, quando saiu para o corredor amplo, ele não estava mais ciente de qualquer presença, visível ou invisível. Seguiu por ele, esperando que a qualquer momento demônios com presas e garras saltassem sobre ele da escuridão. Os túneis não eram silenciosos. Das entranhas da terra, de todas as direções, vinham sons que não pertenciam a um mundo controlado pela sanidade. Havia risos abafados, guinchos de alegria demoníaca, uivos longos e arrepiantes, e uma vez a risada inconfundível de uma hiena terminou terrivelmente em palavras humanas de estridente blasfêmia. Ele ouviu o barulho de passos furtivos e, nas bocas dos túneis, vislumbrou formas sombrias, monstruosas e de contorno anormal.

Era como se ele tivesse chegado por acaso ao inferno. Um inferno criado por Tsotha-Lanti. Mas as formas sombrias não saíram para o grande corredor, embora ele tenha ouvido distintamente a sucção gananciosa de lábios sedentos e sentisse o brilho ardente de olhos famintos. E logo ele descobriu por quê. Um som de algo deslizando atrás dele o assustou, e ele saltou para a escuridão de um túnel próximo, sacudindo sua tocha para apagá-la. No corredor, ele ouviu a grande serpente rastejando, ainda lenta após sua recente e horrível refeição. Ao seu lado, algo choramingou de medo e escapuliu para a escuridão. Evidentemente, o corredor principal era o campo de caça da grande cobra e os outros monstros mantinham-se longe.

Para Conan, a serpente era o menor horror entre eles; ele quase sentiu uma afinidade com ela quando se lembrou da obscenidade chorosa e risonha, e da coisa gotejante e úmida que saiu do poço. Pelo menos, ela era de matéria terrestre; era uma morte rastejante, mas ameaçava apenas a extinção física, enquanto aqueles outros horrores ameaçavam a mente e a alma também.

Depois que ela passou pelo corredor, ele a seguiu no que esperava ser uma distância segura, soprando sua tocha novamente. Ele não tinha ido muito longe quando ouviu um gemido baixo que parecia emanar da entrada negra de um túnel próximo. A cautela o alertou, mas a curiosidade o conduziu até o túnel, segurando bem alto a tocha que agora era pouco mais que um toco. Ele estava preparado para ver qualquer coisa, mas o que viu foi o que menos poderia esperar. Ele estava olhando para uma ampla cela e um espaço dela estava fechado com barras instaladas estreitamente que se estendiam do chão ao teto, fixadas firmemente na pedra. Dentro dessas barras estava uma figura que, quando ele se aproximou, viu ser um homem, ou a semelhança exata de um homem, amarrado e preso com as gavinhas de uma videira espessa que parecia crescer através da pedra sólida do chão. Ela estava coberta com folhas estranhamente pontiagudas e flores vermelhas. Não o vermelho acetinado das pétalas naturais, mas um escarlate lívido e não natural, como uma perversão da natureza das flores. Seus ramos flexíveis e aderentes envolviam o corpo nu e os membros do homem, parecendo acariciar sua carne encolhida com beijos ávidos e luxuriosos. Uma grande flor pairava exatamente sobre sua boca. Um gemido baixo e animalesco babou dos lábios moles; a cabeça rolou como se estivesse em agonia insuportável e os olhos fitaram Conan. Mas não havia luz de inteligência neles; eles estavam vazios, vítreos, os olhos de um idiota.

Agora a grande flor escarlate desceu e pressionou suas pétalas sobre os lábios contorcidos. Os membros do prisioneiro se retorceram de angústia; as gavinhas da planta estremeceram como se estivessem em êxtase, vibrando em toda a sua extensão. Uma mudança de matiz se espalhou sobre elas; sua cor ficou mais forte, mais venenosa.

Conan não entendia o que via, mas soube que presenciava terror de algum tipo. Homem ou demônio, o sofrimento do cativo tocou o coração rebelde e impulsivo de Conan. Procurou uma entrada e encontrou nas grades uma porta em forma de grelha, trancada com uma fechadura pesada, para a qual encontrou uma chave entre as que carregava e entrou. Instantaneamente, as pétalas das flores lívidas se abriram como o capuz de uma cobra, as gavinhas se ergueram ameaçadoramente e a planta inteira balançou e se inclinou em sua direção. Aqui não havia crescimento cego de vegetação natural. Conan sentiu uma inteligência maligna; a planta podia vê-lo, e ele sentiu ódio emanar dela em ondas quase tangíveis. Aproximando-se cautelosamente, ele viu o caule, um caule repulsivamente flexível, mais espesso que sua coxa, e no momento em que as longas gavinhas arquearam em sua direção com um chocalho de folhas e sibilos, ele golpeou com sua espada e cortou o caule com um único golpe.

Instantaneamente, o pobre desgraçado nas garras dela foi lançado violentamente para o lado, enquanto a grande videira chicoteava e se enrolava como uma serpente decapitada, se tornando uma enorme bola irregular. As gavinhas se debatiam e se contorciam, as folhas balançavam e sacudiam como castanholas e as pétalas abriam e fechavam convulsivamente; então, toda a sua extensão se esticou flacidamente, as cores vivas empalideceram e esmaeceram, um líquido branco fedorento começou a correr do toco decepado.

Conan assistiu, fascinado; então um som o fez girar, a espada erguida. O homem liberto estava de pé, examinando-o. Conan ficou boquiaberto de espanto. Os olhos no rosto cansado não eram mais inexpressivos. Sombrios e meditativos, eles estavam cheios de inteligência, e a expressão de imbecilidade havia sumido como uma máscara. A cabeça era estreita e bem formada, com uma testa alta e esplêndida. Toda a constituição do homem era aristocrática, evidente não menos em seu corpo alto e esguio do que em seus pés e mãos pequenos e elegantes. Suas primeiras palavras foram estranhas e surpreendentes.

– Em que ano estamos? – ele perguntou, falando em kothico.

– Hoje é o décimo dia do mês yuluk, do ano da Gazela – respondeu Conan.

– Yagkoolan Ishtar! – murmurou o estranho. – Dez anos!

Ele passou a mão pela testa, balançando a cabeça como se para limpar o cérebro das teias de aranha.

– Tudo ainda está confuso. Depois de um vazio de dez anos, não se pode esperar que a mente comece a funcionar claramente tão depressa. Quem é você?

– Conan, antes da Ciméria. Agora, rei da Aquilônia.

Os olhos do outro mostraram surpresa.

– De fato? E Namedides?

– Eu o estrangulei em seu trono na noite em que tomei a cidade real – respondeu Conan.

Uma certa ingenuidade na resposta do rei repuxou os lábios do estranho.

– Perdão, vossa majestade. Eu deveria ter agradecido pelo serviço que me prestou. Eu sou como um homem acordado repentinamente de um sono mais profundo do que a morte e cheio de pesadelos dolorosos mais dantescos que o inferno, mas eu entendo que você me libertou. Diga-me... por que cortou o caule da planta Yothga em vez de arrancá-la pela raiz?

– Porque há muito aprendi a evitar tocar com a minha carne o que não entendo – respondeu o cimério.

– Bom para você – disse o estranho. – Se tivesse conseguido arrancá-lo, poderia ter encontrado coisas agarradas às raízes que nem mesmo sua espada venceria. As raízes de Yothga estão plantadas no inferno.

– Mas quem é você? – exigiu saber Conan.

– Os homens me chamam de Pélias.

– O quê? – gritou o rei. – Pélias, o feiticeiro, rival de Tsotha-Lanti, que desapareceu da face da Terra há dez anos?

– Não inteiramente da face da Terra – respondeu Pélias com um sorriso irônico. – Tsotha preferiu me manter vivo, com algemas ainda mais sombrias do que ferro enferrujado. Ele me prendeu aqui com esta flor demoníaca cujas sementes caíram através do cosmos negro de Yag, o Maldito, e encontraram campo fértil apenas na corrupção retorcida por vermes que fervilha no chão do inferno. Eu não conseguia lembrar da minha feitiçaria e das palavras e símbolos do meu poder, com aquela coisa amaldiçoada me agarrando e bebendo minha alma com suas carícias repugnantes. Ela sugava o conteúdo da minha mente dia e noite, deixando meu cérebro vazio como uma jarra de vinho quebrada. Dez anos! Ishtar nos proteja.

Conan não encontrou resposta, mas continuou segurando o toco da tocha e sua grande espada. Certamente o homem devia estar louco, embora não houvesse loucura nos olhos escuros que pousavam tão calmamente sobre ele.

– Diga-me, o bruxo maligno está em Khorshemish? Mas, não... não precisa responder. Meus poderes começam a despertar e vejo em sua mente uma grande batalha e um rei aprisionado devido à traição. E eu vejo Tsotha-Lanti cavalgando pelo Tybor com Strabonus e o rei de Ophir. Tanto melhor. Minha arte está muito frágil devido ao longo sono para já ser capaz de enfrentar Tsotha. Preciso de tempo para reunir minhas forças, resgatar meus poderes. Vamos sair destes fossos.

Conan sacudiu as chaves desanimado.

– A grade da porta externa é travada por um ferrolho que só pode ser destrancado por fora. Não há outra saída desses túneis?

– Só uma, que nenhum de nós gostaria de usar, visto que ela desce e não sobe – riu Pélias. – Mas não importa. Vamos ver a grade.

Ele se moveu em direção ao corredor com passos incertos, como se andasse sobre membros há muito não usados, que gradualmente se tornam mais seguros. Enquanto ele seguia, Conan observou, inquieto:

– Há uma cobra enorme e amaldiçoada rastejando por este túnel. Tenhamos cuidado para não tropeçar para dentro de sua boca.

– Lembro-me dele de tempos atrás – respondeu Pélias sombriamente. – Tanto mais que fui forçado a assistir enquanto dez de meus seguidores foram dados a ele para comer. Ele é Satha, o Antigo, o principal dos animais de estimação de Tsotha.

– Tsotha cavou esses fossos por nenhuma outra razão a não ser abrigar suas malditas monstruosidades? – perguntou Conan.

– Ele não os cavou. Quando a cidade foi fundada, há três mil anos, havia ruínas de uma cidade anterior sobre e ao redor desta colina. O Rei Khossus V, o fundador, construiu seu palácio na colina e, ao cavar porões abaixo dele, encontrou uma porta em uma parede. Ele a arrombou e descobriu os fossos, que eram quase como os vemos agora. Mas seu grão-vizir teve um fim tão terrível neles, que Khossus, assustado, mandou fechar a entrada novamente. Ele disse que o vizir caiu em um poço... mas ele mandou preencher o espaço dos porões e depois abandonou o próprio palácio. Ele construiu outro nos subúrbios, de onde fugiu em pânico ao descobrir um bolor negro espalhado no chão de mármore de seu palácio numa manhã. Ele então partiu com toda a sua corte para o lado leste do reino e construiu uma nova cidade. O palácio na colina não foi mais usado e caiu em ruínas. Quando Akkutho I reviveu as glórias perdidas de Khorshemish, ele construiu uma fortaleza lá. Restou a Tsotha-Lanti erguer a cidadela escarlate e abrir caminho até os fossos novamente. Qualquer que fosse o destino que se abateu sobre o grão-vizir de Khossus, Tsotha o evitou. Ele não caiu em nenhum poço, embora tenha descido em um poço que encontrou, e saiu de lá com uma expressão estranha que, desde então, não deixou seus olhos.

O homem continuou:

– Eu vi esse poço, mas não me quero buscar sabedoria nele. Eu sou um feiticeiro, mais velho do que os homens imaginam, mas sou humano. Quanto a Tsotha... alguns dizem que uma dançarina de Shadizar dormiu perto demais das ruínas pré-humanas na Colina Dagoth e acordou nas garras de um demônio negro. Daquela união profana foi gerado um homem híbrido e amaldiçoado chamado Tsotha-Lanti...

Conan soltou um grito agudo e recuou, empurrando seu companheiro para trás. Diante deles erguia-se a grande forma branca e cintilante de Satha, um ódio eterno em seus olhos. Conan se retesou para um combate louco e furioso. Pensou em lançar o resto de tocha contra aquele semblante demoníaco e arriscar sua vida em um golpe dilacerante de espada. Mas a cobra não estava olhando para ele. Estava olhando por cima de seu ombro para o homem chamado Pélias, que estava parado com os braços cruzados, sorrindo. E, nos grandes olhos amarelos e frios, lentamente o ódio morreu em um brilho de puro medo: a única vez que Conan viu tal expressão nos olhos de um réptil. Com um rodopio apressado como a passagem de um vento forte, a grande cobra se afastou.

– O que ele viu para assustá-lo? – perguntou Conan, lançando um olhar inquieto a seu companheiro.

– Seres com escamas veem o que escapa aos olhos mortais – respondeu Pélias, de modo enigmático. – Você vê minha aparência física; ele viu minha alma.

Um filete gelado perturbou a espinha de Conan e ele se perguntou se, afinal, Pélias era um homem ou apenas outro demônio dos fossos usando uma máscara humana. Ele considerou se valeria enfiar a espada nas costas de seu companheiro sem mais hesitações. Mas, enquanto ele ponderava, eles chegaram à grade de aço, destacando-se entre as tochas além, e ao corpo de Shukeli, ainda caído contra as barras em um amontoado confuso e escarlate.

Pélias riu, e sua risada não foi agradável de ouvir.

– Pelos quadris de marfim de Ishtar, quem é o nosso porteiro? Ora, é ninguém menos que o nobre Shukeli, que pendurou meus jovens seguidores pelos pés e os esfolou às gargalhadas! Você dorme, Shukeli? Por que está caído tão rígido, com sua barriga gorda afundada como a de um porco usando roupas?

– Está morto – murmurou Conan, pouco à vontade ao ouvir essas palavras raivosas.

– Vivo ou morto – riu Pélias –, ele deve abrir a porta para nós.

Ele bateu palmas com força e gritou:

– Levante-se, Shukeli! Levante-se do inferno, levante-se do chão ensanguentado e abra a porta para seus mestres! Levante-se, eu comando!

Um gemido terrível reverberou pelas catacumbas. O cabelo de Conan se arrepiou e ele sentiu suor pegajoso brotar de sua pele. Pois o corpo de Shukeli se mexia e se retorcia, com movimentos infantis das mãos gordas. A risada de Pélias era implacável como uma machadinha de pedra, enquanto a forma do eunuco cambaleava, agarrando-se à grade. Conan, fitando-o, sentiu seu sangue gelar e a medula de seus ossos se tornar água; pois os olhos arregalados de Shukeli estavam vidrados e vazios, e do grande corte em sua barriga suas entranhas pendiam moles em direção ao chão. Os pés do eunuco tropeçaram em suas entranhas enquanto ele acionava o ferrolho, movendo-se como um autômato sem cérebro. Quando ele se mexera pela primeira vez, Conan pensou que por algum acaso incrível o eunuco ainda estava vivo; mas o homem estava morto... estava morto havia horas.

Pélias passou pela grade aberta e Conan se apressou atrás dele, o suor escorrendo de seu corpo, tentando ficar longe da forma horrível que tombava sobre as pernas flácidas contra a grade que mantinha aberta. Pélias passou sem olhar para trás e Conan o seguiu, sentindo-se em um pesadelo nauseante. Ele não tinha dado meia dúzia de passos quando um baque úmido o fez virar. O cadáver de Shukeli jazia inerte ao pé da grade.

– Sua tarefa foi cumprida, e o inferno clama por ele novamente – observou Pélias com um tom alegre; educadamente fingindo não notar o forte arrepio que fez tremer o corpo poderoso de Conan.

Ele subiu na frente pelas longas escadas e atravessou a porta de bronze com a caveira coroada no topo. Conan segurou firme sua espada, esperando um ataque de escravos, mas o silêncio tomava conta da cidadela. Eles passaram pelo corredor negro e chegaram àquele em que os incensários balançavam, espalhando seu aroma eterno. Ainda assim, eles não viram ninguém.

– Os escravos e soldados ficam aquartelados em outra parte da cidadela – comentou Pélias. – Esta noite, com seu mestre ausente, eles sem dúvida jazem bêbados de vinho ou suco de lótus.

Conan olhou por uma janela em arco dourado que dava para uma ampla varanda e soltou uma praga surpresa ao ver o céu azul-escuro salpicado de estrelas. Ele fora jogado nos fossos pouco depois do nascer do sol. Agora já passava da meia-noite. Ele mal pudera perceber que passara tanto tempo no subterrâneo. De repente, ele percebeu sua sede e apetite voraz. Pélias abriu o caminho até uma câmara com cúpula dourada, piso de prata, suas paredes de lápis-lazúli perfuradas pelos arcos de muitas portas.

Com um suspiro, Pélias afundou em um divã de seda.

– Ouro e sedas de novo – ele suspirou. – Tsotha gosta de dizer que está acima dos prazeres da carne, mas ele é meio demônio. Eu sou humano, apesar de minhas artes negras. Eu adoro boa vida e conforto... foi assim que Tsotha me prendeu. Ele me pegou indefeso devido à bebida. Vinho é uma maldição. Pelo seio de marfim de Ishtar, mesmo enquanto falo sobre isso, vejo o traidor aqui! Amigo, por favor, sirva-me uma taça. Espere! Esqueci que você é um rei. Eu mesmo sirvo.

– Ao diabo com isso – resmungou Conan, enchendo uma taça de cristal e oferecendo-a a Pélias. Então, erguendo a jarra, ele bebeu profundamente de sua boca, ecoando o suspiro de satisfação de Pélias.

– O cão conhece um bom vinho – disse Conan, enxugando a boca com as costas da mão. – Mas, por Crom, Pélias, devemos ficar sentados aqui até que os soldados dele acordem e cortem nossas gargantas?

– Nada tema – respondeu Pélias. – Gostaria de ver como anda a sorte de Strabonus?

Fogo azul queimou nos olhos de Conan, e ele agarrou firme sua espada até que os nós dos dedos ficassem azuis.

– Ah, se eu pudesse apontar minha espada para ele! – ele rugiu.

Pélias ergueu um grande globo cintilante de uma mesa de ébano.

– O cristal de Tsotha. Brinquedo de criança, mas útil quando falta tempo para praticar ciências mais avançadas. Olhe para dentro dele, majestade.

Ele colocou o globo na mesa diante dos olhos de Conan. O rei olhou para as profundezas nebulosas que se aprofundavam e se expandiam. Lentamente, as imagens se cristalizaram na névoa e nas sombras. Ele estava olhando para uma paisagem familiar. As planícies amplas levavam a um rio largo e sinuoso, além do qual as terras planas se elevavam rapidamente em um labirinto de colinas baixas. Na margem norte do rio ficava uma cidade murada, guardada por um fosso conectado em cada extremidade com o rio.

– Por Crom! – soltou Conan. – É Shamar! Os cães a cercaram!

Os invasores haviam cruzado o rio; seu acampamento ficava na planície estreita entre a cidade e as colinas. Seus guerreiros enxameavam ao redor das paredes, suas cotas de malha brilhando pálidas sob a lua. Flechas e pedras choviam sobre eles das torres e eles cambaleavam para trás, mas avançavam novamente.

Enquanto Conan praguejava, a cena mudou. Altas torres e cúpulas reluzentes ergueram-se na névoa, e ele olhou para sua própria capital, Tamar, onde tudo era confusão. Ele viu os cavaleiros vestidos de aço de Poitain, seus apoiadores mais leais, cavalgando para fora do portão, recebendo vaias e assobios da multidão que tomava as ruas. Ele viu saques, tumultos e soldados cujos escudos ostentavam a insígnia de Pellia, dominando as torres e avançando pelos mercados. Acima de tudo, como uma miragem fantástica, ele viu o rosto sombrio e triunfante do Príncipe Arpello de Pellia. As imagens sumiram.

– Então! – cuspiu Conan. – Meu povo se volta contra mim assim que viro minhas costas...

– Não inteiramente – interrompeu Pélias. – Eles foram informados que você foi morto. Não há ninguém para protegê-los dos inimigos externos e da guerra civil, eles imaginam. Naturalmente, eles se voltam para os nobres mais fortes, para estancar os horrores da anarquia. Eles não confiam nos poitanianos, pois lembram-se de guerras anteriores. Mas Arpello está presente e é o príncipe mais forte das províncias centrais.

– Quando eu voltar para a Aquilônia, ele será apenas um cadáver sem cabeça apodrecendo na Galeria dos Traidores – Conan cerrou os dentes.

– Mas antes que você possa chegar à sua capital – lembrou Pélias –, Strabonus pode estar no seu caminho. Ou, ao menos, os cavaleiros dele estarão devastando o seu reino.

– Tem razão! – Conan caminhou pela câmara como um leão enjaulado. – Mesmo com o cavalo mais rápido, eu não conseguiria chegar a Shamar antes do meio-dia. Mesmo lá, eu não poderia fazer bem nenhum, exceto morrer com o povo quando a cidade cair... como certamente cairá em alguns dias, no máximo. De Shamar a Tamar são cinco dias a cavalo, se você matar seus cavalos de tanto correr na estrada. Antes que eu pudesse chegar à minha capital e formar um exército, Strabonus já estaria derrubando os portões; porque levantar um exército vai ser um inferno. Todos os meus malditos nobres terão fugido para seus próprios feudos amaldiçoados ao ouvirem sobre minha morte. E desde que o povo expulsou Trocero de Poitain, não há nenhum deles para manter as mãos gananciosas de Arpello longe da coroa... e do tesouro da coroa. Ele entregará o país a Strabonus em troca de uma posição decorativa no trono. E assim que Strabonus virar as costas, ele irá incitar uma revolta. Mas os nobres não irão apoiá-lo, e isso apenas dará a

Strabonus uma desculpa para anexar o reino abertamente. Crom, Ymir e Set! Se eu tivesse asas para voar como um raio até Tamar!

Pélias, que estava sentado batendo no tampo da mesa de jade com as unhas, parou de repente e se levantou como se tivesse um propósito definido, acenando a Conan para segui-lo. O rei obedeceu, mergulhado em pensamentos taciturnos, e Pélias liderou o caminho para fora da câmara e subiu um lance de escada de mármore trabalhado a ouro que levava ao pináculo da cidadela, o telhado da torre mais alta. Era noite e um vento forte soprava pelo céu estrelado, agitando a cabeleira negra de Conan. Bem abaixo deles cintilavam as luzes de Khorshemish, aparentemente mais distantes do que as estrelas acima deles. Pélias parecia retraído e indiferente aqui, unido em fria grandeza não-humana à companhia das estrelas.

– Existem criaturas – disse Pélias – não só da terra e do mar, mas do ar e dos confins dos céus também, vivendo à parte, desconhecidas dos homens. No entanto, para aquele que detém as palavras e sinais-mestres e o conhecimento de tudo, elas não são malignas e nem inacessíveis. Observe e não tema.

Ele ergueu as mãos para os céus e gritou um longo e estranho chamado que parecia estremecer infinitamente no espaço, diminuindo e desaparecendo, mas nunca morrendo, apenas recuando mais e mais a algum cosmos desconhecido. No silêncio que se seguiu, Conan ouviu um súbito bater de asas em meio às estrelas e se encolheu quando uma enorme criatura parecida com um morcego pousou ao lado dele. Ele viu os grandes olhos calmos da criatura olhando para ele à luz das estrelas; viu a extensão de doze metros de suas asas gigantes. E viu que não era nem morcego nem pássaro.

– Monte e voe – disse Pélias. – Ao amanhecer, ele o terá levado a Tamar.

– Por Crom! – murmurou Conan. – Isto tudo é apenas um pesadelo do qual logo vou despertar em meu palácio em Tamar? E quanto a você? Não o deixaria sozinho entre seus inimigos.

– Não se preocupe comigo – respondeu Pélias. – Ao amanhecer, o povo de Khorshemish saberá que tem um novo mestre. Não duvide do que os deuses lhe enviaram. Eu o encontrarei na planície perto de Shamar.

Desconfiado, Conan subiu nas costas enrugadas, agarrando o pescoço arqueado, ainda convencido de que estava nas garras de um pesadelo fantástico. Com grande velocidade e um som de trovão feito por asas enormes, a criatura alçou voo, e o rei ficou tonto ao ver as luzes da cidade diminuírem muito abaixo dele.

IV

"A espada que mata o rei, corta as cordas do império."
— PROVÉRBIO AQUILONIANO

AS RUAS DE TAMAR FERVILHAVAM com multidões barulhentas, punhos raivosos e lanças enferrujadas. Faltava uma hora para o amanhecer do segundo dia após a batalha de Shamu, e os eventos ocorreram tão rapidamente que atordoaram as mentes de todos. Por meios conhecidos apenas por Tsotha-Lanti, a notícia da morte do rei chegou a Tamar, seis horas após a batalha. O resultado foi o caos. Os barões haviam abandonado a capital real, indo a galope proteger seus próprios castelos contra os vizinhos saqueadores. O reino tão unido que Conan havia construído parecia cambalear à beira da dissolução, e tanto plebeus quanto mercadores tremiam com a iminência de um retorno ao regime feudal. O povo clamava por um rei para protegê-los contra sua própria aristocracia tanto contra inimigos estrangeiros. O Conde Trocero, deixado por Conan no comando da cidade, tentou tranquilizá-los, mas, em seu terror irracional, eles se lembravam de antigas guerras civis e de como aquele mesmo conde sitiara Tamar quinze anos antes. Gritava-se pelas ruas que Trocero havia traído o rei; que ele planejava saquear a cidade. Os mercenários começaram a saquear as casas, arrastando para fora mercadores aos gritos e mulheres aterrorizadas.

Trocero atacou os saqueadores, encheu as ruas com seus cadáveres, os fez retrocederem confusos a seus quartéis e prendeu seus líderes. Ainda assim, as pessoas corriam sem destino, soltando gritos idiotas de que o conde havia incitado o motim para seus próprios propósitos.

O príncipe Arpello se apresentou frente ao confuso conselho e se anunciou pronto para assumir o governo da cidade até que um novo rei pudesse ser escolhido, pois Conan não tinha filho. Enquanto eles debatiam, seus agentes se infiltravam sutilmente entre o povo, influenciando-os a se agarrarem a um resquício qualquer de realeza. O conselho ouviu a tempestade do lado de fora das janelas do palácio, onde a multidão gritava por Arpello, o Salvador. O conselho se rendeu.

Trocero a princípio recusou a ordem de abrir mão de seu bastão de autoridade, mas o povo se aglomerou ao seu redor, vaiando e xingando, atirando pedras e restos de comida contra seus cavaleiros. Vendo a futilidade de uma batalha campal nas ruas contra os lacaios de Arpello sob tais condições, Trocero arremessou o bastão na cara de seu rival, enforcou os líderes dos mercenários na praça do mercado como seu último ato oficial e saiu cavalgando pelo portão sul à frente de seus 1.500 cavaleiros vestidos de armaduras. Os portões se fecharam atrás dele e a máscara bondosa de Arpello caiu para revelar o rosto sombrio do lobo faminto.

Com os mercenários esquartejados ou escondidos em seus quartéis, os soldados dele eram os únicos em Tamar. Montado sobre seu cavalo de guerra na grande praça, Arpello se autoproclamou rei da Aquilônia, em meio ao clamor da multidão enganada.

Publius, o chanceler que se opôs a esse movimento, foi jogado na prisão. Os mercadores, que saudaram a proclamação de um rei com alívio, agora descobriram consternados que o primeiro ato do novo monarca foi cobrar um imposto impressionante deles. Seis mercadores ricos, enviados como uma delegação de protesto, foram aprisionados e suas cabeças cortadas sem cerimônia. Um silêncio chocado e atordoado seguiu-se a essa execução. Os mercadores, confrontados com um poder que não podiam controlar com dinheiro, deitaram-se sobre suas barrigas gordas e lamberam as botas do opressor.

As pessoas comuns não se perturbaram com o destino dos mercadores, mas começaram a reclamar quando descobriram que os arrogantes soldados pellianos fingiam manter a ordem, mas eram tão ruins quanto os bandidos turanianos. Queixas de extorsão, assassinato e estupro chegaram a Arpello, que havia se instalado nos aposentos de Publius no palácio, porque os desesperados conselheiros, condenados por sua ordem, estavam defendendo o palácio real contra seus soldados. Ele havia tomado posse do palácio do prazer, no entanto, e as mulheres de Conan foram arrastadas para seus aposentos. O povo protestou ao saber das belezas reais se contorcendo nas mãos brutais dos servos vestidos em roupas de ferro: as donzelas de olhos escuros de Poitain, as damas magras e de cabelos negros de Zamora, Zingara e Hirkania, as garotas britunianas com cabeleiras loiras, todas chorando com medo e vergonha, não acostumadas à brutalidade que sofriam.

A noite caiu sobre uma cidade perplexa e turbulenta e, antes da meia-noite, espalhou-se misteriosamente pelas ruas a notícia de que os kothianos continuavam seu avanço e agora estavam se lançando contra as muralhas de Shamar. Alguém no misterioso serviço secreto de Tsotha abrira o bico. O medo sacudiu o povo como um terremoto, e ninguém parou para se admirar com a feitiçaria usada para transmitir tão rapidamente os boatos. Todos foram para a frente das portas de Arpello, exigindo que ele se pusesse em marcha para o sul e fizesse o inimigo recuar de volta ao Tybor. Ele poderia ter sutilmente explicado que seus soldados não eram suficientes para isso e que ele não poderia reunir um exército até que os barões reconhecessem sua reivindicação à coroa. Mas ele estava embriagado pelo poder e apenas ria na cara de todos.

Um jovem estudante, Athemides, subiu em uma coluna do mercado e, com palavras ardentes, acusou Arpello de ser testa de ferro de Strabonus, descrevendo um quadro vívido da vida sob o domínio kothiano, com Arpello como tirano. Antes mesmo de ele terminar, a multidão gritava de medo e uivava de raiva. Arpello enviou seus soldados para prender o jovem, mas as pessoas o protegeram e fugiram com ele, atacando os lacaios que o perseguiam com pedras. Uma saraivada de setas lançadas por bestas abateu a multidão e um ataque de cavaleiros encheu o mercado de corpos, mas Athemides foi levado às escondidas para fora da cidade de modo a implorar a Trocero para retomar Tamar e marchar para auxiliar Shamar.

Athemides encontrou Trocero levantando acampamento do lado de fora das muralhas, pronto para marchar para Poitain, no extremo sudoeste do reino. Aos apelos urgentes do jovem, ele respondeu que não tinha a quantidade de homens necessária para atacar Tamar, mesmo com a ajuda da turba lá dentro, nem para enfrentar Strabonus. Além disso, nobres avarentos saqueariam Poitain pelas suas costas, enquanto ele lutava contra os kothianos. Com o rei morto, cada homem precisaria proteger o que é seu. Ele iria cavalgar rumo a Poitain para defendê-la da melhor maneira possível contra Arpello e seus aliados estrangeiros.

Enquanto Athemides implorava a Trocero, a multidão ainda protestava na cidade com fúria impotente. Sob a grande torre ao lado do palácio real, o povo se aglomerava, gritando seu ódio contra Arpello, que observava das torres e ria das pessoas enquanto seus arqueiros percorriam os parapeitos com as flechas de prontidão e os dedos nos gatilhos de suas arbaletas.

O príncipe de Pellia era um homem de constituição forte, altura média e rosto moreno e severo. Ele era um conspirador, mas também era um lutador. Sob sua túnica de seda com saias trançadas douradas e mangas decoradas, cintilava o aço polido. Seu longo cabelo preto era encaracolado e perfumado, preso para trás com uma faixa prateada. Porém, em seu quadril pendia uma espada cujo punho cravejado de joias era usado em batalhas e campanhas militares.

– Tolos! Rosnem quanto quiserem! Conan está morto e Arpello é o rei!

E se toda a Aquilônia viesse a se unir contra ele? Ele tinha homens o suficiente para manter seguras as poderosas muralhas até que Strabonus aparecesse. Mas a Aquilônia estava dividida contra si mesma. Cada um dos barões já se preparava para roubar o tesouro do vizinho. Arpello tinha apenas a multidão indefesa para lidar. Strabonus acabaria com os barões beligerantes como um aríete esmaga a espuma e, até sua chegada, Arpello só tinha que controlar a capital real.

– Tolos! Arpello é o rei!

O sol estava nascendo sobre as torres orientais. Em meio à madrugada escarlate surgiu um pontinho voador que cresceu até se tornar do tamanho de um morcego e, depois, de uma águia. Então, todos os que testemunharam gritaram de espanto, pois sobre as muralhas de Tamar desceu uma forma que os homens conheciam apenas de lendas meio esquecidas, e de entre suas asas de titã surgiu uma forma humana enquanto o ser rugia sobre a grande torre. Então, com um estrondo ensurdecedor de asas, ele se foi e o povo piscou, imaginando se haviam apenas sonhado sobre ele. Mas na torre via-se uma figura bárbara selvagem, seminua, suja de sangue, brandindo uma grande espada. E da multidão se ergueu um rugido que balançou as torres:

– O rei! É o rei!

Arpello olhou aquilo paralisado; então, com um grito, ele sacou sua espada e saltou sobre Conan. Com um rugido parecido com o de um leão, o cimério desviou a lâmina que assobiava e, largando a própria espada, agarrou o príncipe e ergueu-o bem acima da cabeça, segurando-o pela virilha e pelo pescoço.

– Leve seus planos para o inferno com você! – ele rugiu e, como se fosse um saco de sal, arremessou o príncipe de Pellia à distância, para cair pelo espaço vazio por quase cinquenta metros. As pessoas se afastaram quando o corpo caiu para se espatifar no pavimento de mármore, espalhando sangue e miolos, e ficar lá esmagado dentro de sua armadura estilhaçada, como um besouro pisoteado.

Os arqueiros na torre recuaram, com os nervos à flor da pele. Eles fugiram, e os conselheiros sitiados saíram do palácio e atacaram-nos com alegre abandono. Os cavaleiros e soldados de Pellian buscaram segurança nas ruas, e a multidão os despedaçou. Nas ruas, a luta avançava num turbilhão, capacetes emplumados e elmos de aço eram atirados entre as cabeças despenteadas e depois desapareciam; espadas giravam loucamente em uma floresta de lanças e mais alto que tudo se erguia o rugido da multidão, gritos de aclamação misturados com gritos de sede de sangue e uivos de agonia. E, acima de tudo, a figura nua do rei agitava-se e balançava nas altas muralhas, brandindo os braços poderosos, rugindo com gargalhadas gigantescas que zombavam de todos: das turbas, dos príncipes e até mesmo dele próprio.

V

Um arco longo, um arco forte e que o céu escureça em ira!
A corda esticada, a haste na orelha, o rei de Koth na mira!
— CANÇÃO DOS ARQUEIROS BOSSONIANOS

O SOL DO MEIO DA TARDE BRILHOU nas águas plácidas do Tybor, lavando os bastiões ao sul de Shamar. Os exaustos defensores sabiam que poucos deles veriam o sol nascer novamente. As barracas dos atacantes pontilhavam a planície. O povo de Shamar não tinha conseguido evitar com sucesso que atravessassem o rio, mesmo se estavam em menor número. Barcaças, acorrentadas umas às outras, formavam uma ponte sobre a qual o invasor lançava seus soldados. Strabonus não ousara marchar para a Aquilônia com Shamar ainda o desafiando às suas costas. Ele havia enviado seus cavaleiros leves, os spahis, para o interior para devastarem a região central, e havia armado seus engenhos para o cerco na planície. Ele havia ancorado uma flotilha de barcos, fornecida a ele por Amalrus, no meio do riacho, contra a margem do rio. Alguns desses barcos foram afundados por pedras das balistas da cidade, que caíram sobre seus conveses e arrancaram suas tábuas, mas o resto se manteve firme e, de seus arcos e mastros, os arqueiros varreram as torres ribeirinhas. Eram shemitas, nascidos com arcos nas mãos, e nunca poderiam ser igualados pelos arqueiros aquilonianos.

De terra, catapultas lançaram pedregulhos e troncos de árvores entre os defensores, quebrando os telhados e esmagando homens como besouros; aríetes batiam incessantemente contra as pedras; soldados escavadores abriram buracos na terra como toupeiras, afundando suas minas sob as torres. O fosso havia sido represado na extremidade superior, e esvaziado de sua água, havia sido preenchido com pedras, terra, cavalos e homens mortos. Sob as muralhas, figuras vestidas em cotas de malha enxameavam, golpeando os portões, erguendo escadas e empurrando torres de assalto apinhadas de lanceiros contra as fortificações.

A esperança havia sido abandonada na cidade, onde apenas 1.500 homens resistiam ao ataque de 40.000 guerreiros. Nenhuma palavra chegava do reino cujo posto avançado era a cidade. Conan estava morto, como os invasores gritavam exultantes. Apenas as muralhas fortificadas e a coragem desesperada dos defensores os mantiveram afastados por tanto tempo, mas isso não duraria para sempre. A muralha oeste era um monte de escombros nos quais os defensores tropeçavam em um conflito corpo a corpo com os invasores. As outras muralhas estavam ruindo devido às minas abaixo delas, suas torres inclinando-se como se bêbadas.

Agora os invasores estavam se reunindo para um grande ataque. Os olifantes soaram, as fileiras revestidas de aço se aproximaram da planície. As torres de assalto, cobertas com peles de touro, avançaram ruidosamente. O povo de Shamar viu os estandartes de Koth e Ophir hasteados lado a lado, no centro, e divisou, entre seus cavaleiros reluzentes, a esguia figura letal de Amalrus, vestido em cota de malha dourada, e a forma atarracada e de armadura negra de Strabonus. E entre eles estava uma forma que fez até o mais bravo empalidecer de horror: uma figura esguia de abutre em um manto esvoaçante. Os lanceiros avançaram, fluindo sobre o solo como as ondas cintilantes de um rio de aço derretido; os cavaleiros galoparam adiante, espadas erguidas, flâmulas balançando. Os guerreiros nas muralhas respiraram fundo, entregaram suas almas a Mitra e agarraram suas armas desgastadas e manchadas de vermelho.

Então, sem aviso, um toque de clarim cortou o barulho. Um tambor de cascos se ergueu acima do estrondo do exército que se aproximava. Ao norte da planície pela qual o exército se movia, erguiam-se cadeias de colinas baixas, subindo para o norte e para o oeste como degraus gigantescos. Agora, descendo essas colinas, como espuma soprada antes de uma tempestade, vinham os spahis que estavam devastando o interior, cavalgando inclinados e batendo em seus cavalos com as esporas. Atrás deles, o sol brilhava sobre fileiras de aço em movimento. Elas ficaram totalmente visíveis, saindo dos desfiladeiros: homens montados a cavalo, vestidos com cotas de malha, a grande bandeira do leão da Aquilônia flutuando sobre eles.

Os vigias nas torres soltaram um grande grito que rasgou os céus. Em êxtase, os guerreiros bateram suas espadas já desgastadas contra seus escudos rachados, e o povo da cidade, mendigos esfarrapados e mercadores ricos, prostitutas em vestidos vermelhos e damas em sedas e cetins, caíram de joelhos e gritaram de alegria para Mitra, lágrimas de gratidão escorrendo por seus rostos.

Strabonus, gritando ordens freneticamente ao lado de Arbanus, que daria a voltar ao redor das fileiras para enfrentar essa ameaça inesperada, grunhiu:

– Ainda os superamos em número, a menos que tenham reservas escondidas nas colinas. Os homens nas torres de batalha podem impedir qualquer surto da cidade. São poitanianos vindo, deveríamos ter adivinhado que Trocero tentaria tal ato galante e maluco.

Amalrus gritou, incrédulo:

– Vejo Trocero e seu capitão, Próspero... mas quem cavalga entre eles?

– Ishtar nos proteja! – gritou Strabonus, empalidecendo. – É o Rei Conan!

– Você está louco! – gritou Tsotha, agitando-se convulsivamente. – Conan já está na barriga de Satha há dias!

Ele se deteve, olhando ferozmente para o exército que descia a colina, fileira por fileira, até a planície. Não havia como confundir a figura gigante usando armadura preta e com detalhes dourados, montado no grande garanhão preto, cavalgando sob as dobras de seda onduladas do grande estandarte. Um grito de fúria felina escapou dos lábios de Tsotha, enchendo sua barba de espuma. Pela primeira vez na vida, Strabonus viu o mago completamente transtornado e encolheu-se diante da visão.

– Aqui há feitiçaria! – gritou Tsotha, puxando sua barba descontroladamente. – Como ele pode ter escapado e alcançado seu reino a tempo de retornar com um exército tão rapidamente? Isso é obra de Pélias, maldito seja! Sinto sua mão nisso! Que eu seja amaldiçoado por não tê-lo matado quando pude!

Os reis ficaram boquiabertos com a menção de um homem que acreditavam estar morto há dez anos e o pânico, emanando dos líderes, abalou os soldados. Todos reconheceram o cavaleiro no garanhão preto. Tsotha sentiu o pavor supersticioso de seus homens e a fúria transformou seu rosto em uma máscara infernal.

– Ao ataque! – ele gritou, balançando seus braços magros desesperadamente. – Nós ainda somos os mais fortes! Ataquem e esmaguem esses cães! Ainda vamos festejar sobre as ruínas de Shamar nesta noite!

Ele ergueu as mãos e invocou o deus-serpente, para o horror de Strabonus:

– Oh, Set! Conceda-nos a vitória e juro que te oferecerei quinhentas virgens de Shamar, contorcendo-se no próprio sangue!

Enquanto isso, o exército adversário desembarcara na planície. Com os cavaleiros chegou o que parecia um segundo exército irregular montado em pôneis fortes e velozes. Estes desmontaram e formaram suas fileiras a pé: obstinados arqueiros bossonianos e afiados lanceiros de Gunderland, seus cachos castanhos esvoaçando por baixo dos capacetes de aço.

Conan havia reunido um exército heterogêneo nas horas agitadas que se seguiram ao seu retorno à capital. Ele afastara a turba desvairada dos soldados pellianos que protegiam as muralhas externas de Tamar e os convenceu a servi-lo. Ele enviara um mensageiro até Trocero para chamá-lo de volta. Com eles formando o núcleo de um exército, ele correu para o sul, varrendo o campo em busca de recrutas e montarias. Os nobres de Tamar e da zona rural circundante aumentaram suas forças e ele convocou recrutas de cada vila e castelo ao longo de seu caminho. No entanto, era apenas uma força pouco significante que ele reunira para lutar contra as hordas invasoras, embora tivesse a qualidade do aço temperado.

Mil e novecentos cavaleiros blindados o seguiram, a maior parte dos quais consistia nos cavaleiros poitanianos. O restante de mercenários e soldados profissionais a serviço de nobres leais constituíam sua infantaria: cinco mil arqueiros e quatro mil lanceiros. Esse exército agora vinha em boa ordem. Primeiro os arqueiros, depois os lanceiros e atrás deles os cavaleiros, vindo a passo lento.

Contra eles, Arbanus preparou suas fileiras, e o exército aliado avançou como um oceano de aço cintilante. Os vigias nas muralhas da cidade tremeram ao ver aquele vasto exército que sobrepujava os poderes dos seus salvadores. Marchavam primeiro os arqueiros shemitas, depois os lanceiros kothianos e, em seguida, os cavaleiros com cotas de malha de Strabonus e Amalrus. A intenção de Arbanus era óbvia: usar seus soldados a pé para varrer a infantaria de Conan e abrir o caminho para um ataque avassalador de sua cavalaria pesada.

Os shemitas abriram fogo a quinhentos metros e flechas voaram como granizo entre os exércitos, escurecendo o sol. Os arqueiros ocidentais, treinados por mil anos de guerra impiedosa com os selvagens pictos, avançaram impassivelmente, fechando suas fileiras enquanto seus camaradas caíam. Eles estavam em número muito menor, e os arcos shemitas tinham o maior alcance, mas os bossonianos eram iguais aos seus inimigos em precisão, e eles equilibravam a habilidade absoluta no arco e flecha com a moral elevada e a excelência da armadura. Quando estavam a boa distância, eles dispararam, e os shemitas caíram em fileiras inteiras. Os guerreiros de barba azul com suas roupas leves de cota de malha não podiam suportar ataques como os bossonianos, de armaduras mais pesadas, podiam. Eles abandonaram a luta, jogando fora seus arcos, e sua fuga desordenou as fileiras dos lanceiros kothianos que vinham atrás deles.

Sem o apoio dos arqueiros, esses soldados caíram às centenas diante das flechas dos bossonianos e, atacando à distância reduzida, foram recebidos pelas armas dos lanceiros. Nenhuma infantaria era páreo para os selvagens guerreiros, cuja terra natal, a província mais ao norte da Aquilônia, ficava a apenas um dia de cavalgada das fronteiras da Ciméria e que, nascidos e criados para a batalha, tinham o sangue mais puro de todos os povos hiborianos. Os lanceiros kothianos, aturdidos pelas perdas sofridas pelas flechas, se viram derrotados e retrocederam desordenadamente.

Strabonus rugiu de fúria ao ver sua infantaria ser repelida e ordenou um ataque geral. Arbanus objetou, apontando que os bossonianos estavam se reorganizando diante dos cavaleiros aquilonianos, que haviam deixado seus corcéis imóveis durante o combate. O general aconselhou uma retirada temporária, para atrair os cavaleiros ocidentais para longe da proteção dos arcos, mas Strabonus estava louco de raiva. Ele olhou para as longas fileiras cintilantes de seus cavaleiros, olhou para o punhado de figuras com cotas de malha que os enfrentavam e ordenou a Arbanus que desse a ordem de atacar.

O general encomendou sua alma a Ishtar e soprou o olifante dourado. Com um rugido ensurdecedor, a floresta de lanças baixou e o grande exército desceu pela planície, ganhando impulso à medida que avançava. A planície inteira estremeceu com a estrondosa avalanche de cascos, e o brilho do ouro e do aço deslumbrou os vigias nas torres de Shamar.

Os esquadrões dividiram as fileiras de lanceiros, derrubando tanto amigos quanto inimigos, e avançaram para as pontas de uma explosão de flechas dos bossonianos. Através da planície eles trovejaram, cavalgando como uma tempestade que abriu caminho entre os cavaleiros reluzentes como folhas de outono. Mais cem passos e eles cavalgariam entre os bossonianos e os ceifariam como milho; mas a carne e o sangue não puderam suportar a chuva de morte que agora rasgava e cortava entre eles. Ombro a ombro, pés bem abertos, estavam os arqueiros, puxando as flechas até as orelhas e disparando como se fossem um só homem, com gritos curtos e baixos.

Toda a linha de frente dos cavaleiros derreteu e, sobre os cadáveres cheios de flechas de cavalos e cavaleiros, seus camaradas tropeçaram e caíram ao chão. Arbanus jazia caído, uma flecha atravessada em sua garganta, seu crânio esmagado pelos cascos de seu cavalo de guerra moribundo, e a confusão percorria o exército desordenado. Strabonus gritava uma ordem, Amalrus outra diferente, e através de tudo corria o pavor supersticioso que a visão de Conan havia despertado.

E enquanto as fileiras reluzentes se aglomeravam em confusão, as trombetas de Conan soaram e, através das fileiras abertas de arqueiros, se abateu a terrível carga dos cavaleiros aquilonianos.

As tropas receberam um choque semelhante ao de um terremoto, que sacudiu as torres cambaleantes de Shamar. Os esquadrões desorganizados dos invasores não puderam resistir ao sólido triângulo de aço, cheio de lanças, que avançou como um raio contra eles. As lanças compridas dos atacantes despedaçaram suas fileiras e, no coração de suas forças, cavalgavam os cavaleiros de Poitain, brandindo suas terríveis espadas seguras em duas mãos.

O choque e o clangor do aço foram como o de um milhão de martelos contra um milhão de bigornas. Os vigias nas muralhas ficaram atordoados e ensurdecidos pelo barulho enquanto seguravam as ameias e observavam o redemoinho de aço rodopiar e girar, onde plumas eram lançadas para o alto entre as espadas cintilantes e os estandartes tombavam.

Amalrus caiu, morrendo pisoteado sob os tantos cascos, sua omoplata cortada em duas pela espada de duas mãos de Próspero. As forças dos invasores haviam engolfado os 1900 cavaleiros de Conan, mas em torno desse triângulo compacto, que cavou cada vez mais fundo na formação de seus inimigos, os cavaleiros de Koth e Ophir giravam e golpeavam em vão. Eles não podiam partir o triângulo.

Arqueiros e lanceiros, tendo eliminado a infantaria kothiana que estava espalhada em fuga pela planície, chegaram às cercanias da luta, lançando suas flechas à queima-roupa, correndo para furar barrigas humanas e de cavalos com suas facas, tentando empalar os cavaleiros com suas longas lanças.

Na ponta do triângulo de aço, Conan rugiu seu grito de batalha pagão e balançou sua grande espada em arcos brilhantes que não podiam ser detidos por aço ou cota de malha. Ele cavalgou direto através de um amontoado devastador de inimigos, e os cavaleiros de Koth foram atrás dele, isolando-o de seus guerreiros. Como um raio que cai, Conan atacou, arremessando-se contra as fileiras por pura força e velocidade, até que ele chegou a Strabonus, lívido entre as tropas do palácio. Aqui a batalha estava equilibrada, pois com seus números superiores, Strabonus ainda tinha a oportunidade de arrancar à força a vitória das mãos dos deuses.

Mas ele gritou quando viu seu arqui-inimigo finalmente próximo e atacou violentamente com seu machado. A arma bateu no capacete de Conan, arrancando faíscas, e o cimério cambaleou e revidou. A lâmina de um metro e meio esmagou o capacete e o crânio de Strabonus, e seu cavalo empinou-se, arremessando um cadáver flácido e esparramado de sua sela. Um grande grito elevou-se do exército, que vacilou e retrocedeu. Trocero e suas tropas, atacando desesperadamente, abriram caminho até o lado de Conan, e a grande bandeira de Koth caiu. Então, por trás dos invasores atordoados e feridos, ergueu-se um clamor poderoso e o clarão de um grande incêndio. Os defensores de Shamar realizaram um ataque desesperado, derrubaram os homens que dominavam os portões e atacaram furiosos as barracas dos invasores, queimando-as, derrubando os soldados no acampamento e destruindo os engenhos de assalto. Era a gota que faltava. O exército reluzente se lançou em fuga e os furiosos conquistadores os abateram enquanto corriam.

Os fugitivos correram para o rio, mas os homens na flotilha, atormentados pelas pedras e flechas dos cidadãos revividos, fugiram e foram para a margem sul, deixando seus camaradas à própria sorte. Destes, muitos ganharam a margem, correndo pelas barcaças que serviam de ponte, até que os homens de Shamar as soltaram e deixaram à deriva, separando-as da margem. Então a luta se tornou uma carnificina. Forçados até o rio para se afogar em suas armaduras ou golpeados ao longo da margem, os invasores morreram aos milhares. Eles haviam demonstrado que não teriam misericórdia e, da mesma maneira, não receberam nenhuma.

Do sopé das colinas baixas às margens do Tybor, a planície estava repleta de cadáveres, e o rio cuja maré corria vermelha flutuava densamente com os mortos. Dos mil e novecentos cavaleiros que cavalgaram para o sul com Conan, apenas quinhentos viveram para se gabar de suas cicatrizes, e a matança entre os arqueiros e lanceiros foi horrível. Mas o grande e brilhante exército de Strabonus e Amalrus deixou de existir e aqueles que fugiram foram menos do que aqueles que morreram.

Enquanto a matança continuava ao longo do rio, o ato final de um drama sombrio estava sendo encenado na campina além. Entre aqueles que cruzaram a ponte-barcaça antes que fosse destruída estava Tsotha, cavalgando como o vento em um corcel magro de aparência estranha, cujo passo nenhum cavalo natural poderia igualar. Atropelando implacavelmente amigo e inimigo, ele ganhou a margem sul e, ao lançar um olhar para trás, viu uma figura sombria em um grande garanhão preto em perseguição. As amarras já tinham sido cortadas e as barcaças estavam à deriva e afastadas, mas Conan avançou imprudentemente, fazendo seu corcel saltar de barco em barco como um homem saltaria de um pedaço de gelo flutuante para outro. Tsotha gritou uma maldição, mas o grande garanhão deu o último salto com um relincho furioso e alcançou a margem sul. Então, o mago fugiu para a campina vazia, e em seu encalço veio o rei, cavalgando a toda velocidade, balançando a grande espada que deixava gotas vermelhas em seu rastro.

Eles cavalgaram, a caça e o caçador, e o garanhão preto não parecia ganhar vantagem nenhuma, embora forçasse cada nervo e músculo. Eles correram através do pôr-do-sol, numa terra de sombras escuras e ilusórias, até que a visão e o som da matança morreram atrás deles. Então, no céu apareceu um ponto, que cresceu até se tornar uma enorme águia à medida que se aproximava. Descendo do céu, pairou à frente do corcel de Tsotha, que gritou e empinou, derrubando seu cavaleiro.

O velho Tsotha levantou-se e encarou seu perseguidor, seus olhos os de uma serpente enlouquecida, o rosto uma máscara desumana. Em cada mão ele segurava algo que brilhava, e Conan sabia que ele segurava a morte ali.

O rei desmontou e caminhou em direção a seu inimigo, sua armadura retinindo, sua grande espada levantada sobre sua cabeça.

– Mais uma vez nos encontramos, bruxo! – ele sorriu ferozmente.

– Afaste-se! – gritou Tsotha como um chacal enlouquecido. – Eu vou arrancar a carne dos seus ossos! Você não pode me vencer! Se me esquartejar em pedaços, os pedaços de carne e osso vão se reunir e assombrar você até a sua morte! Eu vejo a mão de Pélias nisso, mas eu desafio a ambos! Eu sou Tsotha, filho de...

Conan avançou, a espada brilhando, os olhos semicerrados em cautela. A mão direita de Tsotha moveu-se para frente e para trás, e o rei se abaixou rapidamente. Algo passou por sua cabeça protegida por capacete e explodiu atrás dele, queimando as próprias areias com um brilho de fogo infernal. Antes que Tsotha pudesse jogar o globo em sua mão esquerda, a espada de Conan cortou seu pescoço magro. A cabeça do bruxo disparou de seus ombros em um jorro arqueado de sangue, e o corpo cambaleou e desabou como se bêbado. Ainda assim, os loucos olhos negros fitavam Conan sem que diminuísse sua luz selvagem e ódio, os lábios se contorcendo terrivelmente e as mãos tateando, como se à procura da cabeça decepada. Então, com um rápido bater de asas, algo desceu do céu: a águia que atacara o cavalo de Tsotha. Com suas garras poderosas, ela agarrou a cabeça gotejante e voou para o céu, e Conan ficou mudo, pois da garganta da águia explodiu uma gargalhada humana, na voz de Pélias, o feiticeiro.

Então, uma coisa horrível aconteceu, pois o corpo sem cabeça ergueu-se da areia e cambaleou em uma corrida assustadora com as pernas enrijecidas, as mãos estendidas às cegas em direção ao ponto que acelerava e diminuía no céu escuro. Conan ficou parado como se transformado em pedra, observando até que a figura cambaleante desaparecesse no crepúsculo que escurecia os prados.

– Crom! – seus ombros poderosos se contraíram. – Chega dessas rixas entre magos! Pélias foi bom comigo, mas não me importaria se não o visse mais. Muito melhor uma espada normal e um inimigo normal para matar. Maldição! O que eu não daria por um jarro de vinho?!

FIM

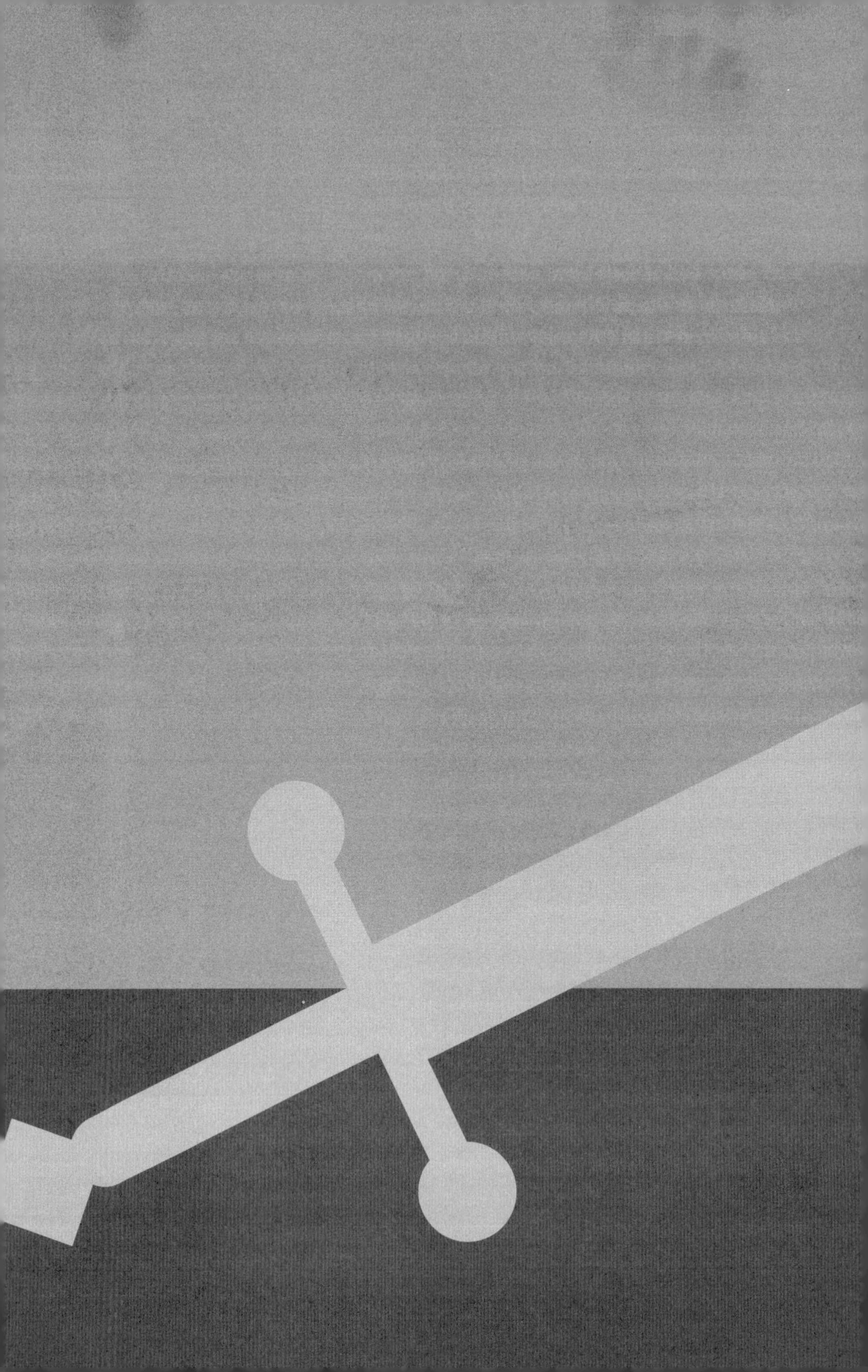

A TORRE DO ELEFANTE
(The Tower of the Elephant)

Publicada originalmente em março de 1933 na revista Weird Tales

1

TOCHAS CHAMEJAVAM LÚGUBRES sobre as folias no Martelo, onde os ladrões vindos do leste comiam e bebiam durante a noite. No Martelo eles podiam festejar e fazer o barulho que quisessem, pois as pessoas honestas evitavam o local e os mantenedores da lei, bem pagos com moedas provenientes de crimes, não interferiam nas atividades deles. Ao longo das ruas tortuosas e não pavimentadas, repletas de montes de lixo e poças de água suja, bêbados barulhentos cambaleavam, gritando. O aço cintilava nas sombras onde lobo caçava lobo, e da escuridão surgiam as risadas estridentes das mulheres e os sons de brigas e lutas. As luzes de tochas escapavam de modo assustador das janelas quebradas e portas escancaradas e, dessas portas, escapavam cheiros rançosos de vinho, de corpos suados e imundos, escapava o clamor de jarros de bebida e de punhos martelados sobre mesas ásperas, escapavam fragmentos de canções obscenas, dolorosos como um soco na cara.

Em um desses antros, as risadas se chocavam ruidosamente contra o teto baixo, escurecido pela fumaça, onde criminosos se reuniam vestindo os mais variados tipos de trapos e farrapos. Furtivos ladrões de bolsas, sequestradores à espreita, ladrões de dedos rápidos, assassinos arrogantes abraçados a suas prostitutas, mulheres de voz estridente vestidas em roupas de mau gosto. Facínoras nativos eram o elemento dominante: zamorianos de pele escura e olhos escuros, com punhais em seus cintos e astúcia em seus corações. Mas também havia lobos de meia dúzia de nações estrangeiras lá. Havia um renegado hiperbóreo gigante, taciturno e perigoso, com uma espada larga presa à sua grande cintura, pois os homens carregavam aço abertamente no Martelo. Havia um falsificador shemita, com seu nariz adunco e barba preta azulada e encaracolada. Havia uma moça brituniana de olhar corajoso, sentada no joelho de um gunderlandês de cabelos castanhos, um soldado mercenário errante, desertor de algum exército derrotado. E o malandro gordo e nojento cujas piadas obscenas estavam causando todos os gritos de alegria era um sequestrador profissional vindo da distante Koth para tentar ensinar o rapto de mulheres a zamorianos que nasceram com mais conhecimento dessa arte do que ele jamais poderia aprender.

Este homem parou sua descrição sobre os encantos de uma vítima em potencial e enfiou o focinho em uma enorme caneca de cerveja espumante. Em seguida, soprando a espuma de seus lábios gordos, ele disse:

– Por Bel, deus de todos os ladrões, vou mostrar a eles como roubar mulheres: eu a levarei pela fronteira zamoriana antes do amanhecer, e haverá uma caravana esperando para recebê-la. Trezentas moedas de prata, foi o que me prometeu um conde de Ophir por uma jovem brituniana elegante da alta classe. Levei semanas, vagando entre as cidades fronteiriças como um mendigo, para encontrar uma que eu sabia que serviria. E ela é um belo tesouro!

Ele soprou um beijo bêbado pelo ar.

– Conheço lordes em Shem que trocariam o segredo da Torre do Elefante por ela – disse ele, voltando para sua cerveja.

Um toque na manga de sua túnica o fez virar a cabeça, incomodado com a interrupção. Ele viu um jovem alto e forte parado ao lado dele. Essa pessoa estava tão deslocada naquele covil quanto um lobo cinzento entre os ratos sarnentos das sarjetas. Sua túnica barata não conseguia esconder os contornos duros e esguios de seu corpo musculoso, os ombros largos e pesados, o peito maciço, a cintura esguia e os braços poderosos. Sua pele morena era resultado de sóis de outros lugares, seus olhos azuis e ardentes; uma mecha de cabelo preto desgrenhado coroava sua testa larga. De seu cinto pendia uma espada em uma bainha de couro gasta.

O kothiano recuou involuntariamente, já que o homem não pertencia a nenhuma raça civilizada que ele conhecesse.

– Você falou sobre a Torre do Elefante – disse o estranho, falando zamoriano com um sotaque estranho. – Já ouvi muito sobre essa torre; qual é o seu segredo?

A atitude do sujeito não parecia ameaçadora, e a coragem do kothiano foi reforçada pela cerveja e a evidente aprovação de sua audiência. Ele se encheu de presunção.

– O segredo da Torre do Elefante? – ele exclamou. – Ora, qualquer idiota sabe que o sacerdote Yara mora lá com a grande joia que os homens chamam de Coração de Elefante, esse é o segredo de sua magia.

O bárbaro digeriu isso por um momento.

– Eu vi essa torre – disse ele. – Está situada em um grande jardim acima do nível da cidade, cercada por altos muros. Eu não vi nenhum guarda. As paredes seriam fáceis de escalar. Por que ninguém ainda roubou essa joia secreta?

O kothiano fitou boquiaberto a ingenuidade do outro, então irrompeu em uma alta gargalhada zombeteira, à qual outros se juntaram.

– Escutem esse pagão! – ele gritou. – Ele quer roubar a joia de Yara! — Ouça, amigo – ele disse, virando-se pomposamente para o outro. – Suponho que você seja algum tipo de bárbaro do norte...

– Sou um cimério – respondeu o estrangeiro, em tom nada amigável. A resposta e a maneira como ele falou significaram pouco para o kothiano; vindo de um reino que ficava muito ao sul, nas fronteiras de Shem, ele conhecia apenas vagamente as raças do norte.

– Então escute e aprenda um pouco de sabedoria, amigo – disse ele, apontando seu jarro cheio de bebida para o jovem, que já ficava incomodado. – Saiba que em Zamora, e mais especialmente nesta cidade, existem mais ladrões ousados do que em qualquer outro lugar do mundo, até mesmo em Koth. Se um homem mortal pudesse ter roubado a joia, pode acreditar que ela já teria sido roubada há muito tempo. Você fala em escalar os muros, mas, depois de escalar, rapidamente desejará voltar. Não há guardas nos jardins à noite por um bom motivo... quer dizer, nenhum guarda humano. Mas na sala de vigia, na parte inferior da torre, há homens armados, e mesmo que você passe por aqueles que vagam pelos jardins à noite, ainda precisaria passar pelos soldados, pois a joia está guardada em algum lugar na torre acima.

– Mas, se um homem pode passar pelos jardins – argumentou o cimério –, por que ele não pode chegar até a joia pela parte superior da torre e assim evitar os soldados?

Mais uma vez, o kothiano olhou boquiaberto.

– Ouçam o que ele diz! – ele gritou zombeteiramente. – O bárbaro é uma águia que deseja voar para a orla cheia de joias da torre, que fica a apenas cinquenta metros acima da terra, com lados arredondados mais escorregadios que vidro polido!

O cimério olhou ao redor, envergonhado com o rugido de risos zombeteiros que saudou esse comentário. Ele não via nenhuma graça particular naquilo e estava entre a civilização há pouco tempo e ainda não entendia suas grosserias. Em geral, os homens civilizados são mais mal-educados do que os selvagens, porque sabem que podem ser mal-educados sem ter seus crânios rachados. Ele estava desnorteado e envergonhado e, sem dúvida, teria se afastado, embaraçado, mas o kothiano optou por provocá-lo ainda mais.

– Vamos, vamos! – ele gritou. – Diga a esses pobres coitados, que só são ladrões desde antes de você ser gerado, como você roubaria a joia!

– Sempre existe um jeito, se a vontade for combinada com a coragem – respondeu o cimério, curto e grosso.

O kothiano escolheu tomar isso como uma ofensa pessoal. Seu rosto ficou vermelho de raiva.

– Como é? – ele rugiu. – Você se atreve a querer nos ensinar nosso trabalho e ainda diz que somos covardes? Saia daqui. Saia da minha frente!

E empurrou o cimério com violência.

– Você zomba de mim e ainda encosta em mim? – se irritou o bárbaro, sua raiva aumentando rapidamente; e ele devolveu o empurrão com um golpe de mão aberta que derrubou seu algoz contra a mesa rústica. Cerveja espirrou da boca do jarro e o kothiano rugiu de fúria, sacando sua espada.

– Cão pagão! – ele gritou. – Vou arrancar seu coração por isso!

O aço brilhou e a multidão saiu do caminho às pressas. Em sua correria, derrubaram a única vela e o antro mergulhou na escuridão, quebrada pelo estrondo de bancos virados, a batucada de pés correndo, gritos, xingamentos de pessoas tropeçando umas nas outras e um único grito estridente de agonia que cortou o tumulto como uma faca. Quando uma vela foi acesa novamente, a maioria dos clientes tinha saído pelas portas e janelas quebradas, e o resto se amontoou atrás de pilhas de barris de vinho e sob as mesas. O bárbaro se fora; o centro da sala estava deserto, exceto pelo corpo mutilado do kothiano. O cimério, usando o instinto infalível de bárbaro, matara seu homem em meio à escuridão e à confusão.

11

AS LUZES LÚGUBRES E A FOLIA bêbada ficaram atrás do cimério. Ele havia descartado sua túnica rasgada e caminhava pela noite nu, exceto por uma tanga e suas sandálias de tiras altas. Ele se movia com a facilidade ágil de um grande tigre, seus músculos de aço ondulando sob sua pele morena.

Ele havia entrado na parte da cidade reservada aos templos. Ao seu redor, eles brilhavam à luz das estrelas. Pilares de mármore nevado, cúpulas douradas e arcos prateados, santuários da miríade de deuses estranhos de Zamora. Ele não perdeu tempo pensando neles; ele sabia que a religião de Zamora, como todas as facetas de um povo civilizado e há muito estabelecido, era intrincada, complexa e havia perdido a maior parte da essência primitiva em um labirinto de fórmulas e rituais. Ele tinha ficado agachado por horas nos pátios dos filósofos, ouvindo as discussões de teólogos e professores, e saído de lá em meio a uma névoa de perplexidade, certo de apenas uma coisa: que eles eram todos malucos.

Seus deuses eram simples e compreensíveis. Crom era o principal deles e vivia em uma grande montanha, de onde enviava condenações e morte. Era inútil pedir algo a Crom, porque ele era um deus sinistro e violento, que odiava os fracos. Mas ele dava coragem aos homens desde o nascimento, além da vontade e a força para matar seus inimigos, o que, na opinião do cimério, era tudo que um deus deveria fazer.

Seus pés calçados de sandálias não faziam nenhum som na calçada reluzente. Nenhum vigia passou, pois mesmo os ladrões do Martelo evitavam os templos, onde estranhos fins recaíam sobre os violadores. À sua frente, ele avistou, erguendo-se contra o céu, a Torre do Elefante. Ele refletiu, perguntando-se por que teria esse nome. Ninguém parecia saber. Ele nunca tinha visto um elefante, mas compreendia vagamente que se tratava de um animal monstruoso, com uma cauda na frente e outra atrás. É o que um shemita errante lhe contara, jurando ter visto tais feras aos milhares no país dos hirkanianos; mas todos os homens sabiam quão mentirosos eram os homens de Shem. De qualquer maneira, não havia elefantes em Zamora.

O corpo cintilante da torre erguia-se gélido na direção das estrelas. À luz do sol, ela brilhava tão deslumbrantemente que poucos podiam suportar olhar seu brilho, e muitos homens diziam que era feita de prata. Era redonda, um cilindro fino e perfeito, de cinquenta metros de altura, e sua borda brilhava à luz das estrelas com as grandes joias que a incrustavam. A torre ficava entre as árvores exóticas e ondulantes de um jardim elevado acima do nível geral da cidade. Um muro alto cercava este jardim, e fora do muro havia um nível inferior, igualmente cercado por um muro. Nenhuma luz brilhava; parecia não haver janelas na torre, pelo menos não acima do nível do muro interno. Apenas as joias lá em cima cintilavam gélidas à luz das estrelas.

Os arbustos cresciam espessos do lado de fora do muro inferior, o externo. O cimério se aproximou e ficou ao lado da barreira, medindo-a com os olhos. Era alta, mas ele poderia pular e se segurar no topo com os dedos. Depois, seria brincadeira de criança balançar-se para cima e ele não tinha dúvidas de que poderia passar pelo muro interno da mesma maneira. Mas ele hesitou ao pensar nos estranhos perigos que se dizia que o aguardavam. Essas pessoas eram estranhas e misteriosas para ele; não eram de sua espécie, nem mesmo de sangue parecido com o dos britunianos, nemédios, kothianos e aquilonianos, todos mais do oeste, cujos mistérios civilizados o haviam surpreendido no passado. O povo de Zamora era muito antigo e, pelo que tinha visto deles, muito maligno.

Ele pensou em Yara, o sumo sacerdote, que criava estranhas maldições nesta torre de joias, e o cabelo do cimério se arrepiou ao se lembrar de uma história contada por um pajem bêbado da corte, sobre como Yara havia rido na cara de um príncipe hostil, e ergueu uma joia brilhante e sinistra diante dele, e como raios saíram daquela joia profana, para envolver o príncipe, que gritou e foi ao chão, e se encolheu em uma massa enegrecida e murcha que se transformou em uma aranha negra que em seguida correu descontroladamente pela câmara até que Yara a esmagou com seu calcanhar.

Yara não saía com frequência de sua torre mágica e quando saía sempre era para fazer o mal a algum homem ou alguma nação. O rei de Zamora o temia mais do que a morte, e se mantinha bêbado o tempo todo porque esse medo era mais do que ele podia suportar sóbrio. Yara era muito velho. Séculos de idade, diziam os homens, e acrescentavam que ele viveria para sempre por causa da magia de sua joia, que chamavam de Coração do Elefante, por nenhuma razão melhor do que chamarem seu domínio de Torre do Elefante.

O cimério, absorto nesses pensamentos, encolheu-se rapidamente contra a parede. Alguém passava pelo jardim, caminhando com passos regulares. O bárbaro ouviu o tilintar de aço. Então, afinal, um guarda percorria aqueles jardins. O cimério aguardou, esperando ouvi-lo passar novamente na próxima ronda, mas apenas o silêncio pairou sobre os jardins misteriosos.

Por fim, a curiosidade o dominou. Com um salto curto, ele agarrou-se ao muro e subiu até o topo com um braço. Deitado no largo cimo, ele olhou para o amplo espaço entre os muros. Nenhum arbusto crescia perto dele, embora ele via alguns arbustos cuidadosamente aparados perto do muro interno. A luz das estrelas caiu sobre o gramado bem cuidado e, em algum lugar, uma fonte tilintava.

O cimério abaixou-se cautelosamente para o lado de dentro e desembainhou a espada, olhando ao redor. Ele ficou incomodado, com o nervosismo de um selvagem que estava ali desprotegido sob a luz das estrelas, e moveu-se levemente ao redor da curva da parede, se misturando às sombras, até ficar à frente dos arbustos que havia notado. Então, ele correu rapidamente em direção a eles, agachando-se, e quase tropeçou em uma forma que estava caída perto das bordas dos arbustos.

Um rápido olhar para a direita e para a esquerda não mostrou a ele nenhum inimigo à vista, e ele se abaixou para investigar. Seus olhos penetrantes, mesmo sob a luz fraca das estrelas, mostraram-lhe um homem de constituição forte com a armadura prateada e o capacete com penas da guarda real zamoriana. Um escudo e uma lança estavam perto dele, e bastou apenas um exame rápido para perceber que ele havia sido estrangulado. O bárbaro olhou em volta, inquieto. Ele sabia que aquele homem devia ser o guarda que ouvira passar por seu esconderijo perto do muro. Pouco tempo havia se passado mas, naquele intervalo, mãos desconhecidas surgiram da escuridão e sufocaram a vida do soldado.

Forçando os olhos na escuridão, ele viu um indício de movimento através dos arbustos perto do muro. Para lá ele deslizou, segurando sua espada. Ele não fez mais barulho do que uma pantera caçando pela noite, mas o homem que ele estava perseguindo ouviu. O cimério teve um vislumbre de um vulto enorme perto da parede; sentiu alívio por ser pelo menos humano; então o sujeito girou rapidamente com um resfolego que soou como pânico, fez o primeiro movimento de um mergulho para a frente, as mãos se esticando, então recuou quando a lâmina do cimério refletiu a luz das estrelas. Por um instante tenso, nenhum dos dois falou, prontos para qualquer coisa.

– Você não é um soldado – sibilou o estranho finalmente. – Você é um ladrão como eu.

– E quem é você? – perguntou o cimério em um sussurro desconfiado.

– Taurus, da Nemédia.

O cimério baixou a espada.

– Já ouvi falar de você. É chamado de príncipe dos ladrões.

Uma risada baixa respondeu a ele. Taurus era tão alto quanto o cimério e mais pesado; ele era barrigudo e gordo, mas cada movimento seu denotava um magnetismo dinâmico sutil, que se refletia nos olhos penetrantes que brilhavam com vitalidade, mesmo à luz das estrelas. Ele estava descalço e carregava um rolo do que parecia ser uma corda fina e forte, com nós a intervalos regulares.

– Quem é você? – ele sussurrou.

– Conan, um cimério – respondeu o outro. – Vim procurar uma maneira de roubar a joia de Yara, que chamam de Coração de Elefante.

Conan sentiu a grande barriga do homem estremecer de tanto rir, mas não foi por deboche.

– Por Bel, deus dos ladrões! – sibilou Taurus. – Achava que só eu tinha coragem de tentar um roubo assim. Esses zamorianos se autodenominam ladrões... bah! Conan, gosto da sua coragem. Nunca compartilhei uma aventura com ninguém, mas, por Bel, podemos tentar esta juntos se você quiser.

– Então você também está atrás da joia?

– O que mais? Tracei meus planos há meses, mas me parece que você agiu por um impulso repentino, meu amigo.

– Você matou o soldado?

– Claro. Eu deslizei por sobre o muro quando ele estava do outro lado do jardim. Eu me escondi nos arbustos; ele me ouviu, ou pensou ter ouvido algo. Quando ele surgiu, não foi difícil ficar atrás dele, agarrar seu pescoço e sufocar a vida do idiota. Ele era como a maioria dos homens, meio cego no escuro. Um bom ladrão deve ter olhos de gato.

– Você cometeu um erro – disse Conan.

Os olhos de Taurus brilharam com raiva.

– Eu? Eu cometi um erro? Impossível!

– Você deveria ter arrastado o corpo para os arbustos.

– Diz o novato ao mestre da arte. Eles não vão mudar a guarda até depois da meia-noite. Se alguém viesse procurá-lo agora e encontrasse o corpo, correria imediatamente até Yara, berrando a notícia e nos dando tempo de escapar. Se não o encontrarem, iriam procurar entre os arbustos e nos pegariam como ratos em uma armadilha.

— Você tem razão — concordou Conan.
— Certo. Agora, vamos. Perdemos tempo nesta maldita discussão. Não há guardas no jardim interno. Guardas humanos, quero dizer, embora haja sentinelas ainda mais mortais. Foi a presença deles que impediu meus planos por tanto tempo, mas finalmente descobri uma maneira de evitá-los.
— E quanto aos soldados na parte inferior da torre?
— O velho Yara mora nas câmaras superiores. Por esse caminho vamos entrar... e sair, espero. Não se dê ao trabalho de me perguntar como. Eu arranjei uma maneira. Vamos descer pelo topo da torre e estrangular o velho Yara antes que ele possa lançar qualquer um de seus malditos feitiços sobre nós. Pelo menos, vamos tentar. É a possibilidade de ser transformado em aranha ou sapo, contra a toda a riqueza e poder do mundo. Todos os bons ladrões devem saber correr riscos.
— Eu me arriscaria tanto quanto qualquer outro homem — disse Conan, tirando as sandálias.
— Então me siga.
E, virando-se, Taurus saltou, agarrou-se ao muro e ergueu o corpo. A flexibilidade do homem era incrível, considerando seu tamanho; ele pareceu quase deslizar por cima da borda. Conan o seguiu e, deitados no topo largo, eles falaram em sussurros cautelosos.
— Não vejo luz — murmurou Conan. A parte inferior da torre parecia muito com a parte visível de fora do jardim: um cilindro perfeito e brilhante, sem aberturas aparentes.
— Existem portas e janelas inteligentemente construídas — respondeu Taurus —, mas estão fechadas. Os soldados respiram o ar que vem de cima.
O jardim era uma piscina vaga de sombras, onde arbustos viçosos e árvores baixas e altas ondulavam à luz das estrelas. A alma cautelosa de Conan sentiu a aura de ameaça iminente que pairava sobre ela. Ele sentiu o brilho ardente de olhos invisíveis e captou um aroma sutil que fez os cabelos curtos de seu pescoço se eriçarem instintivamente, como um cão de caça se arrepia ao sentir o cheiro de um antigo inimigo.
— Siga-me — sussurrou Taurus. — Fique atrás de mim, se valoriza sua vida.
Tirando o que parecia ser um tubo de cobre de seu cinto, o nemédio desceu com suavidade ao gramado do lado de dentro do muro. Conan estava logo atrás dele, a espada pronta, mas Taurus o empurrou para trás, para perto da parede, e não mostrou nenhuma indicação de que ele mesmo avançaria. Toda a sua atitude era de tensa expectativa, e seu olhar, como o de Conan, estava fixo na massa

sombria de arbustos a alguns metros de distância. Os arbustos tremiam, embora a brisa tivesse cessado. Então, dois grandes olhos brilharam nas sombras ondulantes, e atrás deles outras faíscas de fogo brilharam na escuridão.

– Leões! – murmurou Conan.

– Sim. Durante o dia, eles são mantidos em cavernas subterrâneas abaixo da torre. É por isso que não há guardas neste jardim.

Conan contou os olhos rapidamente.

– Cinco à vista; talvez mais no meio dos arbustos. Eles vão atacar a qualquer momento...

– Fique em silencio! – sibilou Taurus, e ele se afastou da parede, com cautela, como se pisasse em navalhas, levantando o tubo fino. Ruídos baixos surgiram das sombras e os olhos ardentes avançaram. Conan podia sentir as grandes mandíbulas, as caudas peludas chicoteando para lá e para cá. O ar ficou tenso. O cimério agarrou sua espada, esperando um ataque e o impulso irresistível de corpos gigantes em movimento. Então, Taurus levou a abertura do tubo aos lábios e soprou com força. Um longo jato de pó amarelado saiu da outra extremidade do tubo e se espalhou instantaneamente em uma espessa nuvem verde-amarela que se assentou sobre os arbustos, obscurecendo os olhos brilhantes.

Taurus correu de volta para a parede. Conan olhou sem entender. A nuvem espessa cobriu os arbustos e não saiu nenhum som deles.

– O que é essa névoa? – o cimério perguntou inquieto.

– Morte! – sibilou o nemédio. – Se um vento soprar e lançar de volta para nós, devemos fugir por cima do muro. Mas não, o vento está parado e agora está se dissipando. Espere até que desapareça totalmente. Respirar significa morte.

Naquele momento, apenas fragmentos amarelados pairavam fantasmagoricamente no ar; então sumiram e Taurus gesticulou para que seu companheiro avançasse. Eles se esgueiraram em direção aos arbustos e Conan até engasgou. Estendidos nas sombras estavam cinco grandes formas selvagens, o fogo de seus olhos sinistros apagado para sempre. Um aroma enjoativo e adocicado permanecia na atmosfera.

– Eles morreram sem fazer barulho! – murmurou o cimério. – Taurus, o que era aquele pó?

– Ele era feito de lótus negro, cujas flores ondulam nas selvas perdidas de Khitai, onde moram apenas os sacerdotes de crânio amarelo de Yun. Aquelas flores matam qualquer um que as cheire.

Conan se ajoelhou ao lado das grandes formas, assegurando-se de que elas realmente não representavam mais perigo. Ele balançou sua cabeça; a magia das terras exóticas era misteriosa e terrível para os bárbaros do norte.

– Por que não pode matar os soldados na torre da mesma maneira? – ele perguntou.

– Porque esse era todo o pó que eu possuía. A obtenção dele foi um feito que por si só foi suficiente para me tornar famoso entre os ladrões do mundo. Eu o roubei de uma caravana com destino à Estígia e o tirei, em sua bolsa de tecido de ouro, das espirais da grande serpente que o guardava, sem despertá-la. Mas venha, em nome da Bel! Vamos desperdiçar a noite discutindo?

Eles deslizaram por entre os arbustos até a base reluzente da torre e, ali, com um movimento que exigia silêncio, Taurus desenrolou a sua corda com nós que tinha, em uma extremidade, um grande gancho de aço. Conan entendeu o plano e não fez perguntas quando o nemédio agarrou a corda a uma curta distância abaixo do gancho e começou a balançá-la sobre sua cabeça. Conan encostou o ouvido na parede lisa e tentou escutar, mas não conseguiu ouvir nada. Evidentemente, os soldados lá dentro não suspeitavam da presença de intrusos, que não haviam feito mais barulho do que o vento noturno soprando entre as árvores. Mas um estranho nervosismo dominava o bárbaro; talvez fosse o cheiro dos leões que dominava tudo.

Taurus lançou a corda com um movimento suave e certeiro de seu braço poderoso. O gancho curvou-se para cima e para a frente de uma maneira peculiar, difícil de descrever, e desapareceu sobre a borda cravejada de joias. Aparentemente, ele prendeu-se com firmeza, pois um primeiro puxão cauteloso e, depois, um puxão forte não o fizeram se soltar ou cair.

– Que sorte acertar no primeiro lançamento – murmurou Taurus. – Eu...

Foi o instinto selvagem de Conan que o fez girar de repente; pois a morte que estava sobre eles não fez nenhum som. Um rápido vislumbre mostrou ao cimério a forma gigantesca e peluda, erguendo-se em pé contra as estrelas, elevando-se sobre ele para o golpe mortal. Nenhum homem civilizado poderia ter se movido com a metade da rapidez com que o bárbaro se moveu. Sua espada brilhou friamente à luz das estrelas com cada grama de desespero e força por trás dela, e o homem e a fera caíram juntos.

Praguejando incoerentemente debaixo de sua respiração, Taurus curvou-se acima da massa e viu os membros de seu companheiro se moverem enquanto tentava se arrastar e sair de sob o grande peso que pairava inerte sobre ele. Um olhar mostrou ao assustado nemédio que o leão estava morto, seu crânio partido ao meio. Ele agarrou a carcaça e, com sua ajuda, Conan a empurrou para o lado e subiu, ainda segurando a espada gotejante.

– Você está ferido, amigo? – engasgou-se Taurus, ainda perplexo com a rapidez impressionante daquele episódio surpreendente.

– Não, por Crom! – respondeu o bárbaro. – Mas nunca estive tão próximo de morrer, mesmo numa vida cheia de perigos. Por que a fera amaldiçoada não rugiu enquanto atacava?

– Tudo é estranho neste jardim – disse Taurus. – Os leões atacam silenciosamente... e o mesmo se dá com outras mortes. Mas, venha. Não fez muito barulho ao matar o bicho, mas os soldados podem ter ouvido, se não estão dormindo ou bêbados. Aquele leão estava em alguma outra parte do jardim e escapou da morte pelas flores, mas certamente não há mais deles. Precisamos escalar esta corda; nem preciso perguntar a um cimério se ele consegue.

– Se ela aguentar meu peso – grunhiu Conan, limpando sua espada na grama.

– Aguenta três vezes o meu – respondeu Taurus. – Foi tecida com tranças de mulheres mortas, que roubei de seus túmulos à meia-noite e mergulhei no vinho mortal da árvore upas, para lhes dar força. Eu vou primeiro e você me segue de perto.

O nemédio agarrou a corda e, dobrando um joelho em torno dela, começou a subida; ele subiu como um gato, desmentindo a aparente falta de jeito de seu corpo. O cimério o seguiu. A corda balançou e girou sobre si mesma, mas os dois não tiveram problemas; ambos haviam feito escaladas mais difíceis antes. A borda adornada com joias brilhava acima deles, projetando-se na perpendicular em relação ao muro, um fato que contribuiu muito para facilitar a subida.

Eles subiram cada vez mais, silenciosamente, as luzes da cidade se espalhando cada vez mais sob suas vistas à medida que subiam, as estrelas acima deles cada vez mais obscurecidas pelo brilho das joias ao longo da borda. Agora, Taurus estendeu a mão e agarrou a própria borda, puxando-se para cima e por cima dela. Conan parou por um momento na borda, fascinado pelas grandes joias geladas cujos brilhos deslumbraram seus olhos: diamantes, rubis, esmeraldas, safiras, turquesas, pedras da lua, incrustadas como estrelas na prata cintilante. À distância, seus diferentes brilhos pareciam se fundir em um clarão branco e pulsante; mas agora, de perto, elas brilhavam com um milhão de tonalidades e luzes do arco-íris, hipnotizando-o com suas cintilações.

– Há uma fortuna fabulosa aqui, Taurus – sussurrou ele; mas o nemédio respondeu com impaciência.

– Vamos! Se pegarmos o Coração, essas e todas as outras riquezas serão nossas.

Conan escalou a borda cintilante. O nível do topo da torre ficava alguns metros abaixo da saliência com pedras preciosas. Ele era plano, composto de alguma substância azul escura, incrustada com ouro que refletia a luz das estrelas, de modo que o conjunto parecia uma safira larga salpicada com pó de ouro brilhante. Do outro lado do ponto por onde haviam entrado, parecia haver uma espécie de câmara construída sobre o telhado. Era do mesmo material prateado das paredes da torre, adornado com desenhos trabalhados em joias menores; sua única porta era dourada, sua superfície cortada em escamas e incrustada com joias que brilhavam como gelo.

Conan lançou um olhar para o oceano pulsante de luzes que se espalhava muito abaixo deles, então olhou para Taurus. O nemédio estava puxando sua corda e enrolando-a. Ele mostrou a Conan onde o gancho havia se prendido. Uma fração da ponta havia se afundado sob uma grande joia brilhante no lado interno da borda.

– A sorte estava conosco de novo – ele murmurou. – Seria de imaginar que nosso peso combinado teria arrancado aquela pedra. Me siga; os riscos reais desta aventura começam agora. Estamos no covil da serpente e não sabemos onde ela está escondida.

Como tigres à espreita, eles deslocaram-se pelo piso escuro e reluzente e pararam do lado de fora da porta cintilante. Com uma mão hábil e cautelosa, Taurus a empurrou. Ela cedeu sem resistência, e os companheiros olharam para dentro, tensos à espera de qualquer perigo. Sobre o ombro do nemédio, Conan teve o vislumbre de uma câmara cintilante, cujas paredes, teto e chão estavam incrustados com grandes joias brancas que a iluminavam intensamente e que pareciam ser sua única fonte de iluminação. Parecia vazio de qualquer sinal de vida.

– Antes de abandonarmos nossa última rota de fuga – sibilou Taurus –, vá até a borda e olhe para todos os lados; se vir algum soldado andando pelos jardins, ou qualquer coisa suspeita, volte e me diga. Esperarei por você nesta câmara.

Conan viu pouca razão para aquilo, e uma leve suspeita sobre seu companheiro tocou sua alma cautelosa, mas ele fez o que Taurus pediu. Quando ele se virou, o nemédio deslizou para dentro da porta e fechou-a atrás de si. Conan rastejou ao redor da borda da torre, retornando ao seu ponto de partida sem ter visto qualquer movimento suspeito no mar de folhas vagamente ondulantes abaixo. Ele se virou em direção à porta... e, de repente, de dentro da câmara soou um grito estrangulado.

O cimério saltou para frente, alerta. A porta reluzente se abriu e Taurus apareceu emoldurado pelo brilho frio atrás dele. Ele girou e seus lábios se separaram, mas apenas um estertor seco explodiu de sua garganta. Agarrando-se à porta dourada em busca de um ponto de apoio, ele cambaleou para o telhado e caiu de cabeça, segurando a garganta. A porta se fechou atrás dele.

Conan, agachado como uma pantera encurralada, não viu nada na sala atrás do nemédio ferido durante o breve instante em que a porta estava parcialmente aberta, a menos que não fosse um truque de luz que fez parecer que uma sombra disparou através do piso brilhante. Nada seguiu Taurus para o telhado, e Conan se curvou sobre o homem.

O nemédio olhava para cima com olhos dilatados e vidrados, que de alguma forma continham uma terrível perplexidade. Suas mãos agarraram sua garganta, seus lábios tremeram e gorgolejaram; então, de repente, ele enrijeceu, e o espantado cimério soube que ele estava morto. E ele sentiu que Taurus havia morrido sem saber que tipo de morte o havia atingido. Conan olhou perplexo para a enigmática porta dourada. Naquela sala vazia, com suas paredes de joias cintilantes, a morte havia chegado para o príncipe dos ladrões tão rápida e misteriosamente quanto ele matara os leões nos jardins abaixo.

Cautelosamente, o bárbaro passou as mãos pelo corpo seminu do homem, procurando um ferimento. Mas as únicas marcas de violência estavam entre seus ombros, perto da base de seu pescoço taurino: três pequenos ferimentos, que pareciam como se três pregos tivessem sido cravados profundamente na carne e retirados. As bordas dessas feridas eram pretas e um leve cheiro de putrefação era evidente. "Dardos envenenados?", pensou Conan. Mas, nesse caso, eles ainda deveriam estar nas feridas.

Cautelosamente, ele se esgueirou em direção à porta dourada, empurrou-a e olhou para dentro. A câmara estava vazia, banhada pelo brilho frio e pulsante da miríade de joias. Bem no centro do teto ele notou sem muita atenção um desenho curioso. Um padrão preto de oito lados, no centro do qual quatro joias brilhavam com uma chama vermelha, diferente do brilho branco das outras joias. Do outro lado da sala havia outra porta, como aquela em que ele estava, exceto que não estava esculpida no mesmo padrão. Foi daquela porta que a morte saíra? E, tendo golpeado sua vítima, teria recuado da mesma maneira?

Fechando a porta atrás dele, o cimério avançou para dentro da câmara. Seus pés descalços não faziam barulho no chão de cristal. Não havia cadeiras ou mesas na câmara, apenas três ou quatro divãs de seda, bordados com ouro e trabalhados com estranhos desenhos de serpentina, e vários baús de mogno com adereços de prata. Alguns estavam fechados com pesadas fechaduras douradas; outros estavam abertos, as tampas esculpidas jogadas para trás revelando, aos olhos atônitos do cimério, pilhas de joias amontoadas em um esplendor descuidado. Conan praguejou em voz baixa; já havia visto mais riqueza naquela noite do que jamais sonhara que existisse em todo o mundo, e ficou tonto ao pensar qual deveria ser o valor da joia que procurava.

Ele estava no centro da sala agora, inclinado para a frente, a cabeça estendida cautelosamente, a espada à sua frente, quando novamente a morte o atacou silenciosamente. Uma sombra voadora que varreu o chão reluzente foi seu único aviso, e um salto de lado instintivo salvou sua vida. Ele teve um vislumbre de um horror negro e coberto de pelos que passou por ele com presas que soltavam espuma, e algo que queimava como o fogo líquido do inferno espirrou em seu ombro nu. Saltando para trás, sua espada erguida, ele viu o horror pular para o piso, girar e disparar em sua direção com uma velocidade espantosa: uma gigantesca aranha negra, do tipo que os homens veem apenas em pesadelos.

Era grande como um leitão, e suas oito pernas grossas e peludas empurravam seu corpo horrendo pelo chão em um ritmo apressado; seus quatro olhos brilhantes e malignos brilhavam com uma inteligência maligna, e suas presas gotejavam veneno que, Conan agora sabia devido à queimadura em seu ombro, onde apenas algumas gotas caíram quando a coisa o atacou e errou, estavam carregadas de morte rápida. Este era o assassino que havia descido de seu poleiro no meio do teto por um fio de sua teia, atacando o pescoço do nemédio. Tolos foram eles por não suspeitarem que as câmaras superiores seriam guardadas tão bem quanto as inferiores!

Esses pensamentos passaram rapidamente pela mente de Conan enquanto o monstro avançava. Ele deu um salto e o monstro passou por baixo dele, girou e atacou de novo. Desta vez, ele evitou sua investida com um salto lateral e atacou de volta como um gato. Sua espada cortou uma das pernas cabeludas, e novamente ele mal conseguiu se desviar quando a monstruosidade se lançou contra ele, as presas clicando diabolicamente. Mas a criatura não continuou a perseguição. Virando-se, correu pelo chão de cristal e subiu pela parede até o teto, onde se encurvou por um instante, olhando para ele com seus diabólicos olhos vermelhos. Então, sem aviso, o ser se lançou através do espaço, deixando atrás de si um rastro de gosma cinza e viscosa.

Conan deu um passo para trás para evitar o corpo que vinha em sua direção e, então, se abaixou freneticamente, bem a tempo de escapar de ser apanhado pela teia do bicho. Ele viu a intenção do monstro e saltou em direção à porta, mas o ser foi mais rápido, e um fio pegajoso que cruzou a porta tornou Conan prisioneiro. Ele não se atreveu a tentar cortá-lo com sua espada; ele sabia que a teia se agarraria à lâmina e, antes que pudesse soltá-la, o ser demoníaco afundaria as presas em suas costas.

Então começou um jogo desesperado, a inteligência e rapidez do homem contra a habilidade maligna e velocidade da aranha gigante. Ela não se lançou novamente pelo chão em um ataque direto, nem balançou seu corpo através do ar para cair sobre o bárbaro. O monstro correu pelo teto e pelas paredes, procurando prendê-lo nos longos laços de teia cinza pegajosa, que atirava com uma precisão diabólica. Esses fios eram grossos como cordas, e Conan sabia que, uma vez que estivessem enrolados em torno dele, mesmo sua força num momento de desespero não seria suficiente para libertá-lo antes que o monstro o alcançasse.

Por toda a câmara, o jogo demoníaco continuou, em silêncio absoluto, exceto pela respiração rápida do homem, o arrastar de seus pés descalços no chão brilhante, o estrépito de castanholas batendo produzido pelas presas da monstruosidade. Os fios cinza jaziam enrolados no chão; estavam presos ao longo das paredes; cobriam os baús de joias e divãs de seda e estavam pendurados como grinaldas escuras caindo do teto de joias. A rapidez dos olhos e dos músculos de Conan o mantiveram intocado, embora os laços pegajosos tivessem passado tão perto que rasparam sua pele nua. Ele sabia que não poderia evitá-los para sempre; ele não apenas tinha que tomar cuidado com os fios balançando no teto, mas também manter os olhos no chão, para não tropeçar nas espirais que lá estavam. Mais cedo ou mais tarde, um laço pegajoso se enrolaria em volta dele, como uma cobra, e então, enrolado como em um casulo, ele ficaria à mercê do monstro.

A aranha correu pelo chão da câmara, a corda cinza ondulando atrás dela. Conan saltou, passando por cima de um divã. Com um giro rápido, o demônio subiu correndo pela parede, e o fio, saltando do chão como uma coisa viva, chicoteou o tornozelo do cimério. Ele se apoiou nas mãos ao cair, sacudindo freneticamente a teia que o prendia como um torniquete ou a espiral de uma serpente. O demônio peludo estava descendo pela parede para completar sua captura. Em frenesi, Conan pegou um baú de joias e o arremessou com todas as suas forças. Foi uma ação que o monstro não esperava. O enorme míssil o atingiu no meio do corpo, esmagando-o contra a parede com um estalo abafado e nauseante. Sangue e lodo esverdeado respingaram, e a massa destroçada caiu ao chão junto ao baú de joias. O corpo negro esmagado ficou lá, entre a profusão de joias cintilantes que se derramavam sobre ele; as pernas peludas movendo-se sem rumo, os olhos moribundos brilhando avermelhados entre as joias brilhantes.

Conan olhou em volta, mas nenhum outro horror apareceu, e ele se dedicou a livrar-se da teia. A substância agarrava-se tenazmente ao seu tornozelo e às suas mãos, mas finalmente ele se livrou e, pegando a espada, abriu caminho entre as espirais e argolas cinzentas até a porta interna. Que horrores havia atrás dela, ele não sabia. O sangue do cimério estava agitado e, como ele tinha chegado tão longe e superado tantos perigos, estava determinado a ir até o fim da aventura, fosse ele qual fosse. E ele sentiu que a joia que procurava não estava entre as tantas espalhadas descuidadamente pela câmara reluzente.

Afastando as espirais de teia que sujavam a porta interna, ele descobriu que ela, como a outra, não estava trancada. Ele se perguntou se os soldados abaixo ainda não estavam cientes de sua presença. Bem, ele estava bem acima de suas cabeças e, se as histórias fossem reais, eles estavam acostumados a ruídos estranhos na torre acima deles. Sons sinistros e gritos de agonia e horror.

Yara estava em sua mente, e ele não estava totalmente confortável ao abrir a porta dourada. Mas ele viu apenas um lance de degraus prateados levando para baixo, mal iluminado por algo que ele não podia determinar. Ele desceu silenciosamente, segurando sua espada. Ele não ouviu nenhum som e, em seguida, chegou a uma porta de marfim, incrustada com joias vermelhas. Ele tentou ouvir, mas nenhum som veio de dentro; apenas finas nuvens de fumaça flutuavam preguiçosamente por baixo da porta, trazendo um curioso odor exótico, desconhecido para o cimério. Abaixo dele, a escada de prata descia até desaparecer na penumbra, e nenhum som subia daquele poço sombrio; ele tinha a sensação sinistra de estar sozinho em uma torre ocupada apenas por espíritos e fantasmas.

III

CUIDADOSAMENTE, ele pressionou a porta de marfim e ela abriu silenciosamente para dentro. No umbral cintilante, Conan olhava para tudo como um lobo em um ambiente estranho, pronto para lutar ou fugir em um instante. Ele estava olhando para uma grande câmara com um teto dourado abobadado; as paredes eram de jade verde, o chão de marfim, parcialmente coberto por tapetes grossos. Fumaça e um cheiro exótico de incenso flutuavam de um braseiro em um tripé dourado, e atrás dele estava um ídolo sentado em uma espécie de divã de mármore. Conan olhava pasmo; a imagem tinha o corpo de um homem, nu e de cor verde; mas a cabeça tinha saído de pesadelos e loucura. Grande demais para o corpo humano, não tinha atributos de humanidade. Conan olhou para as orelhas largas e arredondadas, a tromba enrolada que tinha em cada lado presas brancas e enormes com pontas arredondadas e douradas. Os olhos estavam fechados, como se estivesse dormindo.

Essa, então, era a razão do nome, a Torre do Elefante, pois a cabeça da coisa era muito parecida com a das feras descritas pelo andarilho shemita. Este era o deus de Yara; onde talvez deveria estar a joia, talvez escondida no ídolo, já que era chamada de Coração do Elefante?

Quando Conan avançou, seus olhos fixos no ídolo imóvel, os olhos da coisa se abriram de repente! O cimério congelou entre um passo e outro. Não era uma estátua. Era uma coisa viva e estava presa nesta câmara!

Que ele não tenha explodido instantaneamente em frenesi assassino é um fato que reflete seu horror, que o paralisou onde estava. Um homem civilizado em sua posição teria buscado um refúgio duvidoso concluindo que havia enlouquecido; mas não ocorreu ao cimério duvidar de seus sentidos. Ele sabia que estava cara a cara com um demônio do Mundo Antigo, e a compreensão roubou-lhe todas as faculdades, exceto a visão.

A tromba daquela coisa horrível se levantou de modo inquisitivo, os olhos de topázio olharam sem ver e Conan soube que o monstro era cego. Com o pensamento, seus nervos congelados derreteram e ele começou a recuar silenciosamente em direção à porta. Mas a criatura ouviu. A sensível tromba estendeu-se em sua direção, e o horror de Conan o congelou novamente quando o ser falou, com uma voz estranha e hesitante que nunca mudava de tom ou timbre. O cimério sabia que aquelas mandíbulas não haviam sido construídas ou destinadas à fala humana.

– Quem está aqui? Veio me torturar de novo, Yara? Nunca vai terminar? Oh, Yag-kosha, não há fim para a agonia?

Lágrimas rolaram dos olhos cegos, e a atenção de Conan se desviou para os membros estirados no sofá de mármore. E ele soube que o monstro não se levantaria para atacá-lo. Ele conhecia as marcas do cavalete de tortura e as cicatrizes causadas pelo fogo e, mesmo se sua alma era dura, ficou horrorizado ao ver as deformidades arruinadas que sua razão lhe dizia terem sido, um dia, membros tão perfeitos quanto os seus. E, de repente, todo o medo e repulsa o deixaram, sendo substituídos por uma grande piedade. O que era aquele monstro, Conan não sabia, mas as evidências de seu sofrimento eram tão terríveis e patéticas que uma estranha e dolorosa tristeza apoderou-se do cimério, ele não sabia por quê. Ele apenas sentiu que estava diante de uma tragédia cósmica e encolheu-se de vergonha, como se a culpa de toda uma raça estivesse sobre suas costas.

– Eu não sou Yara – disse ele. – Sou apenas um ladrão. Eu não vou machucá-lo.

– Aproxime-se para que eu possa tocar em você – a criatura falou de modo vacilante, e Conan se aproximou sem medo, com a espada abaixada e esquecida em sua mão. A sensível tromba se esticou e passou sobre seu rosto e ombros, como um cego apalparia, e seu toque era leve como a mão de uma menina.

– Você não é da raça de demônios de Yara – suspirou a criatura. – A ferocidade clara e direta das terras selvagens marca você. Conheço seu povo desde o passado distante, a quem conheci por outro nome muito, muito tempo atrás, quando outro mundo erguia suas torres de joias para as estrelas. Há sangue em seus dedos.

– Uma aranha na câmara acima e um leão no jardim – murmurou Conan.

– Você também matou um homem esta noite – respondeu o outro. – E há morte na torre acima. Eu sinto, eu sei.

– Sim – murmurou Conan. – O príncipe de todos os ladrões jaz morto pela picada de um ser abjeto.

– Sim... e sim! – a estranha e desumana voz se ergueu em uma espécie de canto baixo. – Uma morte na taverna e uma morte no telhado. Eu sei, eu sinto. E a terceira trará a magia com a qual nem mesmo Yara sonha... Oh, magia da libertação, deuses verdes de Yag!

Mais uma vez, as lágrimas caíram enquanto o corpo torturado balançava para frente e para trás, vítima de emoções variadas. Conan observou, perplexo.

Então as convulsões cessaram; os olhos suaves e cegos se voltaram para o cimério, a tromba acenou para ele.

– Ó homem, escute – disse o ser estranho. – Eu sou asqueroso e monstruoso aos seus olhos, não sou? Não, não responda. Eu sei. Mas você também pareceria estranho para mim, se eu pudesse vê-lo. Existem muitos mundos além desta terra, e a vida assume muitas formas. Não sou deus nem demônio, mas carne e sangue como você, embora a substância seja diferente em parte, e a forma seja fundida em um molde diferente. Estou muito velho, ó homem dos países desertos; há muito, muito tempo vim a este planeta com outros do meu mundo, saído do planeta verde Yag, que circula para sempre na orla exterior deste universo. Nós varremos o espaço com asas poderosas que nos impulsionaram através do cosmos mais rápidos que a luz, porque havíamos guerreado com os reis de Yag e fomos derrotados e expulsos. Mas nunca pudemos voltar, pois na Terra nossas asas murcharam em nossos ombros. Aqui, vivemos à parte da vida terrena. Lutamos contra as estranhas e terríveis formas de vida que então caminhavam sobre a terra, de modo que nos tornamos temidos e não fomos molestados nas selvas sinistras do leste, onde morávamos. Vimos homens crescerem do macaco e construir as cidades brilhantes de Valusia, Kamelia, Commoria e suas irmãs. Nós os vimos cambalear diante das investidas dos pagãos atlantes, dos pictos e lemurianos. Vimos os oceanos subirem e engolfarem a Atlântida e a Lemúria, as ilhas dos pictos e as brilhantes cidades da civilização. Vimos os sobreviventes do reino dos pictos e da Atlântida construírem seus impérios da idade da pedra e depois os vimos ruírem, vítimas de guerras sangrentas. Vimos os pictos mergulharem em uma selvageria horrenda, os atlantes novamente virando macacos. Vimos novos selvagens rumarem ao sul em ataques de conquista saídos do círculo ártico para construir uma nova civilização, com novos reinos chamados Nemédia, Koth, Aquilônia e suas irmãs. Vimos seu povo se erguer com um novo nome das selvas dos macacos que haviam sido atlantes. Nós vimos os descendentes dos lemurianos que sobreviveram ao cataclismo se erguerem novamente por meio da selvageria e cavalgarem para o oeste como hirkanianos. E vimos essa raça de demônios, sobreviventes da antiga civilização que existia antes do afundamento da Atlântida, alcançar mais uma vez a cultura e o poder... este reino amaldiçoado de Zamora.

Ele continuou:

– Tudo isso nós vimos, sem ajudar nem atrapalhar a imutável lei cósmica, e um a um morremos; pois nós de Yag não somos imortais, embora nossas vidas sejam como as vidas de planetas e constelações. Por fim, fiquei sozinho, sonhando com os velhos tempos entre os templos em ruínas de Khitai perdidos na selva, adorado como um deus por uma antiga raça de pele amarela. Então veio Yara, versado nos conhecimentos sombrios transmitidos através dos dias de barbárie, desde antes da Atlântida afundar. Primeiro ele se sentou aos meus pés e aprendeu os ensinamentos. Mas ele não ficou satisfeito com o que eu ensinei, pois era magia branca, e ele desejava conhecer a tradição maligna, para escravizar reis e saciar uma ambição diabólica. Eu não ensinei a ele nenhum dos segredos negros que recebi, sem querer, ao longo das eras. Mas sua sabedoria era mais profunda do que eu imaginava; com astúcia adquirida entre os túmulos sombrios da escura Estígia, ele me enganou e me fez contar um segredo que eu não pretendia compartilhar; e voltando meu próprio poder contra mim, ele me escravizou. Ah, deuses de Yag, minha taça é amarga desde aquele momento! Ele me trouxe das selvas perdidas de Khitai, onde os macacos cinzentos dançavam ao som da flauta dos sacerdotes amarelos, e oferendas de frutas e vinho amontoavam-se em meus altares arruinados. Eu não era mais um deus para o bondoso povo da selva. Eu era escravo de um demônio em forma humana.

Mais uma vez, lágrimas escaparam dos olhos cegos.

– Ele me prendeu nesta torre que, sob seu comando, construí para ele em uma única noite. Com fogo e tortura ele me dominou, e por meio de estranhos sofrimentos sobrenaturais que você não entenderia. Devido a essa agonia, há muito tempo eu teria tirado minha própria vida, se pudesse. Mas ele me manteve vivo... mutilado, cego e derrotado... para cumprir suas ordens infames. E por trezentos anos as cumpri deste divã de mármore, escurecendo minha alma com pecados cósmicos e maculando minha sabedoria com crimes, porque não tinha outra escolha. No entanto, nem todos os meus segredos antigos ele conseguiu arrancar de mim, e meu último presente será a feitiçaria do Sangue e da Joia. Pois eu sinto que o fim do meu tempo se aproxima. Você é a mão do destino. Eu imploro a você, tome a joia que vai encontrar no altar.

Conan voltou-se para o altar de ouro e marfim indicado e pegou uma grande joia redonda, clara como cristal escarlate; e ele soube que aquele era o Coração do Elefante.

– Agora, para a grande magia, uma magia poderosa como a terra nunca viu antes e não verá novamente, mesmo por um milhão de milhões de milênios. Com meu sangue vital, eu a conjuro, com sangue nascido no seio verde de Yag, sonhando à distância na grande vastidão azul do espaço.

– Pegue sua espada, homem, e corte meu coração; em seguida, aperte-o para que o sangue escorra sobre a pedra vermelha. Em seguida, desça essas escadas e entre na câmara de ébano onde Yara está sentado, envolto em sonhos de lótus da maldade. Diga o nome dele e ele despertará. Em seguida, coloque esta joia diante dele e diga, "Yag-kosha lhe dá um último presente e um último encantamento." Então, saia da torre rapidamente e não tema, o seu caminho estará livre. A vida do homem não é a vida de Yag, nem a morte humana é a morte de Yag. Torne-me livre desta gaiola de carne cega e alquebrada, e eu serei mais uma vez Yogah de Yag, coroado pela manhã e brilhante, com asas para voar, pés para dançar, olhos para ver e mãos para destruir.

Incerto, Conan se aproximou e Yag-kosha, ou Yogah, como se sentisse sua incerteza, indicou onde ele deveria atacar. Conan cerrou os dentes e cravou a espada profundamente. O sangue escorreu sobre a lâmina e sobre sua mão, e o monstro teve um sobressalto convulsivo, depois ficou imóvel. Certo de que a vida havia escapado, pelo menos a vida como ele a entendia, Conan pôs-se a trabalhar em sua terrível tarefa e rapidamente arrancou o que sentiu ser o coração do ser estranho, embora curiosamente diferente de qualquer outro que já vira. Segurando o órgão pulsante sobre a joia brilhante, pressionou-o com as duas mãos e uma chuva de sangue caiu sobre a pedra. Para sua surpresa, o sangue não escorreu, mas encharcou a joia como a água é absorvida por uma esponja.

Segurando a joia com cuidado, ele saiu da câmara fantástica e deu de cara com os degraus de prata. Ele não olhou para trás; instintivamente sentiu que alguma transmutação estava ocorrendo no corpo sobre o divã de mármore e, mais ainda, sentiu que era de um tipo que não deveria ser testemunhada por olhos humanos.

Ele fechou a porta de marfim atrás de si e sem hesitação desceu os degraus de prata. Não ocorreu a ele ignorar as instruções que lhe foram dadas. Ele parou frente a uma porta de ébano, no centro da qual estava um crânio prateado sorridente, e a abriu. Ele olhou para uma câmara de ébano e azeviche e viu, em um divã de seda preta, uma forma alta reclinada. Yara, o sacerdote e feiticeiro, estava diante dele, os olhos abertos e dilatados com os vapores do lótus amarelo, olhando ao longe, como se fitasse golfos e abismos noturnos além do alcance humano.

– Yara! – disse Conan, como um juiz pronunciando a sentença. – Desperte!

Os olhos clarearam instantaneamente e se tornaram frios e cruéis como os de um abutre. A forma alta vestida de seda ergueu-se ereta e pairou acima do cimério.
– Cão! – Seu silvo era como a voz de uma cobra. – O que faz aqui?
Conan colocou a joia na grande mesa de ébano.
– Aquele que enviou esta joia me mandou dizer, "Yag-kosha lhe dá um último presente e um último encantamento".
Yara recuou, seu rosto moreno ficando acinzentado. A joia não era mais cristalina; suas profundezas turvas pulsavam e latejavam, e curiosas ondas esfumadas de cores transientes passavam por sua superfície lisa. Como se atraído hipnoticamente, Yara se curvou sobre a mesa e agarrou a gema em suas mãos, olhando para suas profundezas escuras, como se fosse um ímã para arrancar a alma trêmula de seu corpo. E, enquanto Conan olhava, ele pensou que seus olhos deviam estar pregando peças nele. Pois, quando Yara se levantou do sofá, o bruxo parecia gigantesco; mas agora ele viu que a cabeça de Yara mal chegava ao seu ombro. Ele piscou confuso e, pela primeira vez naquela noite, duvidou de seus próprios sentidos. Então, com um choque ele percebeu que o sacerdote estava encolhendo em estatura, diminuindo diante de seu olhar.
Como se visse tudo à distância, ele assistia, como um homem assiste a uma peça. Imerso em um sentimento de avassaladora irrealidade, o cimério não tinha mais certeza de sua própria identidade; ele só sabia que estava olhando para a evidência externa do jogo invisível entre vastas forças distantes, além de sua compreensão.
Agora Yara não era maior do que uma criança; agora, como uma criança, ele se esparramou na mesa, ainda segurando a joia. E o feiticeiro de repente percebeu seu destino e levantou, soltando a joia. Mesmo assim, ele não parava de encolher e Conan viu uma figura minúscula, de pigmeu, correndo loucamente sobre o tampo da mesa de ébano, agitando os braços minúsculos e gritando com uma voz que parecia o guincho de um inseto.
Agora ele havia encolhido ao ponto em que a grande joia se elevava acima dele como uma colina, e Conan o viu cobrir os olhos com as mãos, como se para protegê-los do brilho, enquanto corria para lá e para cá como um louco. Conan sentiu que alguma força magnética invisível estava puxando Yara para a joia. Por três vezes ele correu descontroladamente em um círculo estreito, três vezes ele se esforçou para se virar e correr para longe por cima da mesa; então, com um grito que ecoou fracamente nos ouvidos do observador, o sacerdote ergueu os braços e correu direto para o globo brilhante.
Curvando-se, Conan viu Yara escalar a superfície lisa e curva, impossivelmente, como um homem escalando uma montanha de vidro. Agora o sacer-

dote estava no topo, ainda agitando os braços, invocando nomes horríveis que só os deuses conhecem. E de repente ele afundou no próprio coração da joia, como um homem afunda no mar, e Conan viu as ondas esfumaçadas fechando-se sobre sua cabeça. Agora ele o via no coração escarlate da joia, mais uma vez clara como o cristal, como um homem vê uma cena ao longe, minúscula à grande distância. E dentro do coração apareceu uma figura alada verde e brilhante com o corpo de um homem e a cabeça de um elefante, não mais cego ou aleijado. Yara ergueu os braços e fugiu como um louco foge, e em seus calcanhares veio o vingador. Então, como o estouro de uma bolha, a grande joia desapareceu em uma explosão de raios iridescentes como os do arco-íris, e o tampo da mesa de ébano ficou nu e deserto. Tão nu, Conan de alguma forma sabia, quanto o divã de mármore na câmara acima, onde o corpo daquele estranho ser transcósmico chamado Yag-kosha e Yogah antes repousara.

O cimério se virou e fugiu da câmara, descendo as escadas de prata. Ele estava tão confuso que não lhe ocorreu escapar da torre pela maneira como havia entrado. Ele correu por aquele sinuoso e sombrio poço prateado e chegou a uma grande câmara ao pé da escada reluzente. Lá ele parou por um instante; tinha entrado na sala dos soldados. Ele viu o brilho dos espartilhos de prata deles, o brilho dos punhos cravejados de joias de suas espadas. Eles estavam sentados imóveis na mesa de banquete, suas plumas escuras balançando sombriamente acima de suas cabeças inclinadas usando capacetes; eles estavam caídos entre seus dados e taças tombadas no piso de lápis-lazúli manchado de vinho. E ele soube que estavam mortos. A promessa fora feita, a palavra mantida; se feitiçaria, magia ou a sombra cadente de grandes asas verdes haviam dado fim à festança, Conan não sabia, mas seu caminho tinha sido feito livre. E uma porta de prata estava aberta, emoldurada na brancura do amanhecer.

O cimério entrou nos jardins verdes ondulantes e, quando o vento do amanhecer soprou sobre ele com a fragrância fresca de vegetação luxuriante, ele estremeceu como um homem que acorda de um sonho. Ele se virou incerto, para olhar para a torre enigmática que acabara de deixar. Ele fora enfeitiçado e encantado? Ele tinha sonhado tudo o que parecia ter vivido? Enquanto ele olhava, ele viu a torre reluzente tremer contra o amanhecer púrpura, sua borda incrustada de joias cintilando na luz crescente, e se espatifar em cacos brilhantes.

FIM

O COLOSSO NEGRO
(Black Colossus)

Publicada originalmente em junho de 1933 na revista Weird Tales

1

"A Noite do Poder, quando o Destino saiu em caçada pelos caminhos do mundo como um colosso que acabara de se erguer de um antigo trono de granito."
– E. HOFFMAN PRICE, *A Garota de Samarcanda*

APENAS O SILÊNCIO MILENAR pairava sobre as misteriosas ruínas de Kuthchemes, mas o medo estava lá; o medo que se remexia na mente de Shevatas, o ladrão, deixando sua respiração acelerada e incômoda contra seus dentes cerrados.

Ele se levantou, o único átomo de vida entre os colossais monumentos de desolação e decadência. Nem mesmo um abutre pairava como um ponto preto na vasta abóbada azul do céu que o sol vitrificava com seu calor. Por todos os lados, erguiam-se as relíquias sombrias de uma era estranha e esquecida. Enormes pilastras rachadas, erguendo seus pináculos irregulares para o céu; longas linhas ondulantes de paredes em ruínas; blocos de pedra ciclópicos tombados; estátuas fragmentadas, cujas feições horríveis os ventos corrosivos e as tempestades de poeira haviam parcialmente apagado. De horizonte a horizonte, nenhum sinal de vida, apenas aquela extensão de deserto nu capaz de tirar o fôlego, cortado ao meio pela risca irregular de um curso de rio há muito seco; no meio daquela vastidão, as presas reluzentes das ruínas, as colunas erguidas como mastros quebrados de navios naufragados, tudo dominado pela imponente redoma de marfim diante da qual Shevatas tremia.

A base dessa redoma era um gigantesco pedestal de mármore que se erguia do que havia sido uma varanda que dava para as margens do antigo rio. Degraus largos levavam a uma grande porta de bronze na redoma, que repousava em sua base como a metade de um ovo titânico. A própria redoma era de puro marfim, que brilhava como se mãos desconhecidas a mantivessem polida. Da mesma forma brilhava a tampa de ouro espiralada do pináculo, assim como a inscrição que se estendia sobre a curva da redoma em hieróglifos dourados com metros de comprimento. Nenhum homem na Terra poderia ler esses caracteres, mas Shevatas estremeceu com as sombrias especulações que eles insinuavam. Pois ele vinha de uma raça muito antiga, cujos mitos remontavam a formas nunca sonhadas pelas tribos contemporâneas.

Shevatas era forte e ágil, como cabia a um ladrão-mestre de Zamora. Sua pequena cabeça redonda era raspada, sua única roupa era uma tanga de seda escarlate. Como toda a sua raça, ele era muito moreno, seu rosto estreito de abutre realçado por seus aguçados olhos negros. Seus dedos longos, finos e pontudos eram rápidos e nervosos como as asas de uma mariposa. De um cinturão de escamas douradas, pendia uma espada curta e estreita com um punho de joias encrustadas, enfiada em uma bainha de couro ornamentado. Shevatas manuseava a arma com um cuidado aparentemente exagerado. Ele até pareceu se encolher com o contato da bainha contra sua coxa nua. Sua preocupação não era sem razão.

Este era Shevatas, um ladrão entre ladrões, cujo nome era falado com admiração por todo o Martelo e nos recessos sombrios sob os templos de Bel, e que viveria em canções e mitos por mil anos. No entanto, o medo consumia o coração de Shevatas enquanto estava frente à redoma de marfim de Kuthchemes. Qualquer tolo podia ver que havia algo não-natural na estrutura; os ventos e sóis de três mil anos a haviam açoitado, mas seu ouro e seu marfim erguiam-se brilhantes e reluzentes como no dia em que foram ali colocados por mãos sem nome na margem daquele rio sem nome.

Essa ausência de naturalidade estava de acordo com a aura geral dessas ruínas assombradas por demônios. Este deserto era uma extensão misteriosa situada a sudeste das terras de Shem. Alguns dias de viagem de camelo para o sudoeste, como Shevatas bem sabia, levariam o viajante próximo ao grande rio Estige, no ponto em que ele se curvava à direita em relação a seu curso anterior e fluía para o oeste, desembocar finalmente no mar distante. No ponto em que o rio se curvava a região da Estígia, a dama de seios escuros do sul, cujos domínios, banhados pelo grande rio, se elevavam abruptamente do deserto circundante.

A leste, Shevatas sabia, o deserto se transformava em estepes que se estendiam até o reino hirkaniano de Turan, erguendo-se em esplendor bárbaro nas margens do grande mar interno. Uma semana de viagem para o norte e o deserto desembocava em um emaranhado de colinas sem vegetação, além das quais ficavam as férteis terras altas de Koth, o reino mais distante ao sul segundo o conhecimento das raças hiborianas. A oeste, o deserto fundia-se com os prados de Shem, que se estendiam até o oceano.

Tudo isso Shevatas sabia sem estar particularmente consciente do conhecimento, como um homem conhece as ruas de sua cidade. Ele viajara para reinos distantes e havia saqueado os tesouros de muitos deles. Mas agora ele hesitava e estremecia diante da maior aventura e do tesouro mais fantástico de todos.

Naquela redoma de marfim jaziam os ossos de Thugra Khotan, o sinistro feiticeiro que reinara em Kuthchemes três mil anos atrás, quando os reinos da

Estígia se estendiam para o norte do grande rio, além dos prados de Shem e até as terras altas. Mas, então, a grande migração dos hiborianos varreu o Sul a partir do berço de suas raças perto do polo norte. Foi uma migração titânica, que se estendeu por séculos e eras. Mas, no reinado de Thugra Khotan, o último mago de Kuthchemes, bárbaros de olhos cinzas e cabelos castanhos usando pele de lobo e cota de malha tinham cavalgado do norte para as ricas terras altas para esculpir o reino de Koth com suas espadas de ferro. Eles invadiram Kuthchemes como um maremoto, lavando as torres de mármore com sangue, e o reino do norte da Estígia tinha tombado em meio a fogo e ruína.

Mas enquanto eles estavam destruindo as ruas de sua cidade e ceifando seus arqueiros como milho maduro, Thugra Khotan engoliu um veneno estranho e terrível, e seus sacerdotes mascarados o trancaram na tumba que ele mesmo havia preparado. Seus devotos morreram ao redor daquela tumba em um holocausto sangrento, mas os bárbaros não conseguiram arrombar a porta, nem mesmo enfraquecer a estrutura com golpes de marreta ou com fogo. Então eles partiram, deixando a grande cidade em ruínas e, em seu sepulcro na redoma de marfim, o grande Thugra Khotan continuou a dormir sem ser molestado, enquanto a desolação roía os pilares esfarelados, enquanto o próprio rio que regava sua terra em tempos antigos afundava na areia e secava.

Muitos ladrões tentaram conquistar o tesouro que as fábulas diziam estar amontoado sobre os ossos apodrecidos dentro da redoma. E muitos ladrões morreram à porta do túmulo, enquanto muitos outros foram atormentados por sonhos monstruosos e finalmente acabaram morrendo loucos e com a boca espumando.

Assim, Shevatas estremecia ao encarar a tumba, e seu estremecimento não era inteiramente ocasionado pela lenda da serpente que diziam guardar os ossos do feiticeiro. Sobre todos os mitos de Thugra Khotan pairava o horror e a morte como um manto. De onde o ladrão estava, ele podia ver as ruínas do grande salão onde cativos acorrentados se ajoelhavam às centenas durante festividades para terem suas cabeças cortadas pelo rei-sacerdote em homenagem a Set, o deus-serpente da Estígia. Em algum lugar próximo ficava o poço, escuro e terrível, onde vítimas aos gritos eram alimentadas a uma monstruosidade amorfa sem nome que emergia de uma caverna mais profunda e infernal. As lendas tornavam Thugra Khotan mais do que humano. Ainda havia adoração por ele por parte de uma seita quase esquecida, cujos devotos cunhavam sua imagem em moedas usadas para pagar a passagem de seus mortos pelo grande rio de escuridão do qual o Estige era apenas a sombra material. Shevatas tinha visto aquele rosto em moedas roubadas debaixo das línguas dos mortos, e sua imagem estava gravada indelevelmente em seu cérebro.

Mas ele colocou de lado seus medos e subiu até a porta de bronze, cuja superfície lisa não mostrava ferrolho nem trava. Não foi à toa que ele obtivera acesso a cultos sombrios, ouvira os sussurros horríveis dos devotos de Skelos sob as árvores da meia-noite e lera os livros proibidos encadernados em ferro de Vathelos, o Cego.

Ajoelhando-se diante do portal, vasculhou o parapeito com seus dedos ágeis; as pontas sensíveis encontrando protuberâncias muito pequenas para o olho detectar, ou para dedos menos habilidosos descobrirem. Ele as pressionou com cuidado e, de acordo com um sistema peculiar, murmurando um encantamento há muito esquecido enquanto o fazia. Quando ele apertou a última protuberância, saltou com pressa frenética e empurrou o centro exato da porta com um golpe rápido e forte da mão aberta.

Não houve nenhum ruído de mola ou dobradiça, mas a porta recuou para dentro, e a respiração de Shevatas sibilou explosivamente ao deixar seus dentes cerrados. Um corredor estreito e curto foi revelado. Abaixo, a porta havia deslizado e agora estava do outro lado. O piso, o teto e as laterais da abertura em forma de túnel eram de marfim e agora, de uma abertura de um lado, saiu um horror contorcido e silencioso que se ergueu e encarou o intruso com olhos luminosos terríveis; uma serpente de seis metros de comprimento, com escamas cintilantes e iridescentes.

O ladrão não perdeu tempo em imaginar quais fossas escuras como a noite, abaixo da redoma, haviam dado sustento ao monstro. Cuidadosamente ele sacou sua espada, e dela pingou um líquido esverdeado exatamente como aquele que escorria das presas do réptil, parecidas com cimitarras. A lâmina fora embebida no veneno daquela própria espécie de cobra, e a história de como ele obtivera esse veneno nos pântanos de Zingara, assombrados por demônios, daria uma saga por si própria.

Shevatas avançou cautelosamente nas pontas dos pés, joelhos levemente dobrados, pronto para saltar para qualquer lado como um raio. E ele precisou de toda a sua velocidade coordenada quando a cobra arqueou o pescoço e atacou, disparando em toda a sua extensão como um relâmpago.

Apesar de toda a sua rapidez de músculos e olhos, Shevatas não morreu naquele momento apenas por acaso. Seus planos bem elaborados de pular para o lado e golpear o pescoço estendido foram frustrados pela velocidade ofuscante do ataque do réptil. O ladrão só teve tempo de estender a espada à sua frente, fechar involuntariamente os olhos e gritar. Mas a espada foi arrancada de sua mão e o corredor foi tomado por horríveis contorções e agonia.

Abrindo os olhos, espantado por ainda encontrar-se vivo, Shevatas viu o monstro arfando e girando sua forma viscosa em contorções fantásticas, a espada trespassando suas mandíbulas gigantes. O puro acaso fizera o réptil se arremessar contra a ponta da espada que ele havia segurado às cegas. Alguns momentos depois, a serpente se enrolou em espirais brilhantes e trêmulas, quando o veneno na lâmina fez efeito.

Cuidadosamente passando por cima dela, o ladrão empurrou a porta, que desta vez deslizou para o lado, revelando o interior da redoma. Shevatas gritou; em vez de escuridão total, ele havia encontrado uma luz escarlate que pulsava e pulsava quase além do que olhos mortais podiam suportar. Vinha de uma gigantesca joia vermelha no alto do arco abobadado da redoma. Shevatas fitou boquiaberto, embora acostumado à visão de riquezas. O tesouro estava ali, amontoado em profusão assombrosa. Pilhas de diamantes, safiras, rubis, turquesas, opalas, esmeraldas; zigurates de jade, azeviche e lápis-lazúli; pirâmides de ouro; pilhas de lingotes de prata; espadas com punhos de joias em bainhas de tecido dourado; capacetes banhados a ouro com cristas de crina de cavalo coloridas, ou plumas pretas e escarlates; espartilhos com escamas prateadas; arreios incrustados de pedras preciosas usados por reis guerreiros já mortos há três mil anos; taças esculpidas em joias únicas; crânios folheados a ouro, com pedras azuis no lugar dos olhos; colares de dentes humanos cravejados de joias. O piso de marfim estava coberto com muitos centímetros de pó de ouro que brilhava e reluzia sob o fulgor escarlate com um milhão de luzes cintilantes. O ladrão estava em um país das maravilhas de magia e esplendor, pisando em estrelas com seus pés calçados em sandálias.

Mas seus olhos estavam fixos no altar de cristal que se erguia no meio do conjunto cintilante, diretamente sob a joia vermelha, e sobre o qual deveriam estar apenas ossos mofados, transformando-se em pó sob o arrastar dos séculos. E quando Shevatas fitou com atenção, o sangue sumiu de suas feições escuras; sua medula virou gelo, e a pele de suas costas se arrepiou e enrugou com horror, enquanto seus lábios se moviam silenciosamente. Mas, de repente, ele encontrou sua voz e soltou um grito horrível que soou de modo assustador sob a redoma arqueada.

Então, novamente, o silêncio das eras se fez presente entre as ruínas da misteriosa Kuthchemes.

11

RUMORES SE ESPALHARAM pelas campinas, até as cidades dos hiborianos. Correram ao longo das caravanas, dos longos comboios de camelos arrastando-se pelas areias, conduzidas por homens magros e de olhos de falcão vestidos em kaftans brancos. Foram passados adiante pelos pastores de nariz adunco das pastagens. Dos moradores de tendas de tecido foram transmitidos aos moradores das atarracadas cidades de pedra onde reis com barbas preto-azuladas e encaracoladas adoravam deuses de barriga redonda por meio de rituais estranhos. Passaram pela orla das colinas, onde esqueléticos moradores de tribos locais cobravam pedágio das caravanas. Os rumores chegaram aos férteis planaltos onde cidades majestosas se erguiam sobre lagos e rios azuis: os rumores marcharam pelas largas estradas brancas repletas de carros de bois, de rebanhos mugindo, de ricos mercadores, cavaleiros envoltos em aço, arqueiros e sacerdotes.

Eram rumores do deserto que fica a leste da Estígia, bem ao sul das colinas kothianas. Um novo profeta havia surgido entre os nômades. Os homens falavam de guerra tribal, de uma reunião de abutres no sudeste e de um líder terrível que liderava sua milícia cada vez maior à vitória. Os estígios, sempre uma ameaça para as nações do norte, aparentemente não estavam ligados a esse movimento; pois estavam reunindo exércitos em suas fronteiras orientais e seus sacerdotes estavam praticando magias para combater a do feiticeiro do deserto, a quem os homens chamavam Natohk, o Velado; pois suas feições estavam sempre mascaradas.

Mas a maré se moveu para noroeste, e os reis de barba azul morreram diante dos altares de seus deuses barrigudos, e suas cidades envoltas por muralhas ficaram encharcadas de sangue. Dizia-se que as terras altas dos hiborianos eram o objetivo de Natohk e seus devotos.

Invasões vindas do deserto não eram incomuns, mas esse último movimento parecia prometer mais do que uma invasão. Rumores diziam que Natohk havia unido trinta tribos nômades e quinze cidades a seus seguidores, e que um príncipe estígio rebelde havia se juntado a ele. Essa última informação dava ao caso a aparência de guerra verdadeira.

Caracteristicamente, a maioria das nações hiborianas estavam propensas a ignorar a crescente ameaça. Mas em Khoraja, esculpida em terras shemitas pelas espadas de aventureiros kóticos, deram atenção a ela. Situada a sudeste de Koth, ela era capaz de suportar o impacto da invasão. E seu jovem rei se tornara cativo do traiçoeiro rei de Ophir, que se dividia entre devolvê-lo mediante um enorme resgate ou entregá-lo ao seu inimigo, o mesquinho rei de Koth, que não oferecera ouro, mas um tratado vantajoso. Enquanto isso, o governo do debilitado reino estava nas mãos alvas da jovem princesa Yasmela, irmã do rei.

Os menestréis cantavam sua beleza por todo o mundo ocidental, e era dela o orgulho de uma dinastia real. Mas, naquela noite, seu orgulho foi roubado dela. Em seu aposento, cujo teto era uma redoma de lápis-lazúli, e cujo piso de mármore estava coberto de peles raras e cujas paredes eram ricas em decorações douradas, dez moças, filhas de nobres, seus membros esbeltos carregados com braceletes e tornozeleiras incrustadas de pedras preciosas, dormiam em divãs de veludo ao redor da cama real com seu estrado dourado e dossel de seda. Mas a princesa Yasmela não descansava naquela cama de seda. Ela estava deitada nua e de bruços sobre o mármore nu como a mais humilde suplicante, seu cabelo escuro caindo sobre seus ombros brancos, seus dedos finos entrelaçados. Ela estava deitada e se contorcia em um horror tão puro que congelava o sangue em seus membros ágeis e dilatava seus lindos olhos, que arrepiava as raízes de seus cabelos escuros e causava calafrios em sua espinha.

Acima dela, no canto mais escuro da câmara de mármore, espreitava uma vasta sombra disforme. Não era uma coisa viva, dona de forma ou carne e sangue. Era um coágulo de escuridão, um borrão na visão, um monstruoso íncubo nascido da noite que poderia ter sido considerado uma alucinação de um cérebro drogado pelo sono, não fossem pelos pontos de fogo amarelo ardente que brilhavam como dois olhos da escuridão.

Além disso, uma voz emanava daquela sombra. Baixa, sibilante e sutil, desumana, mais parecida com o assobio abominável e suave de uma serpente do que qualquer outra coisa, e que aparentemente não podia emanar de nada com lábios humanos. Seu som, bem como suas implicações, encheu Yasmela de um horror tão intolerável que ela contorceu seu corpo esbelto como se estivesse sob um chicote, como se quisesse livrar sua mente de sua insinuante vilania por meio de contorção física.

– Você foi marcada por mim, princesa – veio o sussurro exultante. – Antes de acordar do longo sono, eu havia marcado você e ansiava por você, mas estava preso pelo antigo feitiço que me permitiu escapar de meus inimigos. Eu sou a alma de Natohk, o Velado! Olhe bem para mim, princesa! Em breve você me verá em minha forma corpórea e me amará!

O assobio fantasmagórico diminuiu até tornar-se risadinhas lascivas, e Yasmela gemeu e bateu contra os ladrilhos de mármore com seus pequenos punhos em seu êxtase de terror.

– Eu durmo na câmara do palácio de Akbatana – os tons sibilantes continuaram. – Lá meu corpo jaz em sua estrutura de ossos e carne. Mas é apenas uma concha vazia da qual o espírito voou por um breve momento. Se pudesse olhar daquela janela do palácio, você perceberia a futilidade de tentar resistir. O deserto é um jardim de rosas sob a lua, onde florescem as chamas de cem mil guerreiros. À medida que uma avalanche avança, ganhando volume e impulso, eu varrerei as terras de meus antigos inimigos. Seus reis me fornecerão crânios para taças, suas mulheres e filhos serão escravos dos escravos dos meus escravos. Eu me fortaleci nos longos anos em que apenas sonhava...

– Mas você será minha rainha, ó princesa! Vou ensinar a você antigas e esquecidas formas de prazer. Nós...

Diante da torrente de obscenidades cósmicas que se precipitaram do colosso sombrio, Yasmela se encolheu e se torceu como se um chicote esfolasse sua delicada carne nua.

– Lembre-se! – sussurrou o horror. – Não se passarão muitos dias antes que eu venha reivindicar o que é meu!

Yasmela, pressionando o rosto contra os ladrilhos e tapando as orelhas rosadas com os dedos delicados, ainda parecia ouvir um estranho ruído arrebatador, como o bater de asas de um morcego. Então, olhando com medo para cima, ela viu apenas a lua que brilhava através da janela com um feixe que repousava como uma espada de prata no local de onde o fantasma havia espreitado. Tremendo em todos os membros, ela se levantou e cambaleou até um divã de cetim, onde se jogou, chorando histericamente. As moças continuaram dormindo, mas uma, que despertou, bocejou, esticou sua figura esbelta e piscou. Instantaneamente, ela se prostou de joelhos ao lado do divã, seus braços ao redor da cintura de Yasmela.

– Foi... foi...? – Seus olhos escuros estavam arregalados de medo. Yasmela a abraçou em um aperto convulsivo.

– Oh, Vateesa. Ele veio de novo! Eu o vi... ouvi-o falar! Ele falou seu nome... Natohk! É Natohk! Não é um pesadelo. Ele pairou sobre mim enquanto as meninas dormiam como drogadas. O que, oh... o que devo fazer?

Vateesa torceu um bracelete dourado em seu braço arredondado enquanto pensava.

– Oh, princesa – disse ela –, é evidente que nenhum poder mortal pode lidar com isso, e é inútil o encanto de proteção que os sacerdotes de Ishtar lhe deram. Portanto, é hora de procurar o oráculo esquecido de Mitra.

Apesar do susto recente, Yasmela estremeceu. Os deuses de ontem se tornam os demônios de amanhã. Os kothianos há muito haviam abandonado a adoração a Mitra, esquecendo os atributos do deus hiboriano universal. Yasmela tinha uma vaga ideia de que, sendo muito antiga, a divindade deveria ser terrível. Ishtar era muito temida, como todos os deuses de Koth. A cultura e a religião kothianas sofreram uma mistura sutil de linhagens shemitas e estígias. Os modos simples dos hiborianos foram modificados em grande parte pelos hábitos sensuais, luxuriantes, mas despóticos do Oriente.

– Mitra vai me ajudar? – Yasmela agarrou o pulso de Vateesa em sua ânsia. – Nós adoramos Ishtar há tanto tempo...

– Com certeza ele vai ajudar! – Vateesa era a filha de um sacerdote ophireano que trouxe seus costumes com ele quando fugiu de inimigos políticos para Khoraja. – Vá ao santuário! Eu irei com você.

– Eu irei! – Yasmela se levantou, mas se opôs quando Vateesa se preparou para vesti-la. – Não é apropriado que eu vá diante do santuário vestida em seda. Irei nua, de joelhos, como convém a uma suplicante, para que Mitra não julgue que me falta humildade.

– Tolice! – Vateesa tinha pouco respeito pelas tradições do que ela considerava uma falsa religião. – Mitra queria que as pessoas ficassem de pé diante dele. Não rastejando de barriga como vermes, ou derramando sangue de animais por todos os seus altares.

Assim repreendida, Yasmela permitiu que a moça a vestisse com uma leve camisa de seda sem mangas, sobre a qual foi colocada uma túnica amarrada na cintura por um largo cinto de veludo. Chinelos de cetim foram colocados em seus pés esbeltos, e alguns toques hábeis dos dedos rosados de Vateesa arrumaram seus cabelos escuros e ondulados. Então, a princesa seguiu a garota, que puxou para o lado uma pesada tapeçaria dourada e empurrou o ferrolho dourado da porta que a tapeçaria escondia. Isso revelou um corredor estreito e sinuoso, e por ele as duas garotas seguiram rapidamente, atravessando outra porta e chegando a um amplo salão. Ali havia um guarda com capacete dourado com penacho, couraça prateada e proteção de pernas entalhadas em ouro, com um machado de batalha de cabo longo nas mãos.

Um movimento de Yasmela o acalmou e, com uma saudação, ele se posicionou novamente ao lado da porta, imóvel como uma estátua de bronze. As moças atravessaram o corredor, que parecia imenso e lúgubre à luz dos archotes ao longo das paredes altas, e desceram uma escada onde Yasmela estremeceu com as sombras nos cantos das paredes. Três andares abaixo, elas pararam por fim em um corredor estreito cujo teto em arco estava incrustado de joias, com piso de blocos de cristal e cujas paredes eram decoradas com detalhes dourados. Por este caminho brilhante elas continuaram, segurando as mãos uma da outra, até um amplo portal de ouro.

Vateesa abriu a porta, revelando um santuário há muito esquecido, exceto por alguns fiéis, e visitantes reais da corte de Khoraja, para quem o templo fora mantido. Yasmela nunca havia entrado nele antes, embora tivesse nascido no palácio. Simples e sem adornos em comparação com o luxo chamativo dos santuários de Ishtar, havia uma simplicidade digna e uma beleza características da religião de Mitra.

O teto era alto, mas não era abobadado, e era de mármore branco simples, assim como as paredes e o piso, as primeiras com um friso dourado e estreito. Atrás de um altar de jade verde claro, sem manchas causadas por sacrifícios, ficava o pedestal sobre o qual estava a manifestação material da divindade. Yasmela olhou com admiração para a curva dos magníficos ombros, as feições bem definidas, os olhos grandes e retos, a barba patriarcal, os cachos grossos do cabelo, presos por uma faixa simples nas têmporas. Isso, embora ela não soubesse, era arte em sua forma mais elevada. A expressão artística livre e sem restrições de uma raça devotada à estética, livre de simbolismos convencionais.

Ela caiu de joelhos e então se prostrou, ignorando a advertência de Vateesa e esta, por garantia, seguiu seu exemplo; afinal, ela era apenas uma menina, e o santuário de Mitra era muito impressionante. Mas, mesmo assim, ela não pôde deixar de sussurrar no ouvido de Yasmela:

– Esta é apenas a representação do deus. Ninguém finge saber como é Mitra. Apenas o representa em forma humana idealizada, tão próxima da perfeição quanto a mente humana pode conceber. Ele não habita esta pedra fria, como os sacerdotes dizem que Ishtar habita. Ele está em toda parte. Acima de nós, e ao nosso redor, e habita as alturas entre as estrelas. Mas aqui seu ser se concentra. Por isso, pode invocá-lo.

– O que devo dizer? – sussurrou Yasmela em gaguejante terror.

– Antes mesmo que você fale, Mitra conhece o conteúdo de sua mente – começou Vateesa. Então, as duas garotas se assustaram violentamente quando uma voz foi ouvida no ar acima delas. Os tons profundos, calmos e semelhantes a sinos não emanavam da imagem ou de qualquer outro lugar na câmara. Novamente, Yasmela estremeceu diante de uma voz incorpórea falando com ela, mas desta vez não era de horror ou repulsa.

– Não fale, minha filha, porque eu conheço a tua necessidade – ouviu-se as entonações como ondas musicais profundas batendo ritmicamente ao longo de uma praia dourada. – Há uma maneira de você salvar seu reino, e ao salvá-lo, salvar todo o mundo das presas da serpente que se arrastou para fora das trevas milenares. Vá para as ruas e coloque seu reino nas mãos do primeiro homem que você encontrar lá.

Os tons sem eco cessaram, e as garotas se entreolharam. Então, levantando-se, elas saíram rapidamente e não falaram nada até estivessem mais uma vez no quarto de Yasmela. A princesa olhou para fora das janelas com barras douradas. A lua havia se posto. Já passava muito da meia-noite. Sons de folia haviam desaparecido dos jardins e dos telhados da cidade. Khoraja ressonava sob as estrelas, que pareciam refletir-se nos archotes que cintilavam entre os jardins, ao longo das ruas e nos telhados planos das casas onde as pessoas dormiam.

– O que você vai fazer? – sussurrou Vateesa, toda trêmula.

– Dê-me minha capa –, respondeu Yasmela, cerrando os dentes.

– Mas sozinha, nas ruas, a esta hora? – expôs Vateesa.

– Mitra falou – respondeu a princesa. – Pode ter sido a voz do deus, ou um truque de um sacerdote. Não importa. Eu irei!

Enrolando um volumoso manto de seda sobre sua figura esbelta e vestindo um gorro de veludo do qual pendia um véu transparente, ela percorreu apressadamente os corredores e se aproximou de uma porta de bronze onde uma dúzia de lanceiros a olharam boquiabertos quando ela passou. Era uma ala do palácio que dava diretamente para a rua; pois em todos os outros lados ele era cercado por amplos jardins, cercados por um muro alto. Ela saiu para a rua, iluminada por archotes colocados a intervalos regulares.

Ela hesitou; então, antes que sua resolução pudesse vacilar, ela fechou a porta atrás de si. Um leve estremecimento a sacudiu quando ela olhou para cima e para baixo na rua, que estava silenciosa e vazia. Esta filha de aristocratas nunca antes se aventurara desacompanhada fora de seu palácio ancestral. Então, reunindo suas forças, ela seguiu rapidamente pela rua. Seus pés com sapatilhas de cetim recaíram levemente sobre a calçada, mas seu som suave a deixou aflita. Ela imaginou seus passos ecoando estrondosamente pela cidade cavernosa, despertando figuras esfarrapadas com olhos de rato em covis escondidos entre os esgotos. Cada sombra parecia esconder um assassino à espreita, cada porta vazia mascarando os perigos furtivos na escuridão.

Então ela parou violentamente. À sua frente, uma figura apareceu na rua misteriosa. Ela se escondeu rapidamente em um grupo de sombras, que agora parecia um refúgio mandado pelos céus, seu pulso batendo forte. A figura não se aproximava furtivamente, como um ladrão, nem timidamente, como um viajante medroso. Ele caminhava pela rua noturna como alguém que não tem necessidade ou desejo de andar com cuidado. Uma arrogância inconsciente se mostrava em seu andar, e seus passos ressoavam na calçada. Quando ele passou perto de um archote, ela o viu claramente: um homem alto, usando a cota de malha de um mercenário. Ela tomou coragem, então disparou das sombras, segurando seu manto ao seu redor.

– Alto! – sua espada brilhou, já metade fora de sua bainha. Parou quando viu que era uma mulher que estava diante dele, mas seu olhar passou rapidamente por cima da cabeça da garota, procurando nas sombras por possíveis aliados dela.

Ele ficou de frente para ela, com a mão no longo cabo que se projetava sob o manto escarlate que fluía ao vento em seus ombros cobertos de cota de malha. A luz da tocha brilhava opacamente no aço azul polido sobre suas proteções de pernas e capacete. Um fogo mais sinistro brilhava azul em seus olhos. À primeira vista, ela viu que ele não era kothiano; quando ele falou, ela sabia que ele não era hiboriano. Ele estava vestido como um capitão dos mercenários, e naquele grupo de homens violentos havia homens de muitas terras, tanto bárbaros quanto estrangeiros civilizados. Havia uma ferocidade nesse guerreiro que deixava claro ser ele um bárbaro. Os olhos de nenhum homem civilizado, por mais selvagem ou criminoso que fosse, jamais brilharam com tal fogo. O vinho perfumava seu hálito, mas ele não cambaleava e nem gaguejava.

– Trancaram você para fora? – ele perguntou na língua bárbara de Kothic, estendendo a mão para ela. Seus dedos se fecharam levemente em torno do pulso da garota, mas ela sentiu que ele poderia estilhaçar seus ossos sem esforço. – Acabo de sair da última taverna ainda aberta. Que Ishtar amaldiçoe esses legisladores de fígado branco que fecham as casas de bebida! "Que os homens durmam em vez de beberem", dizem eles. Sim, para que possam trabalhar e lutar melhor por seus mestres! Eunucos covardes, é do que eu os chamo. Quando eu servi com os mercenários de Coríntia, nós bebíamos e farreávamos com mulheres a noite toda e lutávamos o dia todo. Sim, o sangue escorria pelos frisos de nossas espadas. Mas e você, menina? Tire essa maldita máscara...

Ela se livrou da mão dele com um movimento ágil de seu corpo, tentando não parecer que o repelia. Ela percebeu o perigo de estar sozinha com um bárbaro bêbado. Se ela revelasse sua identidade, ele poderia rir dela ou ir embora. Ela não tinha certeza de que ele não cortaria sua garganta. Bárbaros faziam coisas estranhas e inexplicáveis. Ela lutou contra um medo crescente.

– Não aqui – ela riu. – Venha comigo...

– Aonde? – seu sangue selvagem estava no comando, mas ele era cauteloso como um lobo. – Você está me levando para algum covil de ladrões?

– Não, não, eu juro! – ela tentava com dificuldade evitar a mão que novamente tentava arrancar seu véu.

– O diabo te carregue, sirigaita! – ele rosnou desgostoso. – Você é tão ruim quanto uma mulher hirkaniana, com seu maldito véu. Aqui, deixe-me olhar para seu corpo, ao menos.

Antes que ela pudesse evitar, ele arrancou a capa dela, e ela ouviu a respiração dele assobiar entre os dentes. Ele ficou segurando a capa, olhando para ela como se a visão de suas roupas ricas o tivesse deixado um pouco sóbrio. Ela viu a suspeita piscar sombriamente em seus olhos.

– Quem diabos é você? – ele murmurou. – Você não é uma meretriz das ruas... a menos que seu homem tenha assaltado o harém do rei para conseguir suas roupas.

– Não importa. – Ela se atreveu a colocar sua mão branca sobre o enorme braço revestido de ferro dele. – Venha comigo para fora da rua.

Ele hesitou, depois deu de ombros. Ela notou que ele acreditava em parte que ela devia ser alguma dama da nobreza que, cansada de amantes educados demais, saíra em busca de diversão. Ele permitiu que ela vestisse a capa novamente e a seguiu. Pelo canto do olho, ela o observou enquanto eles desciam a rua juntos. Sua cota de malha não conseguia esconder suas formas duras e força de tigre. Tudo nele lembrava um tigre, elementar, indomável. Ele era tão estranho quanto a selva para ela, no modo como era diferente dos cortesões afáveis a quem ela estava acostumada. Ela o temia e disse a si mesma que detestava sua força bruta e óbvia barbárie, mas algo ofegante e perigoso dentro dela se inclinava para ele; o acorde primitivo oculto que se esconde na alma de cada mulher foi tocado e respondido. Ela sentira sua mão forte em seu braço, e algo dentro dela formigou com a memória daquele contato. Muitos homens haviam se ajoelhado diante de Yasmela. Aqui estava um que, ela sentiu, nunca se ajoelhou diante de ninguém. Ela sentia-se conduzindo um tigre desacorrentado; ela estava assustada e fascinada por seu medo.

Ela parou na porta do palácio e empurrou levemente contra ela. Observando furtivamente seu companheiro, ela não viu nenhuma suspeita em seus olhos.

– O palácio, hein? – ele resmungou. – Então você é uma dama de companhia?

Ela se pegou imaginando, com um estranho ciúme, se alguma de suas criadas já havia conduzido aquela águia guerreira até seu palácio. Os guardas não fizeram nenhum movimento enquanto ela o conduzia entre eles, mas ele os olhava como um cão feroz olharia para uma matilha desconhecida. Ela o conduziu por uma porta com cortina até uma câmara interna, onde ele parou, examinando sem atenção as tapeçarias, até que viu uma jarra de cristal com vinho em uma mesa de ébano. Ele a pegou com um suspiro satisfeito, inclinando-a em direção aos lábios. Vateesa veio correndo de uma sala interna, chorando sem fôlego:

– Oh, minha princesa...

– Princesa?

A jarra de vinho caiu no chão. Com um movimento rápido demais para ser visto, o mercenário arrancou o véu de Yasmela, encarando-a. Ele deu um passo atrás enquanto soltava uma maldição, sua espada saltando para sua mão com um forte brilho do aço azul. Seus olhos brilhavam como os de um tigre aprisionado. O ar estava sobrecarregado de tensão, como se fosse a pausa antes do estouro de uma tempestade. Vateesa caiu ao chão, sem palavras de tanto terror, mas Yasmela encarou de volta o bárbaro enfurecido sem vacilar. Ela percebeu que sua própria vida estava na balança: enraivecido pela suspeita e por um pânico irracional, ele estava pronto para espalhar morte à menor provocação. Mas ela experimentou uma certa alegria excitante naquele momento.

– Não tenha medo – disse ela. – Eu sou Yasmela, mas não há razão para me temer.

– Por que você me trouxe até aqui? – ele rosnou, seus olhos ardentes percorrendo toda a câmara. – Que tipo de armadilha é essa?

– Não há truque algum – ela respondeu. – Eu o trouxe aqui porque você pode me ajudar. Pedi aos deuses... a Mitra... e ele me mandou ir para as ruas e pedir ajuda ao primeiro homem que encontrasse.

Isso era algo que ele podia entender. Os bárbaros tinham seus oráculos. Ele baixou a espada, embora não a guardou na bainha.

– Bem, se você é Yasmela, precisa mesmo de ajuda – ele resmungou. – Seu reino é uma bagunça do diabo. Mas como posso ajudá-la? Se você quer que eu corte a garganta de alguém, é claro que...

– Sente-se – ela pediu. – Vateesa, traga-lhe vinho.

Ele obedeceu, tomando cuidado, ela notou, para se sentar com as costas contra uma parede sólida, de onde pudesse observar toda a câmara. Ele colocou a espada, fora da bainha, sobre os joelhos cobertos de cota de malha. Ela olhou a espada, fascinada. Seu brilho azul opaco parecia refletir histórias de derramamento de sangue e de morte; ela duvidava que poderia levantá-la, mas sabia que o mercenário poderia empunhá-la com uma única mão tão facilmente quanto ela poderia empunhar um chicote de montaria. Ela notou a largura e o poder de suas mãos; não eram as patas atarracadas e pouco desenvolvidas de um troglodita. Com um sobressalto cheio de culpa, ela se pegou imaginando aqueles dedos fortes presos em seu cabelo escuro.

Ele pareceu tranquilo quando ela se deitou em um divã de cetim à sua frente. Ele tirou seu capacete e o colocou sobre a mesa, e puxou sua touca para trás, revelando o rosto sobre os ombros maciços. Ela viu mais claramente agora sua diferença para as raças hiborianas. Em seu rosto escuro e cheio de cicatrizes havia uma sugestão de paciência curta; e se não mostrava sinais de depravação, ou até mesmo de maldade, havia mais do que uma sugestão de ameaça latente em suas feições, realçada por seus ardentes olhos azuis. Uma testa baixa e larga era encimada por uma cabeleira desgrenhada de corte quadrado, tão negra quanto a asa de um corvo.

– Quem é Você? – ela perguntou abruptamente.

– Conan, um capitão dos mercenários lanceiros – ele respondeu, esvaziando a taça de vinho de um gole e estendendo-a para que fosse servido mais. – Eu nasci na Ciméria.

O nome significava pouco para ela. Ela só tinha a vaga noção de que era uma região montanhosa selvagem e perigosa que ficava muito ao norte, além dos últimos postos avançados das nações hiborianas, e era povoada por uma raça feroz e temperamental. Ela nunca tinha visto um deles.

Descansando o queixo nas mãos, ela olhou para ele com os profundos olhos escuros que escravizaram muitos corações.

– Conan da Ciméria – ela disse –, você disse que eu precisava de ajuda. Por quê?

– Bem – ele respondeu –, qualquer homem pode ver isso. Seu irmão, o rei, está numa prisão ophireana, Koth faz planos para escravizar seu povo, há um feiticeiro em Shem clamando por fogo do inferno e destruição. E o pior, seus soldados desertam todos os dias.

Ela não respondeu imediatamente; era uma experiência nova que um homem falasse tão francamente com ela, com palavras que não estavam disfarçadas em frases educadas.

– Por que meus soldados estão desertando, Conan? – ela perguntou.

– Alguns estão sendo contratados por Koth – ele respondeu, puxando a jarra de vinho para si com prazer. – Muitos pensam que Khoraja está condenada como estado independente. Muitos estão assustados com as histórias desse cão, Natohk.

– Os mercenários continuarão lutando? – ela perguntou ansiosamente.

– Contanto que você nos pague bem – ele respondeu francamente. – Sua política não significa nada para nós. Você pode confiar em Amalric, nosso general, mas o resto de nós somos apenas homens comuns que amam saquear. Se você pagar o resgate que Ophir pede, muitos acham que você não poderá nos pagar. Nesse caso, poderíamos passar para o lado do rei de Koth, embora aquele avarento amaldiçoado não seja bem-visto. Ou podemos saquear esta cidade. Em uma guerra civil, a pilhagem é sempre abundante.

– Por que vocês não passariam para o lado de Natohk? – ela perguntou.

– Como ele iria nos pagar? – ele bufou. – Com ídolos de bronze barrigudos que ele saqueou das cidades shemitas? Enquanto você estiver lutando contra Natohk, pode confiar em nós.

– Seus companheiros o seguiriam? – ela perguntou abruptamente.

– O que você quer dizer?

– Quero dizer – ela respondeu sem rodeios – que vou torná-lo comandante dos exércitos de Khoraja!

Ele parou de repente, o cálice em seus lábios, que se curvaram em um largo sorriso. Seus olhos brilharam com uma nova luz.

– Comandante? Crom! Mas o que seus nobres perfumados vão dizer?

– Eles vão me obedecer! – Ela bateu palmas para chamar um escravo, que entrou, curvando-se profundamente. – Faça com que o conde Thespides venha a mim imediatamente, assim como o chanceler Taurus, Lorde Amalric e o aga Shupras.

– Eu confio em Mitra – ela disse, olhando para Conan, que agora estava devorando a comida colocada diante dele pela trêmula Vateesa. – Você esteve em muitas guerras?

– Eu nasci no meio de uma batalha – ele respondeu, arrancando um pedaço de carne de um enorme osso com seus dentes fortes. – O primeiro som que ouvi foi o tinido de espadas e os gritos de matança. Já lutei em disputas por tronos entre famílias, em guerras tribais e em campanhas imperiais.

– Mas você pode liderar homens e organizar batalhas? – Bem, eu posso tentar – ele respondeu imperturbavelmente. – Não é mais do que uma luta de espada em escala maior. Você abre a guarda do inimigo, depois dá estocadas e golpes! E ou a cabeça dele cai, ou a sua.

A escrava entrou novamente, anunciando a chegada dos homens chamados, e Yasmela foi até a câmara externa, puxando as cortinas de veludo atrás de si. Os nobres se ajoelharam, evidentemente surpresos com uma convocação a tal hora.

– Convoquei vocês para contar minha decisão – disse Yasmela. – O reino está em perigo...

– Com certeza, minha princesa. – Foi o Conde Thespides quem falou, um homem alto, cujas madeixas negras eram encaracoladas e perfumadas. Com uma mão branca alisou o bigode pontudo e com a outra segurava um gorro de veludo com uma pena escarlate presa por um fecho dourado. Seus sapatos pontudos eram de cetim, seu casaco de veludo preso com um fecho de ouro. Suas maneiras eram levemente afetadas, mas os músculos sob suas roupas de sedas eram de aço. – Seria bom oferecer a Ophir mais ouro pela libertação de seu irmão real.

– Discordo totalmente – interrompeu o chanceler Taurus, um homem idoso com uma túnica com franjas, cujas feições eram marcadas pelo seu longo tempo de serviço. – O que já oferecemos será difícil para o reino pagar. Oferecer mais aumentaria ainda mais a cobiça de Ophir. Minha princesa, repito o que já disse: Ophir não se moverá até que enfrentemos essa milícia invasora. Se perdermos, ele entregará o rei Khossus a Koth; se vencermos, ele sem dúvida nos devolverá sua majestade mediante o pagamento do resgate.

– E enquanto isso – interrompeu Amalric, um nemédio grandalhão com uma juba amarela semelhante a um leão. – Os soldados desertam diariamente, e os mercenários estão inquietos para saber por que demoramos a tomar uma atitude. Devemos nos mover rapidamente, se é que...

– Amanhã marcharemos para o sul – respondeu ela. – E aí está o homem que irá liderar vocês!

Afastando as cortinas de veludo, ela indicou dramaticamente o cimério. Talvez não tenha sido um momento muito feliz para a apresentação dele. Conan estava esparramado em sua cadeira, os pés apoiados na mesa de ébano, ocupado em roer um osso de boi que segurava firmemente com as duas mãos. Ele olhou casualmente para os nobres atônitos, sorriu levemente para Amalric e continuou mastigando com prazer indisfarçável.

– Mitra nos proteja! – explodiu Amalric. – Esse é Conan, do norte, o mais turbulento de todos os canalhas a meu serviço! Eu o teria enforcado há muito tempo, se ele não fosse o melhor espadachim que já vestiu cota de malha...

– Vossa Alteza gosta de piadas! – gritou Thespides, suas feições aristocráticas ficando vermelhas. – Este homem é um selvagem, um sujeito sem cultura ou educação! É um insulto pedir a cavalheiros que sirvam sob seu comando.

– Conde Thespides – rebateu Yasmela –, você está com a minha luva debaixo do seu cinturão. Por favor, entregue-a e depois se vá.

– Ir? – ele gritou assustado. – Ir aonde?

– Para Koth ou para o Hades! – ela respondeu. – Se não vai me servir como eu desejo, não me servirá de forma alguma.

– Se engana sobre mim, princesa – ele respondeu, curvando-se profundamente magoado. – Eu nunca a abandonaria. Por sua segurança, colocarei minha espada à disposição deste selvagem.

– E você, Lorde Amalric?

Amalric praguejou baixinho, então sorriu. Sendo um verdadeiro soldado da fortuna, nenhuma mudança de fortuna, por mais espantosa que fosse, o surpreenderia muito.

– Vou servir sob ele. Uma vida curta é uma vida alegre, sempre digo. E com Conan, o degolador, no comando, a vida provavelmente será alegre e curta. Mitra! Se esse cão já comandou mais do que uma companhia de assassinos antes, juro que o devoro inteiro, com armadura e tudo mais!

– E quanto a você, meu aga? – ela se virou para Shupras.

Ele encolheu os ombros resignado. Ele era um exemplo típico da raça que evoluíra ao longo das fronteiras do sul de Koth: alto e magro, com feições mais finas e mais parecidas com as de um falcão do que seus parentes de sangue puro do deserto.

– Me entrego aos caprichos de Ishtar, princesa. – O fatalismo de seus ancestrais falava por ele.

– Esperem aqui – ela ordenou e, enquanto Téspides se mostrava furioso e amassava seu gorro de veludo, Taurus murmurava baixinho, e Amalric andava de um lado para o outro, repuxando sua barba amarela e sorrindo como um leão faminto, Yasmela desapareceu novamente atravessando as cortinas e bateu palmas para chamar seus escravos.

A seu comando, eles trouxeram uma armadura para substituir a cota de malha de Conan. Placa de pescoço, botas de aço, couraça, ombreiras, resguardos para as pernas e para as coxas e capacete de combate. Quando Yasmela voltou a puxar as cortinas, um Conan todo vestido em aço polido estava diante de sua plateia. Vestido em armadura, com a viseira levantada e rosto escuro sombreado pelas plumas negras que balançavam acima de seu elmo, ele apresentava uma imagem tão impressionante que até mesmo Thespides teve que aceitar, de má vontade. Um comentário jocoso morreu nos lábios de Amalric.

– Por Mitra – disse ele lentamente –, eu nunca esperei vê-lo envolto em uma armadura completa, mas você não faz feio nela. Pelos meus velhos ossos, Conan! Já vi reis usando armaduras que se mostraram menos majestosos que você!

Conan ficou em silêncio. Uma sombra vaga cruzou sua mente como uma profecia. Nos anos seguintes, ele se lembraria das palavras de Amalric, quando o sonho se tornasse em realidade.

III

NA NEBLINA DO AMANHECER, as ruas de Khoraja estavam apinhadas de pessoas que observavam o exército que saía cavalgando pelo portão sul. As forças militares estavam finalmente em movimento. Lá estavam os cavaleiros, brilhando em armaduras ricamente forjadas, plumas coloridas ondulando acima de seus capacetes polidos. Seus corcéis, cobertos com seda, couro laqueado e fivelas douradas, marchando e curvados sob o domínio de seus cavaleiros. A luz matinal iluminava as pontas das lanças que se erguiam como uma floresta acima de todos, suas flâmulas flutuando na brisa. Cada cavaleiro levava uma prova de carinho de uma dama, uma luva, lenço ou rosa, amarrada ao capacete ou preso ao cinto da espada. Eram a cavalaria de Khoraja, quinhentos homens, liderados pelo Conde Thespides, que, segundo alguns, aspirava à mão da própria Yasmela.

Eles eram seguidos pela cavalaria leve em corcéis esguios. Esses cavaleiros eram típicos homens das montanhas, magros e com caras de falcão; tinham bonés de aço pontiagudos em suas cabeças e a cota de malha brilhava sob seus kaftans esvoaçantes. Sua arma principal era o terrível arco shemita, que podia lançar uma flecha a quinhentos passos. Havia cinco mil deles, e Shupras cavalgava à frente deles, seu rosto fino e impaciente sob o elmo pontudo.

Em seus calcanhares marchavam os lanceiros de Khoraja, sempre comparativamente poucos em qualquer estado hiboriano, onde os homens consideravam a cavalaria como o único braço honrado do exército. Estes, como os cavaleiros, eram de sangue khotico antigo: filhos de famílias arruinadas, homens que faliram, jovens sem dinheiro, todos os que não podiam comprar cavalos e armaduras, quinhentos deles.

Os mercenários fechavam a retaguarda, mil homens a cavalos, dois mil lanceiros. Os cavalos altos da cavalaria pareciam tão violentos e selvagens quanto seus cavaleiros; eles não se inclinavam ou empinavam. Havia uma atitude séria e de pouco tempo para amenidades nesses assassinos profissionais, veteranos de campanhas sangrentas. Vestidos da cabeça aos pés com cota de malha, eles usavam seus elmos sem viseira sobre toucas de malha. Seus escudos não tinham adornos, suas longas lanças não tinham bandeirolas. De suas selas pendiam machados de batalha ou maças de aço, e cada homem carregava em seu quadril uma longa espada. Os lanceiros estavam armados da mesma maneira, embora levassem zagaias em vez de lanças de cavalaria.

Eram homens de muitas raças e muitos crimes. Havia hiperbóreos altos, esqueléticos, ossudos, de fala lenta e natureza violenta; guerreiros de cabelos castanhos vindos das colinas do noroeste; arrogantes renegados coríntios; zíngaros morenos, com bigodes pretos eriçados e temperamento ardente; aquilonianos do oeste distante. Mas todos, exceto os zíngaros, eram hiborianos.

Atrás de todos vinha um camelo coberto em ricos tecidos, puxado por um cavaleiro montado em um grande cavalo de guerra, e cercado por um grupo de guerreiros escolhidos entre as tropas da casa real. Quem o montava, sob o toldo de seda de seda do assento, era uma figura esbelta, vestida de seda, diante da qual a população, sempre respeitosa com a realeza, levantou seus gorros de couro e aplaudiu loucamente.

Conan, o cimério, inquieto em sua nova armadura, olhou com reprovação para o camelo enfeitado e falou com Amalric, que cavalgava ao lado dele, resplandecente em cota de malha trançada com ouro, peitoral dourado e elmo com crista de crina de cavalo esvoaçante.

– A princesa quis vir conosco. Ela é bem-disposta, mas delicada demais para essa tarefa. De qualquer forma, ela vai ter que deixar de lado suas túnicas.

Amalric torceu o bigode amarelo para esconder um sorriso. Evidentemente, Conan suponha que Yasmela pretendia usar uma espada e participar da batalha, como as mulheres bárbaras frequentemente faziam.

– As mulheres dos hiborianos não lutam como suas mulheres cimérias, Conan – disse ele. – Yasmela cavalga conosco para assistir à batalha. De qualquer forma – ele se mexeu na sela e baixou a voz –, cá entre nós, tenho uma ideia de que a princesa não se atreve a ficar para trás. Ela teme alguma coisa...

– Uma revolta? Talvez seja melhor enforcarmos alguns cidadãos antes de sairmos...

– Não. Uma de suas criadas falou... balbuciou sobre algo que invadiu o palácio à noite e deixou Yasmela quase louca de medo. É um pouco da maldade de Natohk, não duvido. Conan, é mais do que carne e sangue que enfrentamos!

– Bem – grunhiu o cimério –, é melhor ir ao encontro de um inimigo do que esperar por ele.

Ele olhou para a longa fila de carroças e soldados, segurou as rédeas na mão coberta de cota de malha e falou por hábito a frase dos mercenários em marcha:

– Inferno ou riqueza, camaradas... Marchem!

Atrás da longa fila de guerreiros, os pesados portões de Khoraja se fecharam. Cabeças ansiosas se alinhavam nas muralhas. Os cidadãos sabiam muito bem que ali estava sua chance de vida ou morte. Se o exército fosse derrotado, o futuro de Khoraja seria escrito com sangue. Entre a milícia de guerreiros que se erguiam no sul selvagem, a misericórdia era uma qualidade desconhecida.

Durante todo o dia, as colunas marcharam, através de prados ondulantes e gramados, cortados por pequenos rios, o terreno gradualmente começando a se inclinar para cima. À frente deles havia uma cadeia de colinas baixas, formando uma muralha ininterrupta de leste a oeste. Eles acamparam naquela noite nas encostas do lado norte daquelas colinas, e homens de nariz adunco e de olhos ardentes, membros das tribos das colinas, vieram aos montes para se agachar perto das fogueiras e repetir notícias que tinham surgido no misterioso deserto. Em suas histórias, o nome de Natohk corria como uma serpente rastejante. Ao comando dele, os demônios do ar traziam trovões, vento e neblina, enquanto os demônios do submundo sacudiam a terra com um rugido terrível. Ele tirava fogo do ar e consumia os portões das cidades muradas, e incendiava homens com armaduras até que virassem pedaços de ossos carbonizados. Seus guerreiros cobriam o deserto graças a sua grande quantidade, e ele tinha cinco mil soldados estígios em bigas de guerra sob o comando do príncipe rebelde Kutamun.

Conan ouvia imperturbável. A guerra era seu ofício. A vida era uma batalha contínua, ou uma série de batalhas, desde o seu nascimento. A morte tinha sido uma companhia constante. Ela espreitava horrivelmente ao seu lado; estava ao seu lado nas mesas de jogo; seus dedos ossudos sacudiam as taças de vinho. Ela pairava acima dele, uma sombra encapuzada e monstruosa, quando ele se deitava para dormir. Ele não se importava com a presença dela mais do que um rei se importa com presença de seu copeiro. Algum dia seu aperto ósseo se fecharia, isso é tudo. Era suficiente que ele vivesse o presente.

No entanto, outros eram menos impermeáveis ao medo do que ele. Afastando-se das filas de sentinelas, Conan parou quando uma figura esbelta e encapuzada o deteve estendendo uma mão.

– Princesa! Deveria estar em sua tenda.

– Eu não consegui dormir. – Seus olhos escuros pareciam amedrontados entre as sombras. – Conan, estou com medo!

– Há homens que você teme em nossas forças? – Sua mão caiu sobre o punho da espada.

– Nenhum homem – ela estremeceu. – Conan, há alguma coisa que você teme?

Ele considerou, esfregando o queixo.

– Sim – ele admitiu finalmente –, a maldição dos deuses.

Novamente ela estremeceu.

– Eu sou amaldiçoada. Um demônio das profundezas colocou sua marca em mim. Noite após noite ele espreita nas sombras, sussurrando segredos terríveis para mim. Ele vai me arrastar para ser sua rainha no inferno. Eu não ouso dormir... ele virá a mim em minha tenda como ele foi ao palácio. Conan, você é forte; proteja-me! Estou com medo!

Ela não era mais uma princesa, mas apenas uma garota aterrorizada. Seu orgulho havia caído por terra, deixando-a sem vergonha de sua nudez. Em seu medo frenético, ela foi até aquele que parecia mais forte. A energia implacável que a repelira, agora a atraía.

Como resposta, ele tirou sua capa escarlate e a envolveu com ela, de modo brusco, como se qualquer tipo de ternura fosse impossível para ele. A mão de ferro dele pousou por um instante no ombro esbelto dela, e ela estremeceu novamente, mas não de medo. Como um choque elétrico, uma onda de vitalidade animal a invadiu ao simples toque dele, como se um pouco de sua força superabundante tivesse sido transmitido a ela.

– Deite-se aqui. – Ele indicou um espaço limpo perto de um pequeno fogo bruxuleante. Ele não via nenhuma incongruência em uma princesa deitada no chão nu ao lado de uma fogueira, envolta em um manto de guerreiro. Mas ela obedeceu sem questionar.

Ele se sentou perto dela em uma pedra, a espada sobre os joelhos. Com a luz do fogo brilhando em sua armadura de aço azul, ele parecia uma estátua de aço: sua energia dinâmica no momento serena; não em repouso, mas imóvel por um instante, esperando o sinal para mergulhar novamente em ação. A luz do fogo brincava em suas feições, fazendo-as parecer esculpidas em uma substância sombria, mas dura como aço. Estavam imóveis, mas seus olhos ardiam com vida feroz. Ele não era apenas um selvagem; era parte da natureza selvagem, uno com os elementos indomáveis da vida; em suas veias corria o sangue de um bando de lobos; em seu cérebro espreitavam as profundezas sombrias da noite setentrional; seu coração palpitava com o fogo das florestas em chamas.

Assim, meio meditando, meio sonhando, Yasmela adormeceu, envolta numa deliciosa sensação de segurança. De alguma forma, ela sabia que nenhuma sombra de olhos flamejantes se curvaria sobre ela na escuridão, com essa figura sombria das terras distantes montando guarda acima dela. No entanto, mais uma vez ela acordou, estremecendo de medo cósmico, embora não devido a qualquer coisa que ela viu.

Foi um murmúrio baixo de vozes que a despertou. Abrindo os olhos, ela viu que o fogo já quase se apagava. A sensação da alvorada pairava no ar. Ela podia ver vagamente que Conan ainda estava sentado na pedra; vislumbrou o longo brilho azul de sua lâmina. Perto dele estava agachada outra figura, sobre a qual o fogo moribundo lançava um brilho fraco. Yasmela, sonolenta, distinguiu um nariz pontudo, um olho brilhante como uma pérola, sob um turbante branco. O homem falava rapidamente em um dialeto shemita que ela achava difícil de entender.

– Que Bel faça atrofiar meu braço! Eu falo a verdade! Em nome de Derketo, Conan, eu sou o príncipe dos mentirosos, mas eu não mentiria para um velho camarada. Eu juro pelos dias em que éramos ladrões juntos na terra de Zamora, antes de você vestir túnica militar! Eu vi Natohk; com outros, me ajoelhei diante dele enquanto ele fazia encantamentos para Set. Mas eu não enfiei meu nariz na areia como os outros fizeram. Eu sou um ladrão de Shumir, e minha visão é mais aguçada que a de uma doninha. Eu olhei para cima e vi seu véu soprado pelo vento. Ele foi jogado para o lado, e eu vi... eu vi...! Bel me ajude, Conan, eu digo que vi! Meu sangue congelou em minhas veias e meu cabelo ficou em pé. O que eu tinha visto queimou minha alma como um ferro em brasa, não pude descansar até ter certeza. Eu viajei até as ruínas de Kuthchemes. A porta da redoma de marfim estava aberta; na entrada havia uma grande serpente, atravessada por uma espada. Dentro da redoma estava o corpo de um homem, tão enrugado e distorcido que eu mal reconheci quem era, a princípio. Era Shevatas, o zamoriano, o único ladrão do mundo que eu reconhecia como meu superior. O tesouro estava intocado; jazia em pilhas cintilantes ao redor do cadáver. Isso era tudo.

– Não havia ossos... – começou Conan.

– Não havia nada! – interrompeu o Shemite apaixonadamente. – Nada! Apenas os restos!

O silêncio reinou por um instante, e Yasmela encolheu-se ao sentir um horror rastejante e sem nome.

– De onde veio Natohk? – ergueu-se o sussurro vibrante do shemita. – Do deserto, em uma noite em que o mundo estava cego e furioso, com nuvens loucas impelidas em voo frenético entre as estrelas trêmulas, e o uivo do vento se misturava com o grito dos espíritos dos desertos. Vampiros estavam à solta naquela noite, as bruxas cavalgavam nuas no vento, e os lobisomens uivavam pelo deserto. Em um camelo preto, ele veio, cavalgando como o vento, e um fogo profano brincava sobre ele; as pegadas fendidas do camelo brilhavam na escuridão. Quando Natohk desmontou diante do santuário de Set no oásis de Aphaka, o animal fugiu pela noite e desapareceu. E eu conversei com tribos que juraram que ele de repente abriu asas gigantescas e disparou rumo às nuvens, deixando um rastro de fogo atrás de si. Nenhum homem viu aquele camelo desde aquela noite, mas uma forma quase humana, escura e bruta, cambaleou até a tenda de Natohk e tagarelou para ele na escuridão antes do amanhecer. Vou lhe dizer, Conan, Natohk é... por Shushan, veja, vou lhe mostrar uma imagem do que vi naquele dia quando o vento afastou o véu!

Yasmela viu o brilho do ouro na mão do shemita, enquanto os dois homens se inclinaram sobre alguma coisa. Ela ouviu Conan grunhir; e de repente a escuridão caiu sobre ela. Pela primeira vez em sua vida, a princesa Yasmela desmaiou.

IV

A AURORA AINDA era apenas um vislumbre de claridade ao leste quando o exército entrou novamente em marcha. Homens de várias tribos haviam chegado ao acampamento, seus corcéis cambaleando pela longa cavalgada, para relatar a presença de uma milícia à frente no deserto, acampada no Poço de Altaku. Assim, atravessando as colinas, os soldados apressaram seu passo, abandonando as carroças, que os seguiriam depois. Yasmela cavalgava com eles; seus olhos estavam amedrontados. O horror sem nome estava tomando forma de modo ainda mais terrível, desde que ela havia reconhecido a moeda na mão do shemita na noite anterior: uma daquelas secretamente moldadas pelo aviltante culto zuguita, cunhada com as feições de um homem morto há três mil anos.

O caminho serpenteava entre penhascos desolados e despenhadeiros apertados elevavam-se sobre vales estreitos. Aqui e ali, surgiam aldeias construídas em pontos altos, amontoados de cabanas de pedra, cobertas de lama. Os membros da tribo se reuniram a seus parentes, de modo que, antes de atravessarem as colinas, o exército havia sido aumentado em cerca de três mil arqueiros selvagens.

Abruptamente eles saíram das colinas e recuperaram o fôlego na vasta extensão que se estendia ao sul. No lado sul, as colinas sumiam completamente, marcando uma divisão geográfica distinta entre as terras altas kothianas e o deserto do sul. As colinas rodeavam as terras altas, estendendo-se em uma muralha quase ininterrupta. Aqui elas eram nuas e desoladas, habitadas apenas pelo clã Zaheemi, cujo dever era guardar a estrada das caravanas. Além das colinas, o deserto se estendia nu, empoeirado, sem vida. No entanto, além de seu horizonte estava o Poço de Altaku e a milícia de Natohk.

Os soldados olharam para baixo, para a Passagem de Shamla, através da qual fluía a riqueza do norte e do sul, e através da qual haviam marchado os exércitos de Koth, Khoraja, Shem, Turan e Estígia. Aqui, a parede escarpada da muralha era partida. Os promontórios se estendiam para o deserto, formando vales áridos, e todos, exceto um, bloqueados na extremidade norte por penhascos íngremes. Esta era a Passagem. Era como uma grande mão estendida nas colinas; dois dedos, separados, formavam um vale em forma de leque. Os dedos eram representados por um sulco largo em cada mão, os lados externos escarpados, os internos, encostas íngremes. O vale subia à medida que se estreitava, dando em um platô, ladeado por encostas rasgadas por ravinas. Havia um poço e um aglomerado de torres de pedra, ocupados pelos zaheemis.

Ali Conan parou, saltando do cavalo. Ele havia trocado a armadura pela cota de malha que lhe era mais familiar. Thespides parou e perguntou:

– Por que parou?

– Vamos esperá-los aqui – respondeu Conan.

– Seria mais digno cavalgar ao encontro deles – retrucou o conde.

– Eles nos sufocariam com seus números – respondeu o cimério. – Além disso, não há água à frente. Vamos acampar no platô...

– Eu e meus cavaleiros acamparemos no vale – retrucou Thespides, furioso. – Nós somos a vanguarda, e nós, pelo menos, não tememos um bando de ratos do deserto.

Conan deu de ombros e o nobre zangado se afastou. Amalric parou de dar ordens para observar o grupo resplandecente que descia a encosta para o vale.

– Tolos! Seus cantis logo estarão vazios, e eles terão que voltar para o poço para dar água aos cavalos.

– Deixe-os ir – respondeu Conan. – É difícil para eles receberem ordens vindas de mim. Diga aos homens para soltarem os arreios e descansarem. Marchamos rápido e sem descanso até aqui. Dê água aos cavalos e deixe os homens comerem.

Não havia necessidade de enviar batedores. O deserto estava vazio até onde a vista enxergava, mesmo se agora essa visão era limitada por nuvens baixas que repousavam como massas esbranquiçadas no horizonte sul. A monotonia era quebrada apenas por um emaranhado de ruínas de pedra, a alguns quilômetros dali no deserto, supostamente os restos de um antigo templo estígio. Conan separou os arqueiros e os colocou ao longo dos cumes, com os selvagens das tribos. Ele colocou os mercenários e os lanceiros de Khoraji no platô ao redor do poço. Mais para trás, no ângulo em que a estrada do morro desembocava no platô, erguia-se a tenda de Yasmela.

Sem inimigo à vista, os guerreiros relaxaram. Os elmos foram retirados, as toucas jogadas para trás nos ombros cobertos com cota de malha, os cintos afrouxados. Brincadeiras grosseiras voavam de um lado para o outro enquanto os combatentes mastigavam carne e enfiavam seus focinhos em jarros de cerveja. Ao longo das encostas, os habitantes das colinas se acomodavam, mordiscando tâmaras e azeitonas. Amalric se dirigiu até onde Conan, com a cabeça descoberta, estava sentado em uma pedra.

– Conan, você ouviu o que os homens das tribos dizem sobre Natohk? Eles dizem... Mitra, é insanidade demais até para repetir. O que você acha?

– As sementes ficam no solo por séculos sem apodrecer, às vezes – respondeu Conan. – Mas, com certeza, Natohk é um homem.

– Eu não tenho tanta certeza – resmungou Amalric. – De qualquer forma, você organizou suas fileiras tão bem quanto um general experiente teria feito. Sabemos que os demônios de Natohk não podem cair sobre nós de surpresa. Mitra, que neblina!

– A princípio pensei que fossem nuvens – respondeu Conan. – Veja como se movimentam!

O que pareciam ser nuvens era uma névoa espessa movendo-se para o norte como um grande oceano instável, rapidamente ocultando o deserto da vista. Logo engoliu as ruínas estígias, e ainda continuaram adiante. O exército assistia com espanto. Era algo sem precedentes... antinatural e inexplicável.

– Não adianta enviar batedores – disse Amalric com desgosto. – Eles não conseguiriam ver nada. Os sulcos estão perto das bordas externas dos cumes. Em breve, toda a Passagem e estas colinas estarão encobertas...

Conan, que estava observando a névoa com crescente nervosismo, inclinou-se de repente e pousou o ouvido no chão. Ele ficou em pé freneticamente, praguejando.

– Cavalos e bigas, aos milhares! O chão vibra com sua aproximação! Atenção! – sua voz trovejou pelo vale para alertar os homens que descansavam. – Elmos e zagaias, seus cães! Juntem-se às suas fileiras!

Com isso, enquanto os guerreiros se enfileiraram em suas tropas, colocando rapidamente os capacetes e enfiando os braços através das tiras dos escudos, a névoa se dissipou, como algo que perdera a utilidade. Ela não se levantou e desapareceu lentamente como uma névoa natural; simplesmente desapareceu, como uma chama que era apagada. Num momento, todo o deserto estava escondido com as ondas grossas e ondulantes, umas sobre as outras; no próximo, o sol brilhou de um céu sem nuvens sobre um deserto nu... não mais vazio, mas apinhado com a glória viva da guerra. Um grande grito sacudiu as colinas.

À primeira vista, os vigias espantados pareciam estar olhando para um mar cintilante de bronze e ouro, onde pontas de aço brilhavam como uma miríade de estrelas. Com o desaparecimento do nevoeiro, os invasores pararam como se estivessem congelados, em longas fileiras serrilhadas, flamejando ao sol.

Primeiro veio uma longa fila de bigas, puxadas pelos grandes e ferozes cavalos da Estígia com plumas em suas cabeças, bufando e empinando enquanto cada condutor nu se inclinava para trás, apoiando suas pernas poderosas, seus braços escuros cheios de músculos. Os combatentes nas bigas eram figuras altas, seus rostos de falcão emoldurados por capacetes de bronze com uma meia-lua sustentando uma bola dourada. Arcos pesados estavam em suas mãos. Não eram arqueiros comuns, mas nobres do sul, criados para a guerra e a caça, acostumados a matar leões com suas flechas.

Atrás deles vinha um grupo heterogêneo de homens selvagens em cavalos quase selvagens: os guerreiros de Kush, o primeiro dos grandes reinos negros das pastagens ao sul da Estígia. Eram homens de ébano brilhante, flexíveis e ágeis, cavalgando completamente nus e sem sela ou arreio.

Depois destes, veio uma horda que parecia tomar todo o deserto. Milhares e milhares dos guerreiros chamados Filhos de Shem: fileiras de cavaleiros em corpetes de cota de malha e capacetes cilíndricos. Os asshuri de Nippr, Shumir e Eruk e suas cidades-irmãs; exércitos selvagens vestidos de branco, os clãs nômades.

Agora as fileiras começaram a se agitar. As bigas se afastaram para um lado enquanto o exército principal avançava incerto.

Lá embaixo, no vale, os cavaleiros haviam montado, e agora o Conde Thespides galopava pela encosta até onde estava Conan. Ele não se dignou a desmontar, mas falou abruptamente ainda na sela.

– O desaparecimento da névoa os confundiu! Agora é a hora de atacar! Os kushitas não têm arcos e disfarçam seu avanço. Um ataque de meus cavaleiros os esmagará e mandará de volta às fileiras dos shemitas, interrompendo sua formação. Siga-me! Vamos vencer esta batalha com um único golpe!

Conan balançou a cabeça.

– Se estivéssemos lutando contra um inimigo natural, eu concordaria. Mas essa confusão é mais forjada do que real, como se quisesse nos atrair a realizar um ataque. Temo uma armadilha.

– Então você se recusa a agir? – gritou Thespides, seu rosto vermelho de empolgação.

– Pense bem – disse Conan. – Nós temos a vantagem da posição...

Praguejando furioso, Thespides deu meia-volta e galopou de volta ao vale onde seus cavaleiros esperavam impacientemente. Amalric balançou a cabeça.

– Você não deveria tê-lo deixado voltar, Conan. Eu... olhe lá!

Conan se empertigou praguejando. Thespides tinha se lançado ao ataque ao lado de seus homens. Eles podiam ouvir sua voz apaixonada à distância, mas seu gesto em direção às forças que se aproximavam já era significativo o suficiente. No instante seguinte, quinhentas lanças foram levantadas e a companhia envolta em aço desceu trovejando pelo vale.

Um jovem pajem veio correndo da tenda de Yasmela, gritando para Conan com uma voz aguda e ansiosa.

– Meu Senhor, a princesa pergunta por que não seguiu e apoiou o Conde Thespides?

– Porque eu não sou tolo como ele – grunhiu Conan, sentando-se novamente na pedra e começando a roer um enorme osso de boi.

– A autoridade deixa você sensato – disse Amalric. – Uma loucura como aquele ataque sempre fez a sua alegria no passado.

– Sim, quando eu tinha apenas minha própria vida a considerar – respondeu Conan. – Agora... que diabos...

A milícia inimiga havia parado. Da asa extrema saiu uma biga, o cocheiro nu chicoteando os corcéis como um louco; o outro ocupante uma figura alta cuja túnica flutuava de maneira agourenta ao vento. Ele segurava em seus braços um grande vaso de ouro e dele jorrava um fio fino que brilhava à luz do sol. A biga atravessou toda a frente da milícia no deserto, e atrás de suas rodas trovejantes ficou, como o rastro atrás de um navio, uma longa e fina linha pulverizada que brilhava na areia como o rastro fosforescente de uma serpente.

– Aquele é Natohk! – praguejou Amalric. – Que semente infernal ele está plantando?

Os cavaleiros em meio ao ataque não diminuíram seu ritmo precipitado. Mais cinquenta passos e eles colidiriam com as fileiras de kushitas, que permaneciam imóveis, suas lanças erguidas. Agora, os primeiros cavaleiros haviam alcançado a linha fina que brilhava nas areias. Eles não prestaram atenção àquela ameaça rastejante, mas, quando os cascos com ferraduras de aço dos cavalos a atingiram, foi como quando o aço atinge uma pedra, mas com resultado mais terrível. Uma terrível explosão abalou o deserto, que pareceu se separar ao longo da linha espalhada com uma terrível erupção de chamas brancas.

Naquele instante, toda a fileira frontal dos cavaleiros foi vista envolta naquela chama, cavalos e cavaleiros vestidos de aço murchando no clarão como insetos em uma chama descoberta. A seguir, as fileiras da retaguarda começaram a se acumular sobre os corpos carbonizados. Incapazes de deter sua velocidade precipitada, fileira após fileira colidiu com os destroços. Com uma rapidez espantosa, o ataque se transformou em uma confusão onde figuras vestidas em armaduras morreram em meio aos gritos de cavalos mutilados.

Agora, a ilusão de confusão desapareceu quando a milícia se estabeleceu em fileiras ordenadas. Os kushitas selvagens correram para os destroços, espetando os feridos, arrebentando os elmos dos cavaleiros com pedras e martelos de ferro. Tudo acabou tão rápido que os vigias nas encostas ficaram atordoados; e novamente a milícia avançou, dividindo-se para passar ao largo dos corpos carbonizados. Das colinas, subiu um grito:

– Não lutamos contra homens, mas contra demônios!

Em cada cume, os homens das colinas vacilaram. Um correu em direção ao platô, baba pingando de sua barba.

– Fujam, fujam! – ele gritou. – Quem pode lutar contra a magia de Natohk?

Com um rosnado, Conan saltou de sua pedra e o golpeou com o osso de boi; ele caiu, sangue escorrendo do nariz e da boca. Conan desembainhou sua espada, seus olhos eram fendas de fogo azul.

– De volta aos seus postos! – ele gritou. – Se mais alguém der um passo para trás que seja, eu mesmo vou cortar sua cabeça! Lutem, malditos sejam!

A correria parou tão rapidamente quanto havia começado. A personalidade feroz de Conan era como um jorro de água gelada em seu turbilhão de terror.

– Tomem suas posições – ele ordenou rapidamente. – E aguentem firmes! Nem homem e nem demônio subirão a Passagem de Shamla neste dia!

Onde a borda do platô se rompia na encosta do vale, os mercenários apertaram seus cintos e seguraram suas lanças. Atrás deles, os lanceiros montavam seus corcéis e, de um lado, estavam posicionados os lanceiros de Khoraja como reservas. Para Yasmela, parada branca e muda na porta de sua tenda, seu exército parecia uma lamentável corja em comparação com as forças que vinham do deserto.

Conan estava entre os lanceiros. Ele sabia que os invasores não tentariam conduzir uma carruagem pela Passagem na frente dos arqueiros, mas grunhiu surpreso ao ver os cavaleiros desmontando. Esses homens selvagens não tinham reservas de suprimentos. Apenas cantis e bolsas penduradas em suas selas. Agora eles beberam o resto da água e jogaram fora os cantis.

– A morte está rondando – ele murmurou enquanto as fileiras se reuniam a pé. – Eu preferiria um ataque de cavalaria. Cavalos feridos saem correndo e atrapalham o ataque do inimigo.

A milícia havia se organizado em um enorme triângulo, do qual a ponta eram os estígios e o corpo era os asshuris em cotas de malha, ladeados pelos nômades. Em formação cerrada, os escudos levantados, eles avançaram em ataque, enquanto atrás deles uma figura alta em uma biga imóvel levantava os braços que se projetavam de um manto em uma invocação medonha.

Quando a milícia entrou na larga boca do vale, os homens nas colinas dispararam suas flechas. Apesar da formação protetiva, homens caíram às dezenas. Os estígios haviam descartado seus arcos; com as cabeças de capacete curvadas para receber as rajadas, olhos escuros brilhando sobre as bordas de seus escudos, eles se adiantaram em uma onda implacável, caminhando sobre seus companheiros caídos. Mas os shemitas devolveram o fogo, e as nuvens de flechas escureceram os céus. Conan olhou para o vagalhão de lanças e se perguntou que novo horror o feiticeiro invocaria. De alguma forma, ele sentiu que Natohk, como todos de sua espécie, era mais terrível na defesa do que no ataque; tomar a ofensiva contra ele era um convite ao desastre.

Mas certamente foi a magia que impulsionou a milícia para as mandíbulas da morte. Conan prendeu a respiração com o caos causado entre as fileiras que se aproximavam. As bordas do triângulo pareciam estar derretendo, e o vale já estava repleto de mortos. No entanto, os sobreviventes continuavam o ataque como loucos que ignoravam a morte. Graças à quantidade de seus arcos, eles começaram a soterrar com flechas os arqueiros nos penhascos. Nuvens de flechas dispararam para cima, levando os homens na colina a se protegerem. O pânico atingiu seus corações frente aquele avanço inabalável, e eles usavam seus arcos desesperadamente, os olhos amedrontados como os de lobos encurralados.

À medida que a milícia se aproximou do estreito corredor da Passagem, pedregulhos caíram como um trovão, esmagando homens aos montes, mas o ataque não se deteve. Os lobos de Conan se prepararam para a inevitável colisão. Com sua formação cerrada e armaduras superiores, eles sofreram pouco com as flechas. Era o impacto do ataque que Conan temia, quando o enorme triângulo colidisse contra suas fileiras frágeis. E ele percebeu agora que não havia como evitar o massacre que viria. Ele segurou o ombro de um zaheemi que estava perto.

– Existe alguma maneira pela qual homens a cavalo possam descer ao vale oculto além daquela cordilheira a oeste?

– Sim, um caminho íngreme e perigoso, secreto e eternamente guardado. Mas...

Conan o arrastou até onde Amalric estava parado ao lado de seu grande cavalo de guerra.

– Amalric! – ele gritou. – Siga este homem! Ele vai levá-lo para o vale externo. Desça por ele, circule o final do cume e ataque a milícia por trás. Não fale nada, apenas vá! Eu sei que é loucura, mas estamos condenados de qualquer maneira; vamos causar todo o dano que pudermos antes de morrer! Mexa-se!

O bigode de Amalric se eriçou em um sorriso feroz, e alguns momentos depois seus lanceiros estavam seguindo o guia por um emaranhado de desfiladeiros que saíam do platô. Conan correu de volta para os portadores de zagaias com sua espada na mão.

Ele chegou lá bem a tempo. Em ambos os cumes, os homens de Shupras, insanos com a antecipação da derrota, lançavam suas flechas desesperadamente. Homens morriam como moscas no vale e ao longo das encostas. E com um rugido e um impulso irresistível para cima, os estígios se chocaram contra os mercenários.

Em um furacão de aço trovejante, as fileiras se retorciam e balançavam. Eram guerreiros da nobreza contra soldados profissionais.

Escudos colidiam contra escudos e, entre eles, lanças se cravavam e sangue jorrava.

Conan viu a forma poderosa do príncipe Kutamun através do mar de espadas, mas não conseguia se mover, peito a peito com formas escuras que ofegavam e golpeavam. Atrás dos estígios, os asshuri atacavam e gritavam.

De ambos os lados, os nômades escalaram os penhascos e se depararam com seus parentes montanheses. Ao longo dos cumes, o combate se desenrolava com uma ferocidade cega e ofegante. Com dentes e unhas, enlouquecidos pelo fanatismo e pelas rixas antigas, os membros das tribos dilaceravam, matavam e morriam. Cabelos selvagens esvoaçando, os kushitas nus corriam uivando para a luta.

Pareceu a Conan que seus olhos cegos pelo suor olhavam para um oceano crescente de aço que fervia e turbilhonava, enchendo o vale de cume a cume. A luta estava em um impasse sangrento. Os homens das colinas protegiam os cumes, e os mercenários, segurando suas zagaias pontiagudas, apoiando os pés na terra ensanguentada, protegiam a Passagem. Posição e blindagem superiores equilibraram durante algum tempo a vantagem de números esmagadores. Mas aquilo não poderia durar. Onda após onda de rostos suados e lanças reluzentes subia a encosta, com os asshuri preenchendo as lacunas nas fileiras estígias.

Conan tentou enxergar os lanceiros de Amalric contornando o cume ocidental, mas eles não apareciam, e os lanceiros começaram a recuar sob o ataque. E Conan abandonou toda esperança de vencer e de viver. Gritando uma ordem para seus capitães ofegantes, ele se afastou e correu pelo platô até os soldados reservas de Khoraja, que tremiam de ansiedade. Ele não olhou para a tenda de Yasmela. Ele havia esquecido a princesa; seu único pensamento era o instinto animal selvagem de matar antes de morrer.

– Hoje vocês se tornam cavaleiros do reino! – ele riu ferozmente, apontando com sua espada manchada para os cavalos dos montanheses, reunidos nas proximidades. – Montem e sigam-me para o inferno!

Os corcéis da colina empinaram descontroladamente sob o peso desconhecido da armadura kothica, e a risada poderosa de Conan elevou-se acima do clamor enquanto ele os conduzia para onde o cume leste se ramificava ao platô. Quinhentos lacaios, todos patrícios pobres, filhos mais novos e ovelhas negras em cavalos shemitas semisselvagens, atacando todo um exército, descendo uma encosta onde nenhuma cavalaria jamais ousara atacar antes!

Passando pela entrada da Passagem, sufocada pela batalha, eles cavalgaram para o cume repleto de cadáveres. Eles desceram a encosta íngreme e vários perderam o equilíbrio e caíram sob os cascos de seus companheiros. Abaixo deles, homens gritavam e erguiam os braços, e o ataque trovejante os atropelou como uma avalanche derruba uma floresta. Atravessando a multidão compacta, os khorajis avançaram, deixando um tapete de cadáveres esmagados atrás de si.

E então, enquanto a milícia se contorcia sobre si mesma, os lanceiros de Amalric, tendo atravessado um cordão de cavaleiros que encontraram no vale externo, varreram a extremidade do cume ocidental e deram uma lição na milícia em forma de cunha, dividindo-a em pedaços. Aquele ataque carregou toda a desmoralização estonteante de uma surpresa vinda pela retaguarda. Julgando-se flanqueados por uma força superior e frenéticos pelo medo de ficarem isolados do deserto, enxames de nômades se dispersaram e debandaram, causando confusão nas fileiras de seus camaradas mais firmes. Estes cambalearam e os cavaleiros os atacaram. Nos cumes, os combatentes do deserto vacilavam, e os homens das colinas caíram sobre eles com fúria renovada, empurrando-os pelas encostas.

Atordoada pela surpresa, a milícia se desfez antes que tivesse tempo de ver que era apenas um punhado que a atacou. E, uma vez dividida, nem mesmo um mago poderia unir tal horda novamente. Do outro lado do mar de cabeças e lanças, os soldados de Conan viram os cavaleiros de Amalric avançando com firmeza em meio ao inimigo, subindo e descendo machados e maças, e uma alegria louca de vitória exaltou o coração de cada homem e transformou seu braço em aço.

Apoiando os pés no mar de sangue cujas ondas escarlates envolviam seus tornozelos, os lanceiros na entrada da Passagem avançaram, pressionando fortemente as fileiras diante deles. Os estígios resistiram, mas atrás deles a pressão dos asshuris derreteu; e sobre os corpos dos nobres do sul que morreram atrás deles até o último homem, os mercenários avançaram, dividindo e esmagando a massa vacilante que vinha atrás.

Nos penhascos, o velho Shupras jazia com uma flecha no coração; Amalric estava caído, praguejando como um pirata, uma lança atravessada em sua coxa coberta de cota de malha. Da infantaria montada de Conan, apenas cento e cinquenta permaneciam na sela. Mas a milícia foi vencida. Nômades e lanceiros com cota de malha fugiram, correndo para o acampamento onde estavam seus cavalos, e os montanheses desceram as encostas, esfaqueando os fugitivos pelas costas, cortando as gargantas dos feridos.

Em meio ao caos vermelho rodopiante, uma aparição terrível surgiu de repente diante do cavalo empinado de Conan. Era o príncipe Kutamun, nu a não ser por uma tanga, sua armadura em frangalhos, o elmo com crista amassado, os membros manchados de sangue. Com um grito terrível, ele arremessou seu punho quebrado bem no rosto de Conan e, saltando, agarrou as rédeas do garanhão. O cimério cambaleou em sua sela, meio atordoado e, com uma força terrível, o gigante de pele escura forçou o corcel desesperado para cima e para trás, até que ele perdeu o equilíbrio e colidiu contra a lama de areia sangrenta e corpos se contorcendo.

Conan saltou para longe quando o cavalo caiu e, com um rugido, Kutamun estava sobre ele. Naquele pesadelo louco de batalha, o bárbaro nunca soube exatamente como matou seu oponente. Ele só sabia que uma pedra na mão do estígio batia de novo e de novo contra seu elmo, enchendo sua visão com faíscas, enquanto Conan enfiava sua adaga de novo e de novo no corpo de seu inimigo, sem efeito aparente sobre a terrível vitalidade do príncipe. O mundo estava perdendo o foco para Conan quando, com um estremecimento convulsivo, o corpo que estava sobre ele enrijeceu e em seguida amoleceu.

Cambaleando, sangue escorrendo pelo rosto sob o capacete amassado, Conan olhou atordoado para a profusão de destruição que se espalhava diante dele. De cume a cume, os mortos jaziam espalhados, um tapete vermelho que cobria o vale. Era como um mar vermelho, em que cada onda era uma linha esparsa de cadáveres. Eles dominavam a Passagem, enchiam as encostas. E no deserto a matança continuava. Os sobreviventes da milícia alcançaram seus cavalos e correram pelo deserto, perseguidos pelos exaustos vitoriosos, e Conan ficou atordoado ao notar quão poucos deles restavam para perseguir.

Então um grito terrível rasgou o clamor. Subindo o vale, uma biga veio voando, sem se importar com os cadáveres amontoados. Nenhum cavalo a puxava, mas uma grande criatura negra que parecia um camelo. Na biga estava Natohk, suas vestes esvoaçando; e agarrando as rédeas e chicoteando como louco, inclinava-se um ser antropomórfico que poderia ser um monstro simiesco.

Com uma rajada de vento ardente, a biga passou pela encosta repleta de cadáveres, direto para a tenda onde Yasmela estava sozinha, abandonada por seus guardas no frenesi da perseguição. Conan, paralisado, ouviu seu grito frenético quando o longo braço de Natohk a puxou para dentro da biga. Então, o cavalo medonho deu meia-volta e voltou correndo pelo vale, e nenhum homem ousou disparar flechas ou lanças para não atingir Yasmela, que se contorcia nos braços de Natohk.

Com um grito pouco humano, Conan pegou sua espada caída e saltou no caminho do horror. Mas, mesmo quando sua espada subiu, as patas dianteiras da fera negra o atingiram como um raio e o lançaram a vinte metros de distância, atordoado e ferido. O grito de Yasmela chegou assustadoramente a seus ouvidos atordoados enquanto a biga passava rugindo.

Um grito que não tinha nada de humano em seu timbre soou de seus lábios quando Conan ricocheteou da terra ensanguentada e agarrou as rédeas de um cavalo sem cavaleiro que passou correndo por ele, jogando-se na sela sem parar o cavalo. Com um abandono insano, ele correu atrás da carruagem que se afastava rapidamente. Ele chegou à planície voando e passou como um redemoinho pelo acampamento shemita. Ele acelerou em direção ao deserto, passando por grupos de seus próprios cavaleiros e homens do deserto em luta.

A biga corria em disparada e Conan a seguia, embora seu cavalo começasse a cambalear abaixo dele. Agora o deserto aberto os cercava completamente, banhado pelo lúgubre e desolado esplendor do pôr-do-sol. Diante dele surgiram as ruínas antigas, e com um grito que congelou o sangue nas veias de Conan, o cocheiro desumano lançou Natohk e a garota para longe. Eles rolaram na areia, e frente ao olhar atordoado de Conan, a biga e seu corcel se alteraram terrivelmente. Grandes asas se abriram nas costas de um horror negro que em nada se assemelhava a um camelo, e disparou para o céu, deixando em seu rastro uma forma de ofuscante chama, na qual uma forma escura balbuciava em medonho triunfo. Tudo aconteceu tão depressa, que foi como a passagem às pressas de um pesadelo por um sonho já aterrorizante.

Natohk levantou-se de um salto, lançou um olhar rápido para seu perseguidor soturno, que não havia parado e vinha cavalgando implacavelmente, com a espada balançando e soltando gotas vermelhas; e o bruxo pegou a garota desmaiada e correu com ela para as ruínas.

Conan saltou de seu cavalo e apressou-se atrás deles. Ele entrou em uma sala que brilhava com um brilho profano, embora lá fora o crepúsculo estivesse caindo rapidamente. Em um altar de jade preto jazia Yasmela, seu corpo nu brilhando como marfim sob a luz estranha. Suas roupas estavam espalhadas pelo chão, como se tivessem sido arrancadas dela em uma pressa brutal. Natohk encarou o cimério. Desumanamente alto e esguio, vestido em seda verde cintilante. Ele jogou o véu para trás e Conan olhou para as feições que tinha visto na moeda zuguita.

– Sim, faça cara de desgosto, cão! – a voz era como o silvo de uma serpente gigante. – Eu sou Thugra Khotan! Por muito tempo fiquei deitado em minha tumba, esperando o dia do despertar e da libertação. As artes que me salvaram dos bárbaros há muito tempo também me aprisionaram, mas eu sabia que alguém viria um dia. E ele veio, para cumprir seu destino e morrer como nenhum homem morreu em três mil anos! Tolo, você acha que venceu porque meu povo se dispersou? Porque fui traído e abandonado pelo demônio que escravizei? Eu sou Thugra Khotan, que governará o mundo e irá se impor sobre seus deuses mesquinhos! O deserto está repleto do meu povo; os demônios da terra seguirão minhas ordens, como os répteis da terra me obedecem. A luxúria por uma mulher enfraqueceu minha feitiçaria. Agora a mulher é minha, e banqueteando-me com sua alma, serei invencível! Desapareça, tolo! Você não venceu Thugra Khotan!

Ele lançou seu cajado, que caiu aos pés de Conan. O bárbaro recuou com um grito involuntário. Pois, ao cair, alterou-se horrivelmente; seu contorno derreteu e se contorceu, e uma cobra enorme ergueu-se sibilando diante do horrorizado cimério. Com um palavrão furioso, Conan atacou, e sua espada cortou a forma horrível ao meio. E ali a seus pés estavam apenas os dois pedaços de um cajado de ébano cortado. Thugra Khotan gargalhou terrivelmente e, girando, pegou algo que rastejava repugnantemente na poeira do chão.

Em sua mão estendida, algo vivo se contorcia e remexia. Sem truques de sombras desta vez. Em sua mão nua, Thugra Khotan segurava um escorpião preto, com mais de trinta centímetros de comprimento, a criatura mais mortal do deserto, cujo golpe da cauda pontiaguda significava morte instantânea. O semblante de caveira de Thugra Khotan se dividiu em um sorriso de múmia. Conan hesitou; então, sem aviso, lançou sua espada.

Pego de surpresa, Thugra Khotan não teve tempo de evita-la. A ponta entrou abaixo de seu coração e se projetou por trinta centímetros em suas costas. Ele tombou, esmagando o monstro venenoso em sua mão enquanto caía.

Conan caminhou até o altar, levantando Yasmela em seus braços manchados de sangue. Ela jogou seus braços brancos convulsivamente ao redor do pescoço coberto de cota de malha dele, soluçando histericamente, e não mais o soltou.

– Pelos demônios de Crom, menina! – ele resmungou. – Solte-me! Cinquenta mil homens pereceram hoje, e há trabalho para eu fazer...

– Não! – ela ofegou, agarrando-se com força convulsiva, no momento tão bárbara quanto ele em seu medo e paixão. – Eu não vou deixar você ir! Eu sou sua, por fogo, aço e sangue! Você é meu! Lá de onde saímos, eu pertenço a outros. Mas aqui sou só minha... e sua! Você não me deixará!

Ele hesitou, seu próprio cérebro confuso com o surgimento feroz de suas paixões violentas. O lúgubre brilho sobrenatural ainda pairava na câmara sombria, iluminando fantasmagoricamente o rosto morto de Thugra Khotan, que parecia sorrir sem alegria para eles. Lá fora, no deserto, nas colinas entre os oceanos de mortos, homens morriam, gritavam devido a feridas, sede e loucura, e reinos cambaleavam. Mas tudo aquilo foi varrido pela maré escarlate que dominou alucinadamente a alma de Conan, enquanto ele apertava ferozmente em seus braços de ferro o corpo esguio e branco que brilhava como uma fogueira incontrolável de loucura diante dele.

FIM

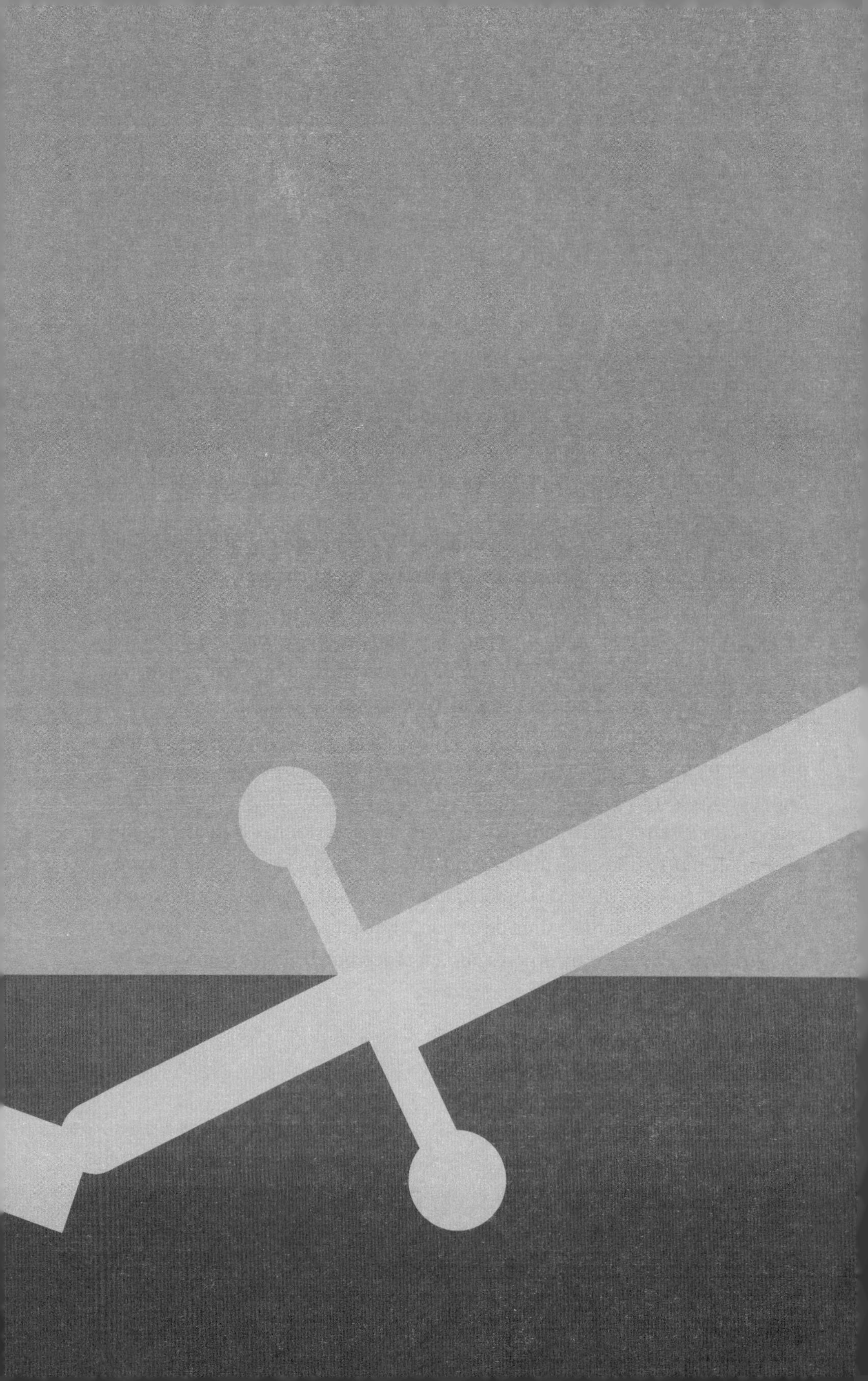

A SOMBRA RASTEJANTE
(The Slithering Shadow)

Publicada originalmente em setembro de 1933 na revista Weird Tales

1

O DESERTO TREMELUZIA NAS ONDAS de calor. Conan, o cimério, olhou para a desolação dolorida e involuntariamente passou as costas de sua poderosa mão sobre os lábios enegrecidos. Ele estava imóvel como uma estátua de bronze na areia, aparentemente impermeável ao sol assassino, embora sua única vestimenta fosse uma tanga de seda, segura por um largo cinto de fivela de ouro do qual pendia um sabre e um punhal de lâmina larga. Em seus braços e pernas havia sinais de ferimentos ainda mal curados.

A seus pés descansava uma garota, um braço branco agarrado ao joelho dele, contra o qual sua cabeça loira se inclinava. A pele branca dela contrastava com os membros bronzeados e musculosos dele; a túnica curta de seda, de gola baixa e sem mangas, presa na cintura, enfatizava sua figura delgada em vez de ocultá-la.

Conan balançou a cabeça, piscando. O brilho do sol quase o cegava. Ele tirou um pequeno cantil do cinto e o sacudiu, franzindo o cenho ao ouvir os fracos respingos lá dentro.

A garota, fatigada, choramingava.

– Oh, Conan, vamos morrer aqui! Estou com tanta sede!

O cimério rosnou sem nada dizer, encarando truculentamente o deserto ao redor, com a mandíbula aberta e os olhos azuis fumegando selvagemente sob sua cabeleira negra e desgrenhada, como se o deserto fosse um inimigo tangível.

Ele se abaixou e levou o cantil aos lábios da garota.

– Beba até eu dizer para você parar, Natala – ele ordenou.

Ela bebeu com pequenos suspiros ofegantes, e ele não a mandou parar. Só quando o cantil ficou vazio, ela percebeu que ele permitira deliberadamente que ela bebesse todo o suprimento de água deles, por menor que fosse. Lágrimas brotaram em seus olhos.

– Oh, Conan – ela lamentou, torcendo as mãos –, por que me deixou beber tudo? Eu não sabia... agora não sobrou nada para você!

– Silêncio – ele rosnou. – Não desperdice suas forças chorando.

Endireitando-se, ele jogou o cantil para longe.

– Por que você fez isso? – ela sussurrou.

Ele não respondeu, ficando imóvel, seus dedos se fechando lentamente em torno do cabo de seu sabre. Ele não estava olhando para a garota; seus olhos ferozes pareciam sondar as misteriosas névoas roxas à distância.

Dotado de todo o feroz amor pela vida e instinto de sobrevivência dos bárbaros, Conan, o cimério, sabia internamente que havia chegado ao fim de sua trilha. Ele não havia alcançado o limite de sua resistência, mas sabia que outro dia sob o sol impiedoso naquela vastidão sem água o derrubaria. Quanto à garota, ela já havia sofrido o suficiente. Melhor um golpe de espada rápido e indolor do que a lenta agonia que os esperava. A sede dela fora temporariamente saciada; era uma falsa misericórdia deixá-la sofrer até que o delírio e a morte trouxessem alívio. Lentamente, ele deslizou o sabre para fora de sua bainha.

Ele parou de repente, empertigando-se. Longe no deserto ao sul, algo brilhou entre as ondas de calor.

A princípio, ele pensou que fosse um fantasma, uma das miragens que haviam zombado dele e o enlouquecido naquele maldito deserto. Protegendo os olhos ofuscados pelo sol, ele distinguiu torres e minaretes, e muralhas reluzentes. Ele olhava sem esperança, aguardando que a visão esmaecesse e desaparecesse. Natala havia parado de soluçar; ela se esforçou para ficar de joelhos e seguiu o olhar dele.

– É uma cidade, Conan? – ela sussurrou, temerosa demais para ter esperança. – Ou é apenas uma sombra?

O cimério não respondeu por algum tempo. Ele fechou e abriu os olhos várias vezes; desviou o olhar, depois olhou de novo. A cidade permanecia onde ele a tinha visto pela primeira vez.

– Só o diabo sabe – ele resmungou. – Mas vale a pena verificar.

Ele empurrou o sabre de volta para sua bainha. Inclinando-se, ele ergueu Natala em seus braços poderosos como se ela fosse uma criança. Ela resistiu fracamente.

– Não desperdice suas forças me carregando, Conan – ela implorou. – Eu posso andar.

– O solo fica mais pedregoso aqui. Logo suas sandálias ficariam em frangalhos – ele respondeu, olhando para os calçados verdes e macios da garota. – Além disso, se quisermos chegar a essa cidade, devemos fazê-lo rapidamente, e será mais rápido desta maneira.

A chance de sobrevivência havia dado nova força e vigor aos músculos de aço do cimério. Ele caminhou pelo deserto arenoso como se tivesse acabado de começar a jornada. Um bárbaro entre bárbaros, a vitalidade e resistência à natureza selvagem eram seus atributos, garantindo-lhe a sobrevivência onde homens civilizados teriam perecido.

Ele e a garota eram, até onde sabia, os únicos sobreviventes do exército do príncipe Almuric, aquela massa heterogênea e louca que, seguindo o príncipe rebelde e derrotado de Koth, varreu as Terras de Shem como uma devastadora tempestade de areia e encharcou as terras da Estígia com sangue. Com uma horda estígia em seus calcanhares, o exército abriu caminho pelo reino negro de Kush, apenas para ser aniquilado nos limites do deserto ao sul. Em sua mente, Conan comparava aquilo a um grande rio, diminuindo gradualmente à medida que corria para o sul, para finalmente secar nas areias do deserto nu. Os ossos de seus membros... mercenários, párias, homens que havia perdido tudo, foras da lei... estavam espalhados desde as terras altas de Kothic até as dunas do deserto.

Daquele massacre final, quando os estígios e os kushitas se aproximaram dos remanescentes encurralados, Conan abrira caminho e fugira em um camelo com a garota. Atrás deles, a terra fervilhava de inimigos; o único caminho livre para eles era o deserto ao sul. Naquelas profundezas ameaçadoras eles mergulharam.

A garota era brituniana. Conan a havia encontrado no mercado de escravos de uma cidade shemita invadida, e a comprara. Ela não tinha direito a opinar sobre a situação, mas sua nova posição até agora era tão superior ao destino de qualquer mulher hiboriana em um harém shemita, que ela a aceitou com gratidão. A partir daí, ela havia compartilhado as aventuras do exército condenado de Almuric.

Durante dias fugiram pelo deserto, perseguidos por tão longa distância por cavaleiros estígios que, quando se livraram da perseguição, não ousaram voltar pelo mesmo caminho. Eles continuaram em busca de água, até que o camelo morreu. Então seguiram a pé. Nos últimos dias, o sofrimento havia sido intenso. Conan protegeu Natala o máximo que pôde, e a vida dura do acampamento havia dado a ela mais resistência e força do que uma mulher comum possuía; mas, mesmo assim, ela não estava longe do colapso.

O sol batia ferozmente contra a cabeleira negra e emaranhada de Conan. Ondas de tontura e náusea surgiam em seu cérebro, mas ele cerrava os dentes e seguia em frente sem vacilar. Estava convencido de que a cidade era uma realidade e não uma miragem. O que eles encontrariam lá, ele não fazia ideia.

Os habitantes poderiam ser hostis. No entanto, era uma chance de sobreviver, e isso era tudo que ele poderia pedir.

O sol estava quase se pondo quando eles chegaram em frente ao portão maciço, gratos pela sombra que ele providenciava. Conan colocou Natala de pé e alongou os braços doloridos. Acima deles, as muralhas elevavam-se a cerca de dez metros de altura, feitas de uma substância lisa esverdeada que brilhava quase como vidro. Conan examinou os parapeitos, esperando que alguém se dirigisse a eles, mas não viu ninguém. Ele gritou impacientemente e bateu no portão com o cabo do sabre, mas apenas ecos vazios zombavam dele. Natala se encolheu perto dele, assustada com o silêncio. Conan experimentou o pórtico no meio do portão e deu um passo para trás, puxando seu sabre, quando a entrada auxiliar girou silenciosamente para dentro. Natala sufocou um grito.

– Olhe, Conan!

Logo dentro do portão havia um corpo humano. Conan olhou para ele superficialmente, então olhou além dele. Ele viu uma grande área aberta, como um pátio, cercada pelas portas em arco das casas construídas do mesmo material esverdeado das muralhas externas. Esses edifícios eram altos e imponentes, encimados por cúpulas e minaretes brilhantes. Não havia sinal de vida neles. No centro do pátio erguia-se a edificação de um poço, e a visão doeu em Conan, cuja boca parecia coberta de poeira seca. Puxando Natala pelo pulso, ele a fez atravessar o portão e o fechou atrás deles.

– Ele está morto? – ela sussurrou, encolhendo-se enquanto indicava o homem que jazia inerte diante do portão. Era o cadáver de um indivíduo alto e forte, aparentemente no auge da forma. A pele era amarela, os olhos ligeiramente oblíquos; mas, no restante, o homem diferia pouco dos hiborianos. Ele estava vestido com sandálias de tiras altas, uma túnica de seda roxa e uma espada curta enfiada em uma bainha de pano dourado pendurada em seu cinto. Conan sentiu sua pele. Estava fria. Não havia sinal de vida no corpo.

– Não há nenhum ferimento nele – grunhiu o cimério –, mas ele está tão morto quanto Almuric com as quarenta flechas estígias que o atingiram. Em nome de Crom, vamos examinar o poço! Se houver água nele, vamos beber, com mortos ao redor ou não.

Havia água no poço, mas eles não a beberam. Seu nível estava uns bons quinze metros abaixo do solo, e não havia nada com que puxá-la. Conan praguejou pesadamente, enlouquecido pela visão do que estava fora de seu alcance, e olhou ao redor para procurar algum meio de obtê-la. Então, um grito de Natala o deixou em alerta.

O homem supostamente morto vinha correndo na direção de Conan, os olhos indiscutivelmente brilhando com vida, sua espada curta balançando em sua mão. Conan praguejou espantado, mas não perdeu tempo em conjecturas. Ele recebeu o atacante com um corte certeiro de seu sabre, atravessando carne e osso. A cabeça do sujeito caiu sobre as lajes; o corpo cambaleou embriagado, um arco de sangue jorrando da jugular cortada; então ele caiu pesadamente.

Conan olhou para baixo, xingando entredentes.

– Este sujeito não está mais morto agora do que estava há alguns minutos. Em que hospício viemos parar?

Natala, que havia coberto os olhos com as mãos ao ver a cena, espiou por entre os dedos e estremeceu de medo.

– Oh, Conan, o povo da cidade não vai nos matar por causa disso?

– Bem – ele rosnou –, essa criatura teria nos matado se eu não tivesse cortado a cabeça dele.

Ele olhou para os arcos vazios nas muralhas verdes acima deles. Ele não viu nenhum sinal de movimento, não ouviu nenhum som.

– Acho que ninguém nos viu – ele murmurou. – Vou esconder as provas...

Ele ergueu a carcaça inerte pelo cinto da espada com uma mão e, segurando a cabeça pelos longos cabelos com a outra, meio carregou, meio arrastou os horríveis restos até o poço.

– Já que não podemos beber a água – ele rangeu os dentes com raiva –, vou fazer com que ninguém mais fique feliz se beber dela. Maldito seja um poço desses, de qualquer maneira!

Ele jogou o corpo sobre a boca do poço e o deixou cair, jogando a cabeça atrás em seguida. Um chapinhar surdo soou muito abaixo.

– Há sangue nas pedras – sussurrou Natala.

– Haverá mais ainda, a menos que eu encontre água em breve – rosnou o cimério, seu pouco estoque de paciência quase esgotado. Graças ao medo, a garota quase esquecera sua sede e fome, mas o mesmo não valia para Conan.

– Vamos entrar por uma dessas portas – disse ele. – Certamente vamos encontrar pessoas em algum momento.

– Ah, Conan! – ela gemeu, aconchegando-se tão perto dele quanto podia. – Estou com medo! Esta é uma cidade de fantasmas e mortos! Vamos voltar para o deserto! É melhor morrer lá do que enfrentar esses terrores!

– Nós iremos para o deserto quando eles nos jogarem pra fora das muralhas – ele rosnou. – Há água em algum lugar desta cidade, e eu vou encontrá-la, mesmo se tiver que matar todos os homens nela.

– Mas e se eles voltarem à vida? – ela sussurrou.

– Aí vou continuar matando todos até que continuem mortos! – ele respondeu grosseiramente. – Vamos! Essa porta é tão boa quanto qualquer outra! Fique atrás de mim, mas não corra a menos que eu mande.

Ela murmurou, concordando desanimada, e o seguiu tão de perto que quase pisava em seus calcanhares, para a irritação de Conan. O crepúsculo havia caído, preenchendo a estranha cidade com sombras roxas. Eles entraram pela porta aberta e se encontraram em uma ampla câmara, cujas paredes estavam cobertas com tapeçarias de veludo e de desenhos curiosos. Piso, paredes e teto eram feitos de pedra vítrea verde, as paredes decoradas com frisos dourados. Peles e almofadas de cetim cobriam o chão. Várias portas davam para outras salas. Eles passaram por elas e atravessaram várias câmaras, parecidas com a primeira. Não viram ninguém, mas o cimério grunhiu desconfiado.

– Alguém esteve aqui não muito tempo atrás. Este divã ainda está quente do contato com um corpo humano. Aquela almofada de seda tem a marca dos quadris de alguém. E ainda há um leve cheiro de perfume pairando no ar.

Uma estranha atmosfera irreal pairava sobre tudo. Atravessar este palácio sombrio e silencioso era como estar em um sonho de ópio. Algumas das câmaras não estavam iluminadas, e estas a dupla evitava. Outras eram banhadas por uma luz suave e estranha que parecia emanar de joias colocadas nas paredes em padrões fantásticos. De repente, ao entrarem em um desses aposentos iluminados, Natala gritou e agarrou o braço de seu companheiro. Praguejando, ele se virou esperando ver um inimigo, ficando confuso quando não viu nenhum.

– Qual é o problema? – ele rosnou. – Se você segurar meu braço da espada novamente, eu vou esfolar você. Quer que alguém corte minha garganta? Por que você estava gritando?

– Olhe ali – ela estremeceu, apontando.

Conan grunhiu. Sobre uma mesa de ébano polido havia recipientes de ouro, aparentemente contendo comida e bebida. A sala estava desocupada.

– Bem, seja para quem for que prepararam este banquete – ele rosnou –, ele vai ter que se alimentar em outro lugar esta noite.

– Ousaremos comer isso, Conan? – arriscou a garota, nervosamente. – As pessoas podem nos encontrar e...

– *Lir an mannanan mac lira* – ele praguejou, agarrando-a pela nuca e obrigando-a, sem grande cerimônia, a sentar em uma cadeira dourada na ponta da mesa. – Nós estamos morrendo de fome e você faz objeções! Coma!

Ele sentou-se à cadeira do outro lado e, pegando uma taça de jade, esvaziou-a de um gole. Continha um licor escarlate parecido com vinho e de sabor peculiar, desconhecido para ele, mas era como néctar para sua garganta ressecada. Aliviada a sede, atacou a comida à sua frente com entusiasmo. Também era estranha a ele: frutas exóticas e carnes desconhecidas. Os recipientes eram de acabamento requintado, e havia facas e garfos de ouro também. Conan ignorou os talheres, agarrando os ossos com carne em seus dedos e rasgando com seus dentes fortes. Os modos do cimério à mesa eram um tanto selvagens em qualquer ocasião. Sua companheira civilizada comia com mais delicadeza, mas com a mesma voracidade. Ocorreu a Conan que a comida poderia estar envenenada, mas esse pensamento não diminuiu seu apetite; ele preferia morrer de envenenamento que de fome.

Com a fome satisfeita, ele se recostou com um profundo suspiro de alívio. Que havia humanos naquela cidade silenciosa era evidenciado pela comida fresca, e talvez cada canto escuro escondesse um inimigo à espreita. Mas ele não sentia apreensão com isso, graças à grande confiança em sua própria capacidade de luta. Ele começou a sentir sono e considerou a ideia de se esticar em um divã próximo para tirar um cochilo.

Natala, nem tanto. Ela não estava mais com fome e sede, mas não sentia vontade de dormir. Seus lindos olhos estavam bastante alertas enquanto olhava timidamente para as portas, fronteiras do desconhecido. O silêncio e o mistério do estranho lugar a atormentavam. A câmara parecia maior, a mesa mais longa do que ela havia notado, e ela percebeu que estava mais longe de seu mal-humorado protetor do que desejava. Levantando-se rapidamente, ela deu a volta na mesa e se sentou no colo dele, olhando nervosamente para as portas arqueadas. Algumas estavam iluminadas e outras não, e era para as escurecidas que ela olhava por mais tempo.

– Nós comemos, bebemos e descansamos – ela insistiu. – Vamos embora deste lugar, Conan. Ele é maligno. Eu posso sentir.

– Bem, até agora não fomos feridos... – ele começou a falar, quando um farfalhar suave, mas sinistro, o fez ficar atento. Empurrando a garota do seu colo, ele se levantou com a agilidade de uma pantera, desembainhando seu sabre e encarando a porta de onde o som parecia vir. Não se repetiu, e ele avançou silenciosamente, com Natala seguindo-o com o coração na boca. Ela sabia que ele suspeitava de perigo. Com a cabeça inclinada entre seus ombros gigantes; ele deslizou para a frente meio agachado, como um tigre à espreita. Ele não fez mais barulho do que um tigre faria.

Na porta, ele parou, Natala espiando com medo atrás dele. Não havia luz na sala, mas ela estava parcialmente iluminada pelo brilho atrás deles, que fluía para a outra câmara. E, nesta câmara, um homem estava deitado em um estrado elevado. A luz suave o banhava, e eles viram que ele era muito parecido com o homem que Conan havia matado diante do portão externo, exceto que suas roupas eram mais ricas e ornamentadas, com joias que cintilavam na luz misteriosa. Ele estava morto ou apenas dormindo? Novamente veio aquele som fraco e sinistro, como se alguém tivesse empurrado uma cortina para o lado. Conan recuou, puxando a grudenta Natala com ele. Ele colocou a mão sobre a boca dela bem a tempo de impedir que gritasse.

De onde estavam agora, eles não podiam mais ver o estrado, mas podiam ver a sombra que ele projetava na parede atrás dele. E agora outra sombra se moveu pela parede: uma enorme mancha preta e disforme. Conan sentiu seu cabelo se arrepiar curiosamente enquanto observava. Por mais distorcida que pudesse ser, ele sentiu que nunca tinha visto um homem ou animal que lançasse tal sombra. Ele estava consumido pela curiosidade, mas algum instinto o manteve congelado. Ele ouviu a respiração ofegante de Natala enquanto ela olhava com os olhos arregalados. Nenhum outro som perturbava a tensa quietude. A enorme sombra engolfou a do estrado. Por um longo instante, apenas seu volume negro era lançado contra a parede lisa. Então, lentamente ela recuou, e mais uma vez o estrado ficou gravado tenebrosamente contra a parede. Mas o homem que dormira lá não estava mais sobre ele.

Um gorgolejo histérico subiu na garganta de Natala, e Conan deu-lhe uma sacudida de advertência. Ele estava ciente da frieza em suas próprias veias. Inimigos humanos ele não temia; qualquer coisa compreensível, por mais horrível que fosse, não causava tremores em seu peito largo. Mas isso estava além de seu conhecimento.

Depois de um tempo, porém, sua curiosidade venceu sua inquietação, e ele se adiantou até a câmara escura novamente, pronto para qualquer coisa. Olhando para a outra sala, ele viu que estava vazia. O estrado estava como ele o tinha visto pela primeira vez, exceto que nenhum humano adornado com joias estava deitado sobre ele. Apenas em sua cobertura de seda brilhava uma única gota de sangue, como uma grande joia escarlate. Natala a viu e deu um grito abafado, pelo qual Conan não a puniu. Novamente ele sentiu a mão gelada do medo. Naquele estrado um homem estivera deitado; e alguma coisa entrara na câmara e o levara embora. O que era essa coisa, Conan não tinha ideia, mas uma aura de horror sobrenatural pairava sobre aquelas câmaras mal iluminadas.

Ele estava pronto para partir. Tomando a mão de Natala, ele se virou, mas acabou hesitando. Em algum lugar atrás deles, entre as câmaras que haviam atravessado, ele ouviu o som de um passo. O passo de um pé humano, descalço ou de calçado leve, fizera aquele som, e Conan, com a cautela de um lobo, virou-se rapidamente para o lado. Ele acreditava que poderia voltar para o pátio externo, evitando a sala de onde o som parecia vir.

Mas eles nem haviam cruzado a primeira câmara em sua nova rota, quando o farfalhar de uma cortina de seda os deixou alertas de repente. Diante de uma alcova com cortinas, estava um homem olhando-os atentamente.

Ele era exatamente como os outros que haviam encontrado: alto, forte, vestido com roupas roxas, com um cinto de joias. Não havia surpresa nem hostilidade em seus olhos âmbar. Eles eram sonhadores como os de um devorador de lótus. Ele não sacou a espada curta ao seu lado. Depois de um momento tenso, ele falou, em um tom distante e estranho, e em uma língua que seus ouvintes não entenderam.

Conan tentou responder na língua estígia, e o estranho respondeu naquela língua:

– Quem é você?

– Eu sou Conan, um cimério – respondeu o bárbaro. – Esta é Natala, de Britúnia. Que cidade é esta?

O homem não respondeu imediatamente. Seu olhar sensual e sonhador pousou em Natala, e ele falou lentamente:

– De todas as minhas incríveis visões, esta é a mais estranha! Oh, menina dos cabelos dourados, de que terra dos sonhos você vem? De Andarra, de Tothra, de Kuth ou do cinturão de estrelas?

– Que loucura é essa? – rosnou o cimério rudemente, desgostoso das palavras e maneiras do homem.

O outro não lhe deu atenção.

– Eu sonhei com as mais deslumbrantes belezas – ele murmurou. – Mulheres esbeltas com cabelos escuros como a noite e olhos escuros de mistério insondável. Mas sua pele é branca como o leite, seus olhos claros como a aurora, e há em você um frescor e delicadeza sedutores como o mel. Venha para o meu divã, garotinha dos sonhos!

Ele avançou e tentou segurar a moça, mas Conan deu um tapa em sua mão com uma força que poderia ter quebrado seu braço. O homem cambaleou para trás, agarrando o membro entorpecido, seus olhos nublando-se.

– Que rebelião de fantasmas é essa? – ele murmurou. – Bárbaro, eu ordeno... suma! Desapareça! Dissipe! Desvaneça! Evapore!

– Vou evaporar sua cabeça de seus ombros! – rosnou o cimério enfurecido, seu sabre brilhando em sua mão. – É assim que você dá as boas-vindas a estranhos? Por Crom, vou encharcar essas cortinas de sangue!

A languidez desapareceu dos olhos do outro, para ser substituída por um olhar de perplexidade.

– Por Thog! – ele exclamou. – Vocês são reais! De onde vêm? Quem são vocês? O que fazem em Xuthal?

– Nós viemos do deserto – Conan rosnou. – Nós vagamos pela cidade ao anoitecer, famintos. Encontramos um banquete preparado para alguém e o comemos. Não tenho dinheiro para pagar por ele. No meu país, nenhum homem faminto tem comida negada a ele, mas vocês, pessoas civilizadas, precisam sempre ser pagas... isso se você for como todos que eu já conheci. Não fizemos mal nenhum e já estávamos saindo. Por Crom, não gosto deste lugar, onde homens mortos se levantam e homens adormecidos desaparecem no ventre de sombras!

O homem ficou violentamente surpreso com o último comentário, seu rosto amarelo tornando-se cinza.

– O que você disse? Sombras? No ventre de sombras?

– Bem – respondeu o cimério cautelosamente –, o que quer que seja que leve um homem adormecido sobre um estrado e deixe apenas uma gota de sangue.

– Você viu? Você viu? – O homem tremia como uma folha; sua voz falhando.

– Apenas um homem dormindo em um estrado, e uma sombra que o engolfou – respondeu Conan.

O efeito de suas palavras sobre o outro foi aterrorizante. Com um grito terrível, o homem se virou e saiu correndo da câmara. Em sua pressa cega, ele se chocou contra o lado da porta, endireitou-se e fugiu pelos aposentos adjacentes, ainda gritando a plenos pulmões. Espantado, Conan olhou enquanto ele se afastava, a garota tremendo enquanto agarrava o braço do gigante. Eles não podiam mais ver o homem em fuga, mas ainda ouviam seus gritos assustadores, diminuindo à distância e ecoando como se viesse de telhados abobadados. De repente, um grito, mais alto que os outros, elevou-se e foi interrompido, seguido de um silêncio total.

– Crom!

Conan enxugou o suor da testa com uma mão que não estava totalmente firme.

– Certamente esta é uma cidade da loucura! Vamos embora, antes que encontremos outros loucos!

– É tudo um pesadelo! – choramingou Natala. – Estamos mortos e condenados! Morremos no deserto e estamos no inferno! Somos espíritos desencarnados... ai!

Seu grito foi induzido por um tapa retumbante da mão aberta de Conan.

– Você não é um espírito se um tapinha faz você gritar assim – comentou ele, com o humor sombrio que frequentemente se manifestava em momentos inoportunos. – Estamos vivos, embora talvez não continuemos assim se ficarmos vagando nesta pocilga assombrada pelo diabo. Venha!

Eles haviam atravessado apenas uma única câmara quando novamente pararam. Alguém ou alguma coisa estava se aproximando. Ficaram de frente para a porta de onde vinham os sons, esperando sem saberem pelo quê. As narinas de Conan inflaram e seus olhos se estreitaram. Ele sentiu o leve aroma do perfume que havia notado no início da noite. Uma figura foi emoldurada na porta. Conan praguejou baixinho; os lábios vermelhos de Natala se abriram de espanto.

Era uma mulher que estava lá olhando para eles, surpresa. Ela era alta, magra, com o corpo de uma deusa; vestido com um cinto estreito incrustado de joias. Uma massa bem-cuidada de cabelos negros como a noite realçava a brancura de seu corpo de marfim. Seus olhos escuros, sombreados por longos cílios escuros, eram profundos e traziam um mistério sensual. Conan prendeu a respiração com sua beleza, e Natala a encarou com olhos arregalados. O cimério nunca tinha visto uma mulher assim; seu contorno facial era estígio, mas ela não tinha a pele escura como as mulheres estígias que ele conhecera; seus braços e pernas eram como de alabastro.

Mas quando ela falou, com uma voz profunda e musical, foi na língua estígia.

– Quem é você? O que faz em Xuthal? Quem é essa garota?

– Quem é *você*? – retrucou sem rodeios Conan, que rapidamente se cansara de responder a perguntas.

– Eu sou Thalis, a estígia – ela respondeu. – Você é louco de vir aqui?

– Eu ando pensando que devo ser – ele rosnou. – Por Crom, se sou são, estou fora de lugar aqui, porque essa gente é toda maníaca. Nós viemos cambaleando do deserto, morrendo de sede e fome, e encontramos um homem morto que tentou me esfaquear pelas costas. Entramos em um palácio rico e luxuriante, mas aparentemente vazio. Encontramos uma refeição posta, mas para ninguém. Então vimos uma sombra devorar um homem adormecido...

Ele a observou atentamente e a viu mudar ligeiramente de cor.

– E então?

– E então o quê? – ela exigiu, aparentemente recuperando o controle de si mesma.

– Eu estava esperando você sair correndo pelas salas uivando como uma louca – ele respondeu. – O homem a quem falei sobre a sombra fez isso.

Ela encolheu os ombros finos e de marfim.

– Esses foram os gritos que ouvi, então. Bem, cada homem merece seu destino, e é tolice gritar como um rato em uma armadilha. Quando Thog me quiser, ele virá atrás de mim.

– Quem é Thog? – exigiu Conan, desconfiado.

Ela lançou a ele um longo olhar de apreciação que deixou rubro o rosto de Natala e a fez morder seu lábio inferior até ficar vermelho.

– Sentem-se naquele divã e eu lhes contarei – disse ela. – Mas primeiro me digam seus nomes.

– Sou Conan, um cimério, e esta é Natala, uma filha de Britúnia – ele respondeu. – Somos refugiados de um exército destruído nas fronteiras de Kush. Mas não desejo me sentar onde sombras negras podem se aproximar de mim pelas costas.

Com uma leve risada musical, ela se sentou, esticando seus longos membros com abandono estudado.

– Fique à vontade – ela aconselhou. – Se Thog desejar você, ele o levará, onde quer que você esteja. O homem que você mencionou, que gritou e correu... não o ouviu dar um grande grito e depois ficar em silêncio? Em seu desespero, ele deve ter encontrado aquilo de que procurou escapar. Nenhum homem pode evitar seu destino.

Conan grunhiu sem nada dizer, mas se sentou na beirada de um divã, seu sabre sobre os joelhos, seus olhos vagando desconfiados pela câmara. Natala se aninhou contra ele, agarrando-o com ciúmes, as pernas dobradas sob si própria. Ela olhou para a estranha mulher com suspeita e ressentimento. Em comparação com aquela beleza glamurosa, ela se sentia insignificante e coberta de poeira, e não podia deixar de reconhecer a apreciação nos olhos escuros que se deleitavam com cada detalhe do corpo bronzeado do gigante.

– Que lugar é este, e quem são essas pessoas? – exigiu Conan.

– Esta cidade se chama Xuthal; é muito antiga. Foi construída sobre um oásis, que os fundadores de Xuthal encontraram em suas andanças. Eles vieram do leste, há tanto tempo que nem seus descendentes se lembram da época.

– Certamente não há muitos deles; esses palácios parecem vazios.

– Não; e há mais gente do que você imagina. A cidade é realmente um grande palácio, com todos os prédios dentro das paredes ligados de perto aos outros. Você pode andar entre essas câmaras por horas e não ver ninguém. Em outra ocasião, poderia encontrar centenas de habitantes.

– Como assim? – Conan perguntou inquieto; aquilo insinuava demais a presença de feitiçaria para deixá-lo despreocupado.

– Na maior parte do tempo, essa gente dorme. Sua vida onírica é tão importante... e para eles tão real... quanto sua vida acordada. Você já ouviu falar do lótus negro? Em certos fossos da cidade, ele cresce. Através dos tempos, o cultivaram, até que, em vez da morte, sua seiva induz a sonhos, lindos e fantásticos. Nesses sonhos eles passam a maior parte do tempo. Suas vidas são vagas, erráticas e sem rumo. Eles sonham, acordam, bebem, amam, comem e sonham novamente. Raramente terminam qualquer coisa que começam, deixam tudo pela metade e afundam novamente no sono do lótus negro. Aquela refeição que você encontrou... sem dúvida um deles acordou, sentiu fome, preparou a refeição para si mesmo, depois esqueceu dela e se afastou para sonhar novamente.

– Onde eles conseguem sua comida? – interrompeu Conan. – Não vi campos ou vinhedos do lado de fora da cidade. Eles têm pomares e currais dentro dos muros?

Ela balançou a cabeça.

– Eles produzem sua própria comida com elementos primários. Eles são cientistas maravilhosos quando não estão drogados com sua flor dos sonhos. Seus ancestrais eram gigantes mentais, que construíram esta cidade maravilhosa no deserto e, embora a raça tenha se tornado escrava de suas curiosas paixões, alguns de seus maravilhosos conhecimentos ainda permanecem. Você já se perguntou sobre essas luzes? São joias, fundidas com rádio. Você as esfrega com o polegar para fazê-las acender, e as esfrega novamente, ao contrário, para apagá-las. É apenas um exemplo de sua ciência. Mas já esqueceram muita coisa. Eles têm pouco interesse na vida desperta, optando por passar a maior parte do tempo em um sono semelhante à morte.

– Então, o homem morto no portão... – começou Conan.

– Estava sem dúvida adormecido. Os adormecidos do lótus são como os mortos. A animação está aparentemente suspensa. É impossível detectar o menor sinal de vida. O espírito deixou o corpo e está vagando à vontade por outros mundos exóticos. O homem no portão é um bom exemplo da irresponsabilidade da vida dessas pessoas. Ele estava guardando o portão, onde o costume decreta que haja vigilância, embora nenhum inimigo jamais tenha chegado aqui pelo deserto. Em outras partes da cidade, você encontraria outros guardas, geralmente dormindo tão profundamente quanto o homem no portão.

Conan refletiu sobre isso por um tempo.

– Onde estão todos agora?

– Espalhados em diferentes partes da cidade; deitados em espreguiçadeiras, em divãs de seda, em alcovas cobertas de almofadas, em estrados cobertos de peles; todos envoltos no véu brilhante dos sonhos.

Conan sentiu a pele se contrair entre seus ombros maciços. Não era reconfortante pensar em centenas de pessoas deitadas frias e imóveis pelos palácios cobertos de tapeçarias, seus olhos vidrados voltados para cima sem ver. Ele se lembrou de outra coisa.

– E a coisa que passou pelas câmaras e levou o homem no estrado?

Um estremecimento contraiu os membros de marfim dela.

– Esse foi Thog, o antigo, o deus de Xuthal, que mora na redoma afundada no centro da cidade. Ele sempre morou em Xuthal. Se chegou aqui com os antigos fundadores, ou se estava aqui quando eles construíram a cidade, ninguém sabe. Mas o povo de Xuthal o venera. Geralmente ele dorme abaixo da cidade, mas às vezes, em intervalos irregulares, fica com fome, e então se esgueira pelos corredores secretos e as câmaras mal iluminadas, em busca de presas. Aí, ninguém está seguro.

Natala gemeu de terror e apertou o pescoço poderoso de Conan como se resistisse a um esforço externo para arrastá-la do lado de seu protetor.

– Crom! – ele exclamou surpreso. – Você quer me dizer que essas pessoas se deitam calmamente e dormem, com esse demônio rastejando entre elas?

– É apenas ocasionalmente que ele fica com fome – ela repetiu. – Um deus precisa de seus sacrifícios. Quando eu era criança na Estígia, as pessoas viviam sob a sombra dos sacerdotes. Ninguém jamais sabia quando ele ou ela seria capturado e arrastado para o altar. Qual a diferença se os sacerdotes presenteiam uma vítima aos deuses, ou o deus vem buscar sua própria vítima?

– Esse não é o costume do meu povo – rosnou Conan –, nem do de Natala. Os hiborianos não sacrificam humanos ao seu deus, Mitra, e quanto ao meu povo... por Crom, eu gostaria de ver um sacerdote tentar arrastar um cimério para o altar! Haveria sangue derramado, mas não como o sacerdote pretendia.

– Você é um bárbaro – riu Thalis, mas com um brilho em seus olhos luminosos. – Thog é muito antigo e muito terrível.

– Esse povo deve ser tolo ou muito corajoso – grunhiu Conan –, para se deitar e sonhar seus sonhos idiotas, sabendo que podem acordar na barriga dele.

Ela riu.

– Eles não têm mais nada na vida. Por incontáveis gerações, Thog os têm como caça. Ele foi um dos fatores que reduziram seus números de milhares para centenas. Mais algumas gerações e eles serão extintos, e Thog sairá para o mundo exterior em buscas de novas presas, ou vai se retirar para o submundo de onde saiu há tanto tempo. Eles percebem seu destino final, mas são fatalistas, incapazes de resistir ou escapar. Ninguém da geração atual chegou a sair destas muralhas. Há um oásis a um dia de marcha para o sul, eu o vi nos mapas antigos que os ancestrais deles desenharam em pergaminhos, mas nenhum homem de Xuthal o visita há três gerações, muito menos fez qualquer tentativa de explorar as pastagens férteis que os mapas mostram a mais um dia de marcha além do oásis. São uma raça que desaparece rapidamente, afogada em sonhos de lótus, estimulando suas horas despertas por meio do vinho dourado que cura feridas, prolonga a vida e revigora até o pervertido mais saciado. No entanto, eles se agarram à vida e temem a divindade que adoram. Você viu como alguém enlouquece ao saber que Thog estava perambulando pelos palácios. Eu vi a cidade inteira gritando e arrancando os cabelos, e correndo freneticamente para fora dos portões, para se esconder fora das muralhas e tirar a sorte para ver qual habitante seria amarrado e arremessado de volta pelas portas em arco para satisfazer a luxúria e a fome de Thog. Se não estivessem todos dormindo agora, as notícias de sua chegada os mandaria para fora dos portões externos, gritando desesperados.

– Oh, Conan! – implorou Natala histericamente. – Vamos fugir!

– Na hora certa – murmurou Conan, seus olhos queimando o corpo de marfim de Thalis. – O que você, uma mulher estígia, está fazendo aqui?

– Eu vim para cá quando jovem – ela respondeu, recostando-se languidamente contra o divã de veludo, e entrelaçando seus dedos finos atrás da cabeça. – Sou filha de um rei, não sou uma mulher comum, como pode ver pela minha pele, que é tão branca quanto a de sua loirinha aí. Fui sequestrada por um príncipe rebelde que, com um exército de arqueiros kushitas, avançou para o sul pelo deserto, em busca de uma terra que pudesse tomar para si. Ele e todos os seus guerreiros pereceram no deserto, mas um, antes de morrer, me colocou sobre um camelo e caminhou ao lado dele até cair morto. O animal saiu vagando, e eu finalmente entrei em delírio de sede e fome, e acordei nesta cidade. Me disseram que fui vista das muralhas, no início da madrugada, deitada sem sentidos ao lado de um camelo morto. Saíram, me pegaram e reviveram-me com seu maravilhoso vinho dourado. Só a visão de uma mulher os teria levado a se aventurar tão longe de suas muralhas. Eles estavam naturalmente muito interessados em mim, especialmente os homens. Como eu não sabia falar a língua deles, eles aprenderam a falar a minha. Eles são muito rápidos e de rápido intelecto; aprenderam minha língua muito antes de eu aprender a deles. Mas estavam mais interessados em mim do que na minha língua. Eu fui, e sou, o único motivo pelo qual um homem deles renuncia a seus sonhos de lótus por algum tempo.

Ela riu maliciosamente, piscando seus olhos audaciosos significativamente para Conan.

– Claro que as mulheres têm ciúmes de mim – ela continuou tranquilamente. – Elas são bonitas o bastante a seu modo e com sua pele amarela, mas são sonhadoras e erráticas como os homens, e estes gostam de mim não apenas pela minha beleza, mas porque sou real. Eu não sou um sonho! Embora eu tenha sonhado os sonhos do lótus, sou uma mulher normal, com emoções e desejos terrenos. Essas mulheres amarelas de olhos de lua não podem se comparar a mim. É por isso que seria melhor para você cortar a garganta dessa garota com seu sabre, antes que os homens de Xuthal acordem e a peguem. Eles vão fazê-la passar por coisas que nunca sonhou! Ela é muito frágil para suportar aquilo em que me tornei mestra. Sou filha de Luxur, e antes de conhecer quinze verões, fui conduzida pelos templos de Derketo, a deusa sombria, e fui iniciada nos mistérios. Não que meus primeiros anos em Xuthal tenham sido anos de completo prazer. O povo de Xuthal esqueceu mais do que as sacerdotisas de Derketo jamais sonharam. Aqui vivem apenas pelos prazeres sensuais. Sonhando ou acordados, suas vidas são repletas de êxtases exóticos, além do conhecimento dos homens comuns.

– Malditos degenerados! – rosnou Conan.

– Depende do ponto de vista – sorriu Thalis languidamente.

– Bem – ele decidiu –, estamos apenas perdendo tempo. Eu posso ver que este não é um lugar para mortais comuns. Nós iremos embora antes que seus idiotas acordem, ou que Thog venha nos devorar. Eu acho que o deserto será mais gentil conosco.

Natala, cujo sangue congelara nas veias com as palavras de Thalis, concordou fervorosamente. Ela não era muito fluente em falar a língua estígia, mas compreendia bem o suficiente. Conan se levantou, puxando-a para cima.

– Se você nos mostrar o caminho mais rápido para sair desta cidade, nós vamos embora – ele resmungou, mas seu olhar se deteve nos membros esguios e nos seios de marfim da estígia.

Ela não deixou de perceber o olhar, e sorriu enigmaticamente enquanto se levantava com a languidez de um grande gato preguiçoso.

– Sigam-me – ela ordenou e liderou o caminho, consciente dos olhos de Conan fixos em sua figura graciosa e elegância sedutora. Ela não seguiu pelo caminho que eles vieram, mas antes que as suspeitas de Conan pudessem ser despertadas, ela parou em uma ampla câmara de marfim, e apontou para uma pequena fonte que gorgolejava no centro do piso de marfim.

– Não quer lavar o rosto, criança? – ela perguntou a Natália. – Está sujo com poeira, e também há poeira em seu cabelo.

Natala corou, ressentida com a leve malícia no tom ligeiramente zombeteiro da estígia, mas ela obedeceu, imaginando tristemente quanto estrago o sol e o vento do deserto haviam causado em sua pele, uma característica pela qual as mulheres de sua raça eram notadas. Ela se ajoelhou ao lado da fonte, jogou os cabelos para trás, abaixou a túnica até a cintura e começou a lavar não apenas o rosto, mas também os braços e ombros alvos.

– Por Crom! – resmungou Conan. – Uma mulher pararia para cuidar de sua beleza até se o próprio diabo estivesse em seus calcanhares. Apresse-se, garota; você acabará empoeirada novamente antes de perdermos de vista esta cidade. E Thalis, eu aceitaria de bom grado se pudesse nos fornecer um pouco de comida e bebida.

Como resposta, Thalis se inclinou contra ele, deslizando um braço branco sobre seus ombros bronzeados. Seu flanco nu e liso pressionou-se contra a coxa do Bárbaro e o perfume de seu cabelo volumoso penetrou em suas narinas.

– Por que se arriscar no deserto? – ela sussurrou com urgência. – Fique aqui! Eu vou ensinar a você os costumes de Xuthal. Vou protegê-lo. Vou amá-lo! Você é um homem de verdade: estou cansado desses bezerros que apenas suspiram, sonham, acordam e sonham novamente. Estou faminta pela paixão forte e direta de um homem normal. O brilho de seus olhos lúcidos faz meu coração acelerar em meu peito, e o toque de seu braço de ferro me enlouquece. Fique aqui! Eu vou fazer de você o rei de Xuthal! Vou mostrar todos os mistérios antigos, e as formas exóticas de prazer! Eu...

Ela havia colocado ambos os braços ao redor do pescoço dele e estava nas pontas dos pés, seu corpo vibrante arrepiando-se contra o dele. Sobre o ombro de marfim da garota, ele viu Natala, enquanto jogava para trás seu cabelo úmido e desgrenhado, parar de repente, seus lindos olhos dilatando-se, seus lábios vermelhos se abrindo em um "O" chocado. Com um grunhido envergonhado, Conan se soltou do abraço de Thalis e a colocou para o lado com um braço poderoso. Ela lançou um rápido olhar para a garota da Britúnia e sorriu enigmaticamente, parecendo acenar com a cabeça esplêndida em uma reflexão misteriosa.

Natala se levantou e puxou sua túnica, os olhos brilhando, os lábios fazendo beicinho. Conan praguejou baixinho. Ele não era mais monogâmico em sua natureza do que qualquer soldado da fortuna, mas havia uma decência inata nele que respeitava Natala.

Thalis não tentou de novo. Acenando com a mão esguia para que a seguissem, ela se virou e atravessou a câmara.

Perto da parede com a tapeçaria, ela parou de repente. Conan, observando-a, imaginou se ela teria ouvido os sons que poderiam ser feitos por um monstro sem nome se esgueirando-se pelas câmaras escuras, e sua pele se arrepiou com o pensamento.

– O que você ouviu? – ele demandou.

– Vigie aquela porta – ela respondeu, apontando.

Ele se virou, a espada preparada. Apenas o arco vazio da entrada encontrou seu olhar. Então, atrás dele soou um ruído leve e rápido, um suspiro meio sufocado. Ele girou. Thalis e Natala haviam desaparecido. A tapeçaria estava voltando ao lugar, como se tivesse sido afastada da parede. Enquanto ele olhava boquiaberto, por trás daquela parede com a tapeçaria soou um grito abafado na voz da garota brituniana.

11

QUANDO CONAN SE VIRARA, ATENDENDO a Thalis, para olhar a porta oposta, Natala estava parada logo atrás dele, perto da estígia. No instante em que o cimério virou as costas, Thalis, com uma rapidez de pantera quase incrível, tapou a boca de Natala com a mão, sufocando o grito que ela tentou dar. Simultaneamente, o outro braço da estígia foi passado ao redor da cintura fina da garota loira, e ela foi empurrada para trás contra a parede, que pareceu ceder quando o ombro de Thalis foi pressionado contra ela. Uma parte da parede girou para dentro e, através de uma fenda que se abriu na tapeçaria, Thalis deslizou com sua prisioneira, no momento em que Conan dava meia-volta.

Dentro, a escuridão se mostrou total quando a porta secreta fechou novamente. Thalis parou para mexer em algo nela por um instante, aparentemente deslizando uma tranca, e quando ela tirou a mão da boca de Natala para realizar esse ato, a garota brituniana começou a gritar a plenos pulmões. A risada de Thalis era como mel envenenado na escuridão.

– Grite se quiser, tolinha. Isso só vai encurtar sua vida.

Com isso, Natala cessou de repente, e se encolheu com todos os membros tremendo.

– Por que você fez isso? – ela choramingou. – O que vai fazer?

– Vou levá-la por este corredor por uma curta distância – respondeu Thalis –, e deixar você para aquele que mais cedo ou mais tarde virá buscá-la.

– Ahhhhhh! – A voz de Natala se desfez em um soluço de terror. – Por que quer me machucar? Eu nunca fiz mal a você!

– Eu quero seu guerreiro. Você está no meu caminho. Ele me deseja, eu pude ler em seus olhos. Se não fosse por você, ele estaria disposto a ficar aqui e ser meu rei. Quando você estiver fora do caminho, ele me obedecerá.

– Ele vai cortar sua garganta – respondeu Natala com convicção, uma vez que conhecia Conan melhor do que Thalis.

– Veremos – respondeu a estígia friamente, com a confiança de seu poder sobre os homens. – De qualquer modo, você não saberá se ele irá me apunhalar ou me beijar, porque você será a noiva daquele que mora nas trevas. Venha!

Meio enlouquecida de terror, Natala lutou como uma selvagem, mas de nada adiantou. Com uma força que ela não teria acreditado ser possível em uma mulher, Thalis a pegou e a carregou pelo corredor escuro como se ela fosse uma criança. Natala não voltou a gritar, lembrando-se das palavras sinistras da estígia; os únicos sons eram sua respiração desesperada e rápida e a risada lasciva e provocativa de Thalis. Então, a mão trêmula da brituniana se fechou em algo no escuro: um cabo de adaga cravejado de joias projetando-se do cinto incrustado de pedras preciosas de Thalis. Natala puxou-o e atacou cegamente e com toda a força feminina.

Um grito irrompeu dos lábios de Thalis, felino em sua dor e fúria. Ela cambaleou, e Natala se livrou de seu aperto quando ele relaxou, caindo e machucando seus membros delicados no chão de pedra liso. Levantando-se, ela correu para a parede mais próxima e ficou ali ofegante e tremendo, comprimindo o corpo contra as pedras. Ela não podia ver Thalis, mas podia ouvi-la. A estígia certamente não estava morta. Ela estava praguejando em um fluxo constante, e sua fúria era tão concentrada e mortal que Natala sentiu seus ossos se transformarem em cera, seu sangue em gelo.

– Onde está você, sua diabinha desgraçada? – ofegou Thalis. – Deixe só eu colocar meus dedos em você de novo, e aí eu vou...

Natala sentiu-se fisicamente nauseada enquanto Thalis descrevia os castigos corporais que ela pretendia infligir a sua rival. A escolha de palavras da estígia teria deixado com vergonha até a cortesã mais insensível da Aquilônia.

Natala a ouviu tateando no escuro, e então uma luz surgiu. Evidentemente, qualquer medo que Thalis sentia do corredor escuro foi submerso em sua fúria. A luz vinha de uma das gemas de rádio que adornavam as paredes de Xuthal. Thalis a havia esfregado, e agora ela estava banhada em seu brilho avermelhado: uma luz diferente daquela que as outras haviam emitido. Uma mão estava pressionada ao lado do corpo e o sangue escorria entre os dedos. Mas ela não parecia enfraquecida ou gravemente ferida, e seus olhos brilhavam diabolicamente. A pouca coragem que restava a Natala se esvaiu ao ver a estígia de pé, delineada naquele brilho estranho, seu lindo rosto contorcido com um ardor que era nada menos que infernal. Ela agora avançava com passos de pantera, afastando a mão do lado ferido e sacudindo impacientemente as gotas de sangue de seus dedos. Natala viu que não havia ferido gravemente sua rival. A lâmina resvalou nas joias do cinto de Thalis e infligiu apenas um corte bastante superficial, apenas o suficiente para despertar a fúria desenfreada da estígia.

– Me dê essa adaga, sua idiota! – ela rangeu os dentes, caminhando até a garota encolhida.

Natala sabia que deveria lutar enquanto tinha chance, mas simplesmente não conseguia reunir coragem. Ela nunca tinha sido muito corajosa e a escuridão, a violência e o horror de sua aventura a deixaram abalada, mental e fisicamente. Thalis arrancou a adaga dos dedos frouxos dela e jogou de lado com desprezo.

– Sua vadiazinha! – ela disse entre os dentes, esbofeteando violentamente a garota com ambas as mãos. – Antes que eu a arraste pelo corredor e a jogue nas mandíbulas de Thog, eu mesma tirarei um pouco do seu sangue! Você se atreveu a me esfaquear... bem, por essa audácia você vai pagar caro!

Agarrando-a pelos cabelos, Thalis arrastou-a pelo corredor por uma curta distância, até a borda do círculo de luz. Um aro de metal podia ser visto na parede, acima do nível da cabeça de um homem. Dele, pendia uma corda de seda. Como em um pesadelo, Natala sentiu sua túnica sendo retirada e, no instante seguinte, Thalis ergueu seus pulsos e os amarrou ao aro, onde ela ficou pendurada, nua como no dia em que nasceu, seus pés mal tocando o chão. Virando a cabeça, Natala viu Thalis soltar um chicote com o cabo coberto de joias de onde estava pendurado na parede, perto do aro. As caudas do chicote consistiam em sete cordões de seda, mais duros, mas também mais flexíveis do que tiras de couro.

Com um silvo de felicidade vingativa, Thalis puxou o braço para trás, e Natala gritou quando os cordões atingiram seus quadris. A garota torturada se contorceu, virou e puxou dolorosamente as tiras que prendiam seus pulsos. Ela havia esquecido a ameaça à espreita, que seus gritos poderiam atrair e, aparentemente, Thalis também. Cada golpe evocava gritos de angústia. As chicotadas que Natala havia recebido nos mercados de escravos shemitas pareciam insignificantes perante estas. Ela nunca tinha imaginado o quão dolorosos poderiam ser cordões de seda tecidos com firmeza. Sua carícia era mais dolorosa do que uma surra com vara ou com tiras de couro. Eles assoviavam venenosamente enquanto cortavam o ar.

Então, quando Natala virou o rosto manchado de lágrimas por cima do ombro para gritar por misericórdia, algo congelou seus gritos. A agonia deu lugar ao horror paralisante em seus belos olhos.

Ao notar a expressão dela, Thalis deteve sua mão levantada e girou rápida como um gato. Tarde demais! Um grito horrível saiu de seus lábios enquanto ela era lançada para trás, seus braços erguidos. Natala a viu por um instante, uma figura branca de medo gravada contra uma grande massa negra e disforme que se elevava sobre ela; então a figura branca foi arrancada do chão, a sombra recuou com ela e, no círculo de luz fraca, Natala ficou pendurada sozinha, quase desmaiando de terror.

Das sombras negras vinham sons, incompreensíveis e congelantes. Ela ouviu a voz de Thalis suplicando freneticamente, mas nenhuma voz respondeu. Não havia som, exceto a voz ofegante da estígia, que subitamente se elevou em gritos de agonia, e então irrompeu em risadas histéricas, misturadas com soluços. O som se reduziu a um arquejo convulsivo, e logo isso também cessou. Um silêncio mais terrível pairou sobre o corredor secreto.

Nauseada de terror, Natala virou e se atreveu a olhar amedrontada na direção em que a forma negra havia carregado Thalis. Ela não viu nada, mas sentiu um perigo invisível, mais terrível do que ela podia entender. Ela lutou contra uma maré crescente de histeria. Seus pulsos machucados e seu corpo dolorido foram esquecidos frente a essa ameaça que, ela vagamente sentiu, colocava em perigo não apenas seu corpo, mas também sua alma.

Ela forçou os olhos na escuridão além da borda da luz fraca, tensa com medo do que poderia ver. Um lamento amedrontado escapou de seus lábios. A escuridão estava tomando forma. Algo enorme e volumoso cresceu do vazio. Ela viu uma grande cabeça deformada emergindo na luz. Pelo menos ela achou que fosse uma cabeça, embora não fosse a cabeça de nenhuma criatura sã ou normal. Ela viu um grande rosto parecido com o de um sapo, cujas feições eram tão turvas e instáveis quanto as de um espectro visto em um espelho de pesadelo. Grandes poças de luz que poderiam ser olhos piscaram para ela, e ela estremeceu com a luxúria cósmica refletida ali. Ela nada podia dizer sobre o corpo da criatura. Seu contorno parecia oscilar e se alterar sutilmente enquanto ela olhava para ele; no entanto, sua substância era aparentemente sólida o suficiente. Não havia nada nebuloso ou fantasmagórico nela.

Quando veio em sua direção, ela não sabia dizer se o ser andava, se contorcia, voava ou rastejava. Seu método de locomoção estava absolutamente além de sua compreensão. Quando emergiu das sombras, ela ainda não tinha certeza de sua natureza. A luz da joia de rádio não a iluminou como iluminaria uma criatura comum. Impossível como pudesse parecer, o ser parecia quase impermeável à luz. Seus detalhes ainda eram obscuros e indistintos, mesmo quando parou tão perto que quase tocou a carne encolhida da garota. Apenas o rosto de sapo piscando se destacava com alguma distinção. A coisa era um borrão na visão, uma mancha negra de sombra que uma luz normal não dissiparia nem iluminaria.

Ela decidiu que estava louca, porque não sabia dizer se o ser olhava para ela ou se pairava acima dela. Ela era incapaz de dizer se o rosto sombrio e repulsivo piscava para ela das sombras a seus pés, ou olhava para ela de cima, de uma altura imensa. Mas se sua visão a convenceu de que, quaisquer que fossem as qualidades mutáveis do ser, ele ainda era composto de substância sólida, os seus sentidos lhe asseguravam mais ainda esse fato. Um membro escuro, parecido com um tentáculo, deslizou sobre o corpo de Natala e ela gritou com o toque dele em sua carne nua. Não era quente nem frio, áspero ou liso; não se parecia com nada que a tivesse tocado antes, e com a carícia ela conheceu medo e vergonha como nunca havia sonhado. Toda a obscenidade e infâmia lasciva gerada na lama dos poços abismais da vida pareciam afogá-la em mares de sujeira e imundície. E, naquele instante, ela soube que qualquer forma de vida que essa coisa representasse, que ela não era um animal.

Ela começou a gritar incontrolavelmente; o monstro a puxou como se quisesse arrancá-la com pura brutalidade do aro que a prendia. Então algo explodiu acima de suas cabeças, e uma forma desceu pelo ar e atingiu o chão de pedra.

III

QUANDO CONAN SE VIROU a tempo de ver a tapeçaria se ajustando no lugar e de ouvir o grito abafado de Natala, ele se jogou contra a parede com um rugido enlouquecido. Recuperando-se do impacto que teria estilhaçado os ossos de um homem menor, ele arrancou a tapeçaria revelando o que parecia ser uma parede vazia. Fora de si de fúria, ele ergueu o sabre como se quisesse cortar o mármore, quando um som repentino o fez olhar para trás, os olhos em chamas.

Cerca de vinte figuras o encaravam, homens amarelos em túnicas roxas, com espadas curtas nas mãos. Quando ele se virou, eles o atacaram com gritos hostis. Ele não fez nenhuma tentativa de falar com eles. Enlouquecido com o desaparecimento de sua companheira, o bárbaro reverteu ao seu modo normal.

Um rosnado de felicidade sedenta de sangue zumbiu em sua garganta de touro quando ele saltou, e o primeiro atacante, sua espada curta incapaz de atingir seu alvo mais rápido do que o sabre que entrou em ação assobiando, caiu com seus miolos escorrendo do crânio partido. Girando como um gato, Conan cortou um pulso que descia em sua direção, e a mão que segurava a espada curta voou pelo ar espalhando uma chuva de gotas vermelhas. Mas Conan não parou ou hesitou. Um giro rápido e um movimento de pantera de seu corpo evitou a investida desajeitada de dois espadachins amarelos, e a lâmina de um, errando o alvo, acabou se enterrando no peito do outro.

Um grito de consternação se ergueu com esse infortúnio, e Conan se permitiu uma breve gargalhada enquanto se desviava de um golpe sibilante e atacava por baixo da guarda de outro homem de Xuthal. Um longo jorro escarlate cruzou o ar e o homem desabou gritando, seus músculos da barriga retalhados.

Os guerreiros de Xuthal uivavam como lobos enlouquecidos. Desacostumados à batalha, eram ridiculamente lentos e desajeitados em comparação com o bárbaro cujos movimentos eram borrões velozes, possíveis apenas graças a músculos de aço unidos ao cérebro perfeito de um guerreiro. Eles se debatiam e tropeçavam, atrapalhados por seus próprios números; eles atacavam rápido demais ou cedo demais, e cortavam apenas o ar vazio. Ele nunca ficava imóvel ou no mesmo lugar mesmo por um instante; saltando, pulando de lado, girando e desviando, ele oferecia um alvo em constante movimento para suas espadas, enquanto sua própria lâmina curva cantava a morte nos ouvidos deles.

Mas quaisquer que fossem suas falhas, aos homens de Xuthal não faltava coragem. Eles se aglomeraram em torno dele gritando e estocando, e pelas portas em arco surgiram outros homens, despertados de seu sono pelo clamor inusitado da batalha.

Conan, sangrando devido a um corte na têmpora, abriu espaço por um instante com um golpe devastador de seu sabre gotejante e lançou um olhar rápido em busca de uma rota de fuga. Nesse instante, ele viu a tapeçaria de uma das paredes se afastar, revelando uma escada estreita. Nela havia um homem com vestes ricas, olhos enevoados e piscando, como se tivesse acabado de acordar e ainda não tivesse sacudido as poeiras do sono de seu cérebro. O avistamento dele por Conan e a ação tomada pelo bárbaro foram simultâneas.

Um salto de tigre o lançou intocado pelo anel de espadas, e ele saltou em direção à escada com o bando logo atrás dele. Três homens o confrontaram ao pé dos degraus de mármore, e ele os atingiu com um estrondo ensurdecedor de aço. Houve um instante frenético em que as lâminas flamejaram como relâmpagos de verão; mas o grupo foi vencido e Conan correu escada acima. A multidão que se aproximava tropeçou em três formas contorcidas aos seus pés: uma de rosto no chão em uma confusão nauseante de sangue e miolos; outra apoiada nas mãos, o sangue jorrando negro das veias cortadas da garganta; a outra uivando como um cão moribundo enquanto agarrava o toco escarlate que tinha sido um braço.

Enquanto Conan subia a escada de mármore, o homem acima sacudiu-se de seu estupor e puxou uma espada que brilhava friamente à iluminação do rádio. Ele atacou quando o bárbaro avançou sobre ele. Mas quando a ponta cantou em direção a sua garganta, Conan se curvou. A lâmina cortou a pele de suas costas, e Conan se endireitou, golpeando com seu sabre para cima como um homem usaria uma faca de açougueiro, com toda a força de seus ombros poderosos.

Tão forte foi seu impulso, que o afundamento do sabre até o cabo na barriga de seu inimigo não deteve seu avanço. Ele se jogou contra o corpo do pobre coitado, derrubando-o de lado. O impacto fez Conan bater contra a parede; o outro, com o sabre livre de seu corpo, caiu de cabeça escada abaixo, um rasgo na espinha que ia da virilha ao peito. Em uma confusão medonha de entranhas que escorriam, o corpo tombou contra os homens que subiam correndo as escadas, levando-os de volta com ele.

Meio atordoado, Conan encostou-se na parede por um instante, olhando para eles; então, com uma sacudida desafiadora de seu sabre gotejante, ele subiu os degraus.

Entrando em um aposento superior, ele parou apenas o tempo suficiente para conferir que estava vazio. Atrás dele, a horda gritava com um horror e raiva tão intensos, que ele sabia que havia matado algum homem notável na escada, provavelmente o rei daquela cidade fantástica.

Ele correu ao acaso, sem plano. Ele desejava desesperadamente encontrar e socorrer Natala que, ele tinha certeza, precisava muito de ajuda; mas atormentado como estava por todos os guerreiros de Xuthal, ele só podia seguir em frente, confiando na sorte para fugir deles e encontrá-la. Entre aquelas câmaras superiores escuras ou mal iluminadas, ele rapidamente perdeu todo o senso de direção, e não pareceu estranho que ele finalmente tropeçasse em uma câmara na qual seus inimigos acabavam de entrar.

Eles gritaram vingativos e correram para ele, e com um grunhido de desgosto ele se virou e fugiu pelo caminho por onde tinha vindo. Pelo menos ele pensou que era o caminho por onde tinha vindo. Mas logo, correndo para uma câmara mais ornamentada, ele ficou ciente de seu erro. Todos os aposentos que ele atravessara desde que subira a escada estavam vazios. Esta câmara tinha uma ocupante, que se levantou com um grito ao vê-lo entrar.

Conan viu uma mulher de pele amarela, usando joias, mas nua, olhando para ele com os olhos arregalados. Foi o que ele apenas vislumbrou quando ela levantou a mão e puxou uma corda de seda pendurada na parede. Então o chão se abriu debaixo dele, e toda a sua perfeita coordenação não pôde salvá-lo do mergulho nas profundezas negras que se abriram abaixo dele.

Ele não caiu por uma grande distância, embora fosse longe o suficiente para quebrar os ossos das pernas de um homem que não fosse feito de molas de aço e osso de baleia.

Ele pousou como um gato, sobre os pés e uma mão, instintivamente mantendo seu aperto no cabo do sabre. Um grito familiar soou em seus ouvidos enquanto ele saltava em pé como um lince que rosna com as presas à mostra. Então Conan, olhando por baixo de sua cabeleira desgrenhada, viu a figura branca e nua de Natala se contorcendo nas garras luxuriosas de uma forma negra e saída de um pesadelo que só poderia ter sido criada nas profundezas perdidas do inferno.

A visão daquela forma horrível sozinha poderia ter congelado o cimério de medo. Mas contrariamente à sua garota, a visão enviou uma onda rubra de fúria assassina através do cérebro de Conan. Em meio a uma névoa escarlate, ele investiu contra o monstro.

O ser soltou a garota, girando em direção ao seu atacante, e o sabre do cimério enlouquecido, sibilando pelo ar, atingiu e atravessou a massa viscosa e preta e foi ressoar no chão de pedra, soltando faíscas azuis. Conan caiu de joelhos com a fúria do golpe; a lâmina não encontrou a resistência que ele esperava. Quando ele se levantou, a coisa estava sobre ele.

O monstro se erguia acima dele como uma nuvem negra pegajosa. Parecia fluir em torno dele em ondas quase líquidas, para envolvê-lo e engolfá-lo. Seu sabre, atacando violentamente, o cortava repetidamente, seu punhal rasgando e dilacerando; ele ficou recoberto com um líquido viscoso que deveria ser o sangue nojento da coisa. No entanto, a fúria de Conan não foi aplacada.

Ele não sabia dizer se ao final da lâmina estava cortando os membros do monstro ou se estava retalhando o corpo. Ele foi jogado de um lado para o outro graças à violência da terrível batalha, e teve a sensação atordoante de lutar não contra uma criatura letal, mas contra um conjunto delas. A coisa parecia estar mordendo, arranhando, esmagando e batendo nele ao mesmo tempo. Ele sentiu presas e garras rasgando sua carne; tendões flácidos, mas duros como ferro, envolviam seus membros e corpo e, pior ainda, algo como um chicote de escorpiões caía repetidamente sobre seus ombros, costas e peito, rasgando a pele e enchendo suas veias com um veneno que era como fogo líquido.

Eles rolaram além do círculo de luz, e foi na escuridão total que o cimério lutou. Em determinado momento, ele afundou os dentes, como se fosse um animal, na substância gordurosa de seu inimigo, sentindo repugnância quando a massa se contorceu e se mexeu como borracha viva entre suas mandíbulas de ferro.

Naquele furacão da batalha, eles estavam rolando sem parar, cada vez mais longe pelo túnel. O cérebro de Conan atordoava-se com a surra que estava recebendo. Sua respiração surgia em suspiros sibilantes entre os dentes. Muito acima dele, ele viu um grande rosto parecido com um sapo, fracamente delineado em um brilho sinistro que parecia emanar do monstro. E com um grito ofegante que era meio maldição, meio suspiro de agonia, ele se lançou em direção a ele, atacando com toda a sua força restante. O sabre afundou até o punho em algum lugar abaixo da face medonha, e um estremecimento convulsivo chacoalhou a vasta massa que já envolvia o cimério pela metade. Com uma explosão vulcânica de contração e expansão, a criatura caiu para trás, fugindo agora com pressa frenética pelo corredor. Conan foi com ele, machucado, surrado, invencível, agarrado como um buldogue ao punho de seu sabre que ele não conseguia soltar do corpo do ser, rasgando e dilacerando o enorme corpo trêmulo com o punhal na mão esquerda, cortando-o em tiras.

    A coisa brilhava por toda parte agora com um brilho estranho de fósforo, e esse brilho estava nos olhos de Conan, cegando-o, quando de repente a massa ondulante sumiu de baixo dele, o sabre se soltando e permanecendo em sua mão fechada. Esta mão e este braço pendiam no espaço, e muito abaixo dele o corpo brilhante do monstro estava descendo como um meteoro. Conan, atordoado, percebeu que estava à beira de um grande poço redondo, cuja borda era de pedra viscosa. Ele ficou lá olhando o brilho veloz diminuindo e diminuindo até desaparecer em uma superfície escura e cintilante que parecia subir para encontrá-lo. Por um instante, um fogo bruxuleante brilhou naquelas profundezas sombrias; então desapareceu e Conan ficou olhando para a escuridão do enorme abismo do qual nenhum som vinha.

IV

PUXANDO EM VÃO OS CORDÕES DE SEDA que cortavam seus pulsos, Natala procurou vislumbrar algo na escuridão além do círculo de luz. Sua língua parecia congelada e grudada no céu da boca. Naquela escuridão, ela vira Conan desaparecer, envolvido em um combate mortal com o demônio desconhecido, e os únicos sons que chegaram a seus ouvidos foram a respiração ofegante do bárbaro, o impacto de corpos lutando e os baques de golpes selvagens. Quando cessaram, Natala balançou atordoada nas cordas, quase desmaiada.

Uma pisada a despertou de sua apatia de horror, e ela viu Conan emergindo da escuridão. Ao vê-lo, ela encontrou sua voz em um grito que ecoou pelo túnel abobadado. O maltrato que o cimério havia recebido era terrível de ver. A cada passo ele pingava sangue. Seu rosto estava esfolado e machucado como se tivesse sido espancado com uma marreta. Seus lábios estavam intumescidos, e o sangue escorria por seu rosto de um ferimento no couro cabeludo. Havia cortes profundos em suas coxas, panturrilhas e antebraços, e grandes contusões apareciam em seus braços, pernas e corpo devido ao impacto contra o chão de pedra. Mas eram seus ombros, costas e peito que foram os mais atingidos. A carne estava machucada, inchada e dilacerada, a pele pendurada em tiras soltas, como se ele tivesse sido açoitado com um chicote de arame.

– Ah, Conan! – ela soluçou. – O que aconteceu a você?

Ele não tinha fôlego para conversar, mas seus lábios intumescidos se contorceram no que poderia ser humor sombrio quando ele se aproximou dela. Seu peito peludo, brilhando com suor e sangue, arfava com sua respiração ofegante. Lenta e laboriosamente, ele estendeu a mão e cortou as cordas que a prendiam, em seguida caiu de costas contra a parede e ficou lá apoiado, suas pernas trêmulas bem abertas. Ela se levantou de onde havia caído e o tomou em um abraço frenético, soluçando histericamente.

– Oh, Conan, você está ferido fatalmente! Oh, o que vamos fazer?

– Bem – ele ofegou –, não se pode lutar com um demônio do inferno e sair com a pele inteira!

– Onde está ele? – ela sussurrou. – Você o matou?

– Não sei. Ele caiu em um poço. Ele estava em frangalhos sangrentos, mas se ele pode ser morto por aço, eu não sei.

– Oh, suas pobres costas! – ela lamentou, torcendo as mãos.

– Ele me açoitou com um tentáculo – Ele fez uma careta, praguejando enquanto se movia. – Cortava como arame e queimava como veneno. Mas foi seu maldito aperto que acabou comigo. Foi pior do que uma píton. A impressão é que metade das minhas entranhas foi esmagada e está fora do lugar.

– O que vamos fazer? – ela choramingou.

Ele olhou para cima. A armadilha pela qual passara estava fechada. Nenhum som vinha de cima.

– Não podemos voltar pela porta secreta – ele murmurou. – Aquela sala está cheia de homens mortos, e sem dúvida guerreiros a vigiam. Eles devem ter pensado que meu destino estava selado quando eu caí pelo piso acima, ou então eles não ousam me seguir até este túnel. Arranque aquela joia de rádio da parede... Enquanto eu tateava meu caminho de volta pelo corredor, senti arcos que se abrem para outros túneis. Vamos seguir o primeiro que encontrarmos. Pode levar a outro poço, ou ao ar livre. Precisamos arriscar. Não podemos ficar aqui e apodrecer.

Natala obedeceu, e segurando o minúsculo ponto de luz na mão esquerda e o sabre ensanguentado na direita, Conan começou a descer o corredor. Ele andava devagar, com dificuldade, apenas sua vitalidade animal mantendo-o de pé. Havia um brilho vazio em seus olhos injetados de sangue, e Natala o via involuntariamente lamber os lábios machucados de vez em quando. Ela sabia que o sofrimento dele era enorme, mas devido à teimosia dos selvagens, ele não se lamuriava.

Logo a luz tênue brilhou em um arco escuro, e Conan virou nele. Natala se encolheu com medo do que poderia ver, mas a luz revelou apenas um túnel semelhante ao que eles tinham acabado de deixar.

Ela não tinha ideia de quão longe eles andaram até subirem uma longa escada e chegarem a uma porta de pedra, fechada com um ferrolho de ouro.

Ela hesitou, olhando para Conan. O bárbaro estava balançando sobre os pés, a luz em sua mão pouco firme lançando sombras fantásticas para frente e para trás ao longo da parede.

– Abra a porta, garota – ele murmurou com voz rouca. – Os homens de Xuthal estarão esperando por nós, e não quero desapontá-los. Por Crom, esta cidade nunca viu um sacrifício tão grande quanto o que farei!

Ela sabia que ele estava meio delirando. Nenhum som vinha do outro lado da porta. Tirando a joia de rádio de sua mão manchada de sangue, ela abriu o ferrolho e puxou o painel para dentro. O lado interno de uma tapeçaria de pano dourado encontrou seu olhar e ela a afastou e espiou, com o coração na boca. Ela estava olhando para uma câmara vazia no centro da qual uma fonte prateada tilintava.

A mão de Conan caiu pesadamente em seu ombro nu.

– Afaste-se, garota – ele murmurou. – É hora de as espadas se banquetearem.

– Não há ninguém na câmara – ela respondeu. – Mas há água...

– Eu a ouço – ele lambeu os lábios enegrecidos. – Vamos beber antes de morrer.

Ele parecia cego. Ela pegou sua mão manchada e suja e o conduziu pela porta de pedra. Ela andava na ponta dos pés, esperando um ataque de figuras amarelas através dos arcos a qualquer momento.

– Beba enquanto eu vigio – ele murmurou.

– Não, não estou com sede. Deite-se ao lado da fonte e lavarei suas feridas.

– E as espadas de Xuthal? – Ele continuamente passava o braço sobre os olhos como se para clarear sua visão turva.

– Eu não ouço ninguém. Tudo está em silêncio.

Ele se abaixou com cuidado e mergulhou o rosto no jato de cristal, bebendo como se nunca fosse o bastante. Quando ele levantou a cabeça havia sanidade em seus olhos injetados de sangue e ele alongou seus membros maciços no chão de mármore como ela pediu, embora mantivesse seu sabre na mão, e seus olhos continuamente vagassem em direção às entradas em arcos. Ela banhou sua carne rasgada e enfaixou as feridas mais profundas com tiras rasgadas de uma cortina de seda. Ela estremeceu ao cuidar das costas dele; a carne estava descolorida, manchada e roxa com pontos pretos, roxos e de um amarelo doentio, onde não estava toda lacerada. Enquanto trabalhava, ela procurava freneticamente uma solução para o problema de ambos. Se ficassem onde estavam, acabariam sendo descobertos. Se os homens de Xuthal estavam procurando por eles nos palácios ou se haviam retornado aos seus sonhos, ela não podia saber. Quando ela terminou sua tarefa, congelou. Sob a cortina que escondia parcialmente uma alcova, ela teve um vislumbre de carne amarela.

Sem dizer nada para Conan, ela se levantou e atravessou a câmara em silêncio, segurando o punhal. Seu coração batia de forma sufocante quando ela cautelosamente afastou a cortina. Em um estrado estava uma jovem amarela, nua e aparentemente sem vida. Em sua mão havia um jarro de jade quase cheio de um líquido peculiar, de cor dourada. Natala acreditou ser o elixir descrito por Thalis, que dava vigor e vitalidade à degenerada Xuthal. Ela se inclinou sobre a forma deitada e segurou o recipiente, seu punhal pousado sobre o peito da garota. Mas a jovem não acordou.

Com a jarra em sua posse, Natala hesitou, percebendo que seria mais seguro colocar a garota adormecida além da possibilidade de acordar e dar o alarme. Mas ela não conseguiria mergulhar o punhal do cimério naquele peito imóvel e, por fim, puxou a cortina e voltou para Conan, que estava deitado onde ela o havia deixado, pelo visto apenas parcialmente consciente.

Ela se inclinou e colocou a jarra nos lábios dele. Ele bebeu, primeiro mecanicamente, depois com um interesse subitamente renovado. Para espanto de Natala, ele se sentou e pegou o recipiente de suas mãos. Quando ele levantou o rosto, seus olhos estavam limpos e normais. Grande parte do aspecto abatido havia desaparecido de suas feições, e sua voz não era mais um murmúrio delirante.

– Crom! Onde você conseguiu isto?

Ela apontou.

– Naquela alcova, onde uma sirigaita amarela está dormindo.

Ele enfiou o nariz novamente no líquido dourado.

– Por Crom – disse ele com um suspiro profundo –, sinto nova vida e força correndo como fogo em minhas veias. Certamente este é o verdadeiro elixir da vida!

– É melhor voltarmos para o corredor – Natala arriscou nervosamente. – Seremos descobertos se ficarmos aqui por muito tempo. Podemos nos esconder lá até que suas feridas se curem...

– Eu não – ele grunhiu. – Nós não somos ratos, para nos escondermos em tocas escuras. Deixaremos esta cidade diabólica agora, e não deixaremos ninguém tentar nos deter.

– Mas... as suas feridas! – ela lamentou.

– Eu não as sinto – ele respondeu. – Pode ser uma falsa força que esta bebida me deu, mas juro que não sinto nem dor nem fraqueza.

Com um propósito súbito, ele cruzou a câmara até uma janela que ela não havia notado. Por cima do ombro dele, ela olhou para fora. Uma brisa fresca sacudiu os cabelos desgrenhados da garota. Acima estava o céu de veludo escuro, repleto de estrelas. Abaixo deles estendia-se uma vaga extensão de areia.

— Thalis disse que a cidade era um grande palácio – disse Conan. – Evidentemente, algumas das câmaras foram construídas como torres no muro. Esta é uma delas. O acaso nos conduziu bem.

— O que você quer dizer? – ela perguntou, olhando apreensivamente por cima do ombro.

— Há uma jarra de cristal naquela mesa de marfim – ele respondeu. – Encha-a com água e amarre nela uma tira daquela cortina como se fosse uma alça, enquanto eu rasgo esta tapeçaria.

Ela obedeceu sem questionar, e quando se virou após completar sua tarefa, viu Conan amarrando rapidamente as longas e duras tiras de seda para fazer uma corda, uma extremidade da qual ele prendeu na perna da mesa de marfim maciça.

— Vamos nos arriscar no deserto – disse ele. – Thalis falou de um oásis a um dia de marcha para o sul, e pastagens além dele. Se chegarmos ao oásis, podemos descansar até que minhas feridas se curem. Este vinho é como feitiçaria. Há pouco tempo eu era pouco mais que um homem morto; agora estou pronto para qualquer coisa. Tome aqui, sobrou seda suficiente para você fazer uma roupa.

Natala havia esquecido sua nudez. O simples fato não lhe causava vergonha, mas sua pele delicada precisaria de proteção contra o sol do deserto. Enquanto ela amarrava o tecido de seda ao redor de seu corpo gracioso, Conan virou-se para a janela e, com um puxão desdenhoso, arrancou as barras de ouro macias que a protegiam. Então, enrolando a ponta solta de sua corda de seda nos quadris de Natala, e advertindo-a a segurá-la com as duas mãos, ele a ergueu pela janela e a desceu uns dez metros até o chão. Ela saiu do laço e, puxando-o de volta, ele prendeu os vasos de água e vinho e os abaixou até ela. Ele desceu em seguida, deslizando para baixo rapidamente, mão após mão.

Quando ele chegou ao lado dela, Natala deu um suspiro de alívio. Eles estavam sozinhos ao pé da grande muralha, as estrelas pálidas acima e o deserto nu ao redor deles. Que perigos ainda os confrontariam, ela não podia saber, mas seu coração cantava de alegria porque eles estavam fora daquela cidade fantasmagórica e irreal.

— Eles podem encontrar a corda – grunhiu Conan, prendendo as preciosas jarras em seus ombros, estremecendo com o contato delas em sua carne mutilada. – Eles podem até nos perseguir, mas pelo que Thalis disse, eu duvido.

Para lá fica o sul – um braço musculoso de bronze indicou a direção –, então em algum lugar nessa direção fica o oásis. Venha!

Tomando a mão dela com uma gentileza incomum para ele, Conan seguiu pela areia, adaptando seu passo às pernas mais curtas de sua companheira. Ele não olhou para trás, para a cidade silenciosa, sonhadora e fantasmagórica atrás deles.

– Conan – Natala arriscou finalmente –, quando você lutou contra o monstro, e mais tarde, quando você veio pelo corredor, viu alguma coisa de... de Thalis?

Ele balançou sua cabeça:

– Estava escuro no corredor, mas ele estava vazio.

Ela estremeceu:

– Ela me torturou, mas eu tenho pena dela.

– Tivemos uma recepção calorosa nessa cidade amaldiçoada – ele rosnou. Então seu humor sombrio retornou. – Bem, eles vão se lembrar da nossa visita por um bom tempo, eu aposto. Há miolos, tripas e sangue para serem limpos das placas de mármore, e se o deus deles ainda vive, ele carrega mais ferimentos que eu. No final das contas, nos demos bem: temos vinho, água e uma boa chance de chegar a um local habitável, embora eu pareça ter passado por um moedor de carne, e você esteja ferida na...

– É tudo culpa sua – ela interrompeu. – Se você não tivesse olhado por tanto tempo e com tanta admiração para aquela felina estígia...

– Crom e seus demônios! – ele praguejou. – Quando os oceanos estiverem afogando o mundo, as mulheres ainda acharão tempo para o ciúme. O diabo carregue a sua vaidade! Por acaso eu mandei a estígia se apaixonar por mim? Afinal de contas, ela era apenas humana!

FIM

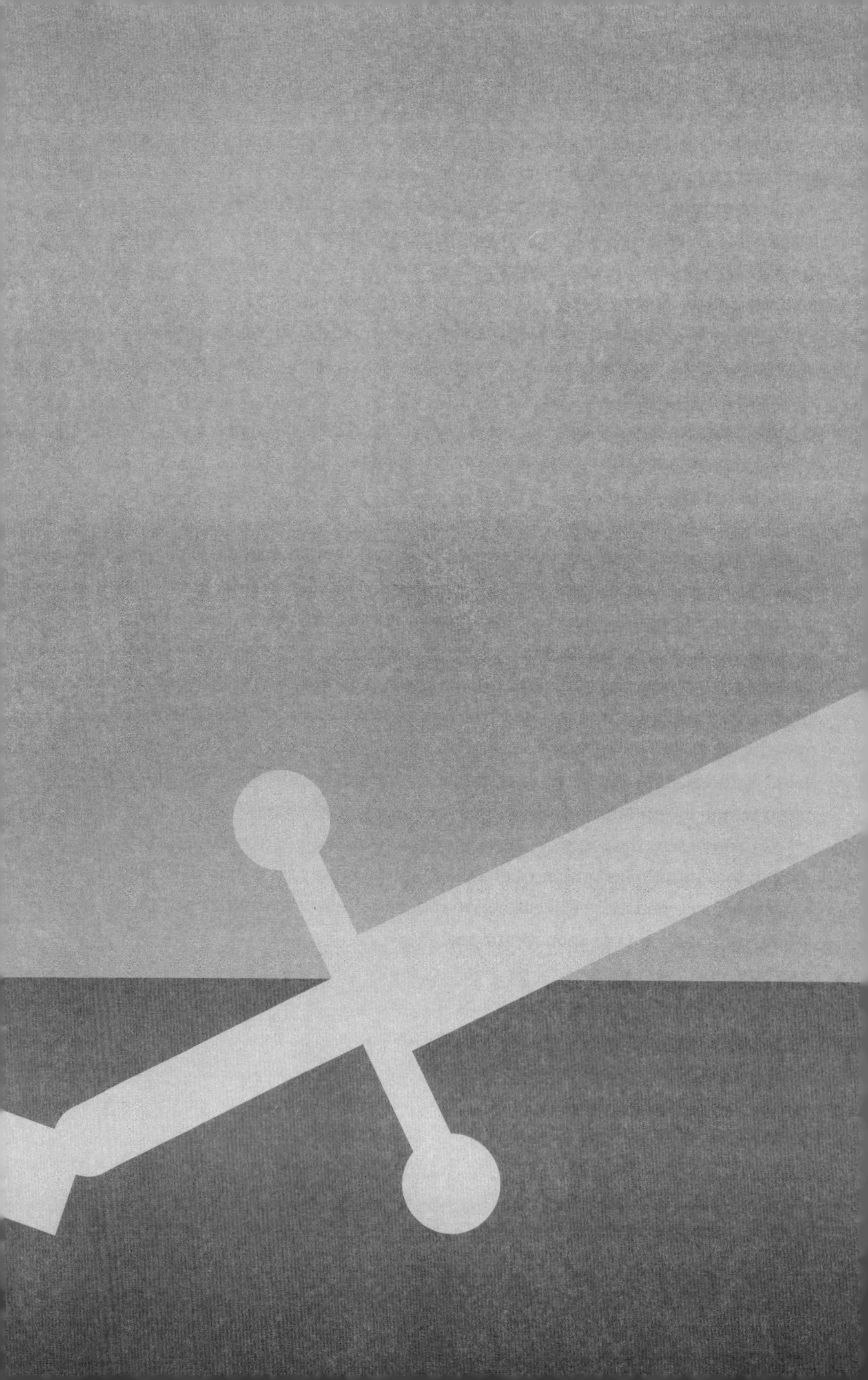

O POÇO MALDITO
(The Pool of the Black One)

Publicada originalmente em outubro de 1933 na revista Weird Tales

1

Rumo a oeste, mesmo se o homem não notou,
Navios singram desde que o mundo começou.
Leia, se tiver coragem, aquilo que Skelos escreveu,
Com as mesmas mãos mortas que em seu casaco mexeu;
E siga os navios em meio a destroços que o vento irá soprar,
Siga os navios que nunca irão retornar.

SANCHA, QUE JÁ VIVERA EM KORDAVA, bocejou delicadamente, esticou luxuriosamente seus braços e pernas graciosos e se posicionou mais confortavelmente no manto de seda com franjas estendido na popa do galeão. Que a tripulação a observava com ardente interesse do deque à proa, ela estava ciente, assim como também estava ciente de que sua curta túnica de seda escondia pouco de seus contornos voluptuosos daqueles olhos ansiosos. Motivo pelo qual ela sorriu insolentemente e preparou-se para cochilar mais um pouco antes que o sol, que acabava de lançar seu disco dourado sobre o oceano, incomodasse seus olhos.

Mas, naquele instante, um som chegou aos seus ouvidos, diferente do ranger de madeira, do tamborilar de cordas e das ondas. Ela se sentou, o olhar fixo na amurada sobre a qual, para seu espanto, uma figura gotejante escalava. Seus olhos escuros se arregalaram, seus lábios vermelhos se abriram em um "O" de surpresa. O intruso era um estranho para ela. A água escorria em riachos de seus grandes ombros e descia por seus braços pesados. Sua única roupa, um par de calças de seda escarlate brilhante, estava encharcada, assim como seu largo cinto de fivela de ouro e a espada embainhada que sustentava. Enquanto ele estava na amurada, o sol nascente o fez parecer uma grande estátua de bronze. Ele passou os dedos pela cabeleira negra esvoaçante, e seus olhos azuis se iluminaram quando pousaram na garota.

– Quem é você? – ela perguntou. – De onde saiu?

Ele fez um gesto em direção ao mar que abrangeu um quarto da bússola, enquanto seus olhos não deixavam a figura esbelta dela.

– Você é um tritão que resolveu sair do mar? – ela perguntou, confusa com a franqueza de seu olhar, embora estivesse acostumada àquele tipo de admiração.

Antes que ele pudesse responder, uma pisada rápida soou nas tábuas do deque, e o mestre do navio estava ali olhando para o estranho, os dedos sobre o punho de sua espada.

– Quem diabos é você, meu senhor? – ele exigiu em tom nada amigável.

– Eu sou Conan – o outro respondeu, imperturbável. Sancha esticou o pescoço; ela nunca ouvira a língua zíngara falada com um sotaque parecido com o do estranho.

– E como chegou a bordo do meu navio? – A voz rangeu com suspeita.

– Nadando.

– Nadando! – exclamou o mestre com raiva. – Cão, você ousa fazer troça comigo? Estamos muito longe da terra. De onde você veio?

Conan apontou com um braço musculoso e bronzeado para o leste, banhado em faixas douradas deslumbrantes pelo sol nascente.

– Eu vim das ilhas.

– Oh! – O outro o olhava com crescente interesse. Sobrancelhas negras se curvaram sobre olhos carrancudos, e o lábio fino se ergueu desdenhoso.

– Então você é um dos cães dos barachos.

Um leve sorriso tocou os lábios de Conan.

– E você sabe quem eu sou? – seu interrogador exigiu.

– Este navio é o Vagabundo; então você deve ser Zaporavo.

– Exato! – Atingiu a vaidade soturna do capitão que o homem o conhecesse. Ele era um homem alto, alto como Conan, embora mais magro. Emoldurado por seu capacete de aço, seu rosto era escuro, saturnino e parecido com o de um falcão, e por isso os homens o chamavam de Falcão. Sua armadura e roupas eram ricas e ornamentadas, à moda de um zíngaro importante. Sua mão nunca se afastou do punho da espada.

Havia pouca simpatia no olhar que ele dirigia a Conan. Os renegados zíngaros não se davam bem com os bandidos que infestavam as Ilhas Barachas, na costa sul de Zingara. Esses homens eram na maioria marinheiros de Argos, com uma pitada de outras nacionalidades. Eles atacavam os navios e saqueavam as cidades costeiras zíngaras, assim como os bucaneiros zíngaros, mas estes últimos dignificavam sua profissão se autodenominando corsários, enquanto apelidavam de piratas os barachos. Eles não eram os primeiros nem os últimos a glamorizar a palavra "ladrão".

Alguns desses pensamentos passaram pela mente de Zaporavo enquanto brincava com o punho de sua espada e fazia cara de poucos amigos para seu convidado indesejado. Conan não deu nenhuma indicação de quais seriam seus próprios pensamentos. Ele continuou com os braços cruzados tão calmamente como se estivesse em seu próprio navio; seus lábios sorriam e seus olhos eram serenos.

– O que está fazendo aqui? – o corsário interrogou abruptamente.

– Achei necessário deixar uma reunião em Tortage antes do nascer da lua na noite passada – respondeu Conan. – Eu parti em um barco furado, então remei e velejei a noite toda. Logo ao amanhecer eu vi suas grandes velas, e deixei minha miserável banheira afundar, já que seria mais rápido nadar.

– Há tubarões nestas águas – rosnou Zaporavo, que ficou vagamente irritado com o encolher dos fortes ombros que recebeu em resposta. Um olhar para o convés mostrou uma coleção de rostos ansiosos olhando para cima. Uma palavra os faria pular no tombadilho em uma tempestade de espadas que esmagaria até mesmo um bom lutador como o estranho parecia ser.

– Por que eu deveria dar abrigo a cada mandrião sem nome que o mar devolvesse? – rosnou Zaporavo, seu olhar e suas maneiras mais insultuosos do que suas palavras.

– Um navio sempre pode usar outro bom marinheiro – respondeu o outro sem ressentimento. Zaporavo fez uma careta, sabendo quão verdadeira era essa afirmação. Ele hesitou e, ao fazê-lo, perdeu seu navio, seu comando, sua garota e sua vida. Mas é claro que ele não podia prever o futuro, e para ele Conan era apenas mais um mandrião devolvido pelo mar, como ele dizia. Ele não gostou do homem; no entanto, o sujeito não o havia ofendido. Suas maneiras não eram insolentes, embora bem mais confiantes do que Zaporavo gostaria que fossem.

– Você vai ter que trabalhar pela sua estadia – rosnou o Falcão. – Saia da popa. E lembre-se, a única lei aqui é a minha vontade.

O sorriso pareceu se alargar nos lábios finos de Conan. Sem hesitação, mas também sem pressa, ele se virou e desceu até o convés. Não voltou a olhar para Sancha, que, durante a breve conversa, assistira a tudo avidamente, toda olhos e ouvidos.

Quando ele chegou ao convés, a tripulação se amontoou em torno dele: zíngaros todos eles, seminus, suas vistosas roupas de seda salpicadas de alcatrão, joias brilhando em brincos e cabos de adagas. Eles estavam ansiosos pelo tradicional esporte de provocar um forasteiro. Aqui ele seria testado, e seu futuro status em meio à tripulação seria decidido. Na popa, Zaporavo aparentemente já havia esquecido a existência do estrangeiro, mas Sancha observava, tensa e interessada. Ela se familiarizara com essas cenas e sabia que as provocações seriam brutais e provavelmente sangrentas.

Mas sua familiaridade com tais assuntos era mínima comparada à de Conan. Ele sorria levemente quando pisou no convés e viu as figuras ameaçadoras se aproximando truculentamente ao seu redor. Ele fez uma pausa e olhou ao redor com uma expressão insondável, seu autocontrole inabalável. Havia um certo código ligado a essas questões. Se ele tivesse atacado o capitão, toda a tripulação pularia em sua garganta, mas eles lhe dariam uma chance justa contra o escolhido para iniciar a briga.

O homem escolhido para essa tarefa se lançou para a frente. Um brutamontes musculoso, com uma faixa escarlate amarrada na cabeça como um turbante. Seu queixo magro se projetava para frente, seu rosto cheio de cicatrizes passava a impressão de uma maldade inacreditável. Cada olhar, cada movimento arrogante era uma afronta. Sua maneira de começar a provocação era tão primitiva, violenta e grosseira quanto ele.

– Ilhas Barachas, hein? – ele zombou. – É lá que os cães se fazem passar por homens. Nós da Irmandade cuspimos neles... assim!

Ele cuspiu no rosto de Conan e pegou sua própria espada.

O movimento do baracho foi rápido demais para o olho acompanhar. Seu punho, como uma marreta, acertou com um impacto terrível a mandíbula de seu algoz, e o zíngaro foi catapultado pelo ar e caiu deitado ao lado da amurada.

Conan virou-se para os outros. Mas, com exceção de um brilho cansado em seus olhos, sua postura não mudou. Mas a provocação acabou tão repentinamente quanto começara. Os marinheiros ergueram seu companheiro; sua mandíbula quebrada pendendo frouxa, sua cabeça balançando de modo suspeito.

– Por Mitra, o pescoço dele foi quebrado! – se espantou um canalha marítimo de barba negra.

– Vocês, corsários, são uma raça com ossos fracos – riu o pirata. – Nas Barachas, nem percebemos tapinhas como esse. Querem trocar golpes de espada, agora, algum de vocês? Não? Então está tudo bem, e somos amigos agora, certo?

Várias bocas se apressaram a assegurar que assim era. Braços musculosos lançaram o morto sobre a amurada, e uma dúzia de barbatanas cortaram a água enquanto ele afundava. Conan riu e abriu seus braços poderosos como um grande felino se alongando, e seu olhar procurou o deque superior. Sancha inclinou-se sobre o parapeito, lábios vermelhos entreabertos, olhos escuros brilhando de interesse. Sua figura esbelta era delineada através da leve túnica que o brilho do sol atrás dela tornava transparente. Então surgiu sobre ela a sombra carrancuda de Zaporavo e uma mão pesada caiu possessivamente em seu ombro magro. Havia ameaça e desconfiança no olhar que ele dirigiu ao homem no convés; Conan sorriu de volta, como se tivesse visto algo engraçado que mais ninguém notara.

Zaporavo cometeu o erro que tantos autocratas cometem. Sozinho em sua grandeza mal-humorada na popa, ele subestimou o homem abaixo dele. Ele teve a oportunidade de matar Conan, e deixou passar, absorto em suas próprias ruminações sombrias. Ele não achava fácil pensar que qualquer um dos cães sob seus pés constituísse uma ameaça para ele. Ele havia ocupado as altas posições por tanto tempo e havia esmagado tantos inimigos sob seus pés, que inconscientemente supunha estar acima das maquinações de rivais inferiores.

Conan, de fato, não lhe fez nenhuma provocação. Ele se misturou com a tripulação, vivendo e se divertindo como eles. Ele provou ser um marinheiro habilidoso e, de longe, o homem mais forte que qualquer um deles já vira. Ele fazia o trabalho de três homens e era sempre o primeiro a ser voluntário para qualquer tarefa pesada ou perigosa. Seus companheiros começaram a confiar nele. Ele não brigava com eles, e eles tinham o cuidado de não brigar com ele. Ele jogava com eles e, ao apostar seu cinto e bainha da espada em uma partida, ganhou o dinheiro e as armas deles, mas em seguida devolveu tudo com uma gargalhada. A tripulação instintivamente começou a vê-lo como o líder do castelo de proa. Ele não ofereceu nenhuma explicação sobre o que o levou a fugir das Barachas, mas a percepção de que ele era capaz de um ato sanguinário o suficiente para que fosse exilado daquele bando selvagem aumentou o respeito que os ferozes corsários sentiam por ele. Com Zaporavo e os imediatos, ele era imperturbavelmente cortês, nunca insolente ou servil.

Mesmo os mais obtusos ficavam impressionados com o contraste entre o comandante áspero, taciturno e carrancudo e o pirata cuja gargalhada era tempestuosa e franca, que cantava canções obscenas em uma dúzia de idiomas, bebia cerveja como uma esponja e aparentemente não se preocupava com o amanhã.

Se Zaporavo soubesse que estava sendo comparado, ainda que inconscientemente, com um reles marujo, teria ficado mudo de raiva e espanto. Mas ele estava absorto em suas reflexões, que se tornavam cada vez mais sérias e sombrias com o passar dos anos, e com seus vagos sonhos de grandiosidade; e com a garota cuja posse era um prazer duvidoso, assim como todos os outros prazeres que ele tinha na vida.

E ela olhava cada vez mais para o gigante de cabeleira negra que se destacava entre seus companheiros no trabalho ou no lazer. Ele nunca falou com ela, mas não havia dúvidas sobre o interesse do olhar do bárbaro. Ela não deixou de perceber aquele olhar, e se perguntou se arriscaria o perigoso jogo de incentivá-lo.

Não fazia muito tempo que ela habitara os palácios de Kordava, mas era como se um mundo de mudanças a separasse da vida que levara antes de Zaporavo arrancá-la aos gritos da caravela incendiada que os lobos dele saquearam. Ela, que tinha sido a filha mimada e adorada do duque de Kordava, aprendeu o que era ser o mero brinquedo de um corsário, e porque ela era flexível o suficiente para se dobrar sem quebrar, sobrevivia onde outras mulheres morreram, e como ela era jovem e cheia de vida, veio a encontrar prazer naquela existência.

A vida era incerta, como um sonho, com episódios vivazes de batalhas, pilhagens, assassinatos e fugas. A instabilidade emocional de Zaporavo o tornava ainda mais imprevisível que um corsário normal. Ninguém sabia o que ele planejava fazer em seguida. Agora eles haviam abandonado todos os litorais já mapeados e mergulhavam cada vez mais naquele vazio ondulado e desconhecido comumente evitado pelos marinheiros e no qual, desde os primórdios dos tempos, os navios se aventuravam, apenas para desaparecerem da vista dos homens para sempre. Todas as terras conhecidas jaziam agora no passado e, dia após dia, a imensidão azulada se apresentava vazia até onde a vista alcançava. Aqui não havia pilhagem. Nem cidades para saquear nem navios para queimar. Os homens comentavam sobre isso aos murmúrios, embora não deixassem que suas dúvidas chegassem aos ouvidos de seu mestre implacável, que perambulava dia e noite pela popa com majestade sombria, ou se debruçava sobre mapas antigos e amarelados pelo tempo, lendo livros que eram pilhas de papel comidas por vermes. Às vezes ele falava com Sancha, com um tom de loucura, segundo parecia a ela, sobre continentes perdidos e fabulosas ilhas localizadas secretamente entre a espuma azul de golfos sem nome, onde dragões com chifres guardavam tesouros recolhidos por reis pré-humanos há muito, muito tempo.

Sancha ouvia, sem compreender, abraçando os joelhos esguios, os pensamentos fugindo constantemente das palavras ditas por seu companheiro lúgubre e indo de volta para um gigante de bronze de braços e pernas chamativos, cuja risada era tempestuosa e natural como o vento do mar.

Assim, depois de muitas semanas cansativas, eles avistaram terra ao oeste, e ao amanhecer ancoraram em uma baía rasa, e viram uma praia que era como uma faixa branca que margeava uma extensão de encostas com grama leve, mascaradas por árvores verdes. O vento trouxe o aroma de vegetação fresca e especiarias, e Sancha bateu palmas de alegria com a perspectiva de aventurar-se em terra. Mas sua ansiedade se transformou em mau humor quando Zaporavo ordenou que ela permanecesse a bordo até que ele mandasse chamá-la. Ele nunca dava nenhuma explicação sobre essas ordens; então ela nunca sabia quais eram os motivos dele, a menos que fosse tudo obra do demônio à espreita dentro dele, que frequentemente o fazia machucá-la sem motivo.

Então, ela se deitou contrariada na popa e observou os homens remando para a praia através da água calma que brilhava como jade líquida à luz do sol da manhã. Ela os viu amontoados na areia, desconfiados, as armas em prontidão, enquanto vários se espalharam pelas árvores que margeavam a praia. Entre estes, ela observou, estava Conan. Não havia como confundir aquela figura morena e alta com seus passos largos. Os homens diziam que ele não era um sujeito civilizado, mas um cimério, um daqueles bárbaros da tribo que habitava as colinas cinzentas do extremo norte e cujos ataques causavam terror em seus vizinhos do sul. Ao menos, ela sabia que havia algo peculiar em relação a ele, algum tipo de vitalidade ou barbárie que o diferenciava de seus companheiros selvagens.

Vozes ecoavam ao longo do litoral, enquanto o silêncio tranquilizava os corsários. Os grupos se separaram, enquanto os homens se espalhavam pela praia em busca de frutas. Ela os viu escalando árvores e arrancando frutos, e sua linda boca se encheu de água. Ela bateu o pé e praguejou com uma proficiência adquirida pelo tempo passado com seus companheiros mal-educados.

Os homens em terra tinham de fato encontrado frutas e estavam se empanturrando delas, principalmente com uma variedade desconhecida de casca dourada especialmente deliciosa. Mas Zaporavo não procurava nem comia frutas. Seus batedores não encontraram nada que indicasse homens ou animais na vizinhança e ele ficou olhando para o interior, para os longos trechos de encostas gramadas que se fundiam umas com as outras. Então, dizendo uma frase curta, ele ajeitou o cinto da espada e se meteu entre as árvores. Seu imediato tentou fazê-lo mudar de ideia sobre ir sozinho e foi recompensado com um soco selvagem na boca. Zaporavo tinha seus motivos para querer ir sozinho. Ele desejava saber se essa ilha seria realmente aquela mencionada no misterioso *Livro de Skelos*, na qual, segundo sábios sem nome, estranhos monstros guardam criptas cheias de ouro cunhado com hieróglifos. E, por suas próprias razões obscuras, ele não desejava compartilhar seu conhecimento, caso fosse verdadeiro, com mais ninguém, muito menos com sua própria tripulação.

Sancha, olhando ansiosamente da popa, o viu desaparecer no mato frondoso. Logo ela viu Conan, o baracho, virar-se e olhar brevemente para os homens espalhados pela praia. Então, o pirata foi rapidamente na direção tomada por Zaporavo e também desapareceu entre as árvores.

A curiosidade de Sancha foi aguçada. Ela esperou que eles reaparecessem, mas não o fizeram. Os marinheiros ainda andavam sem rumo para cima e para baixo na praia, e alguns vagavam para o interior. Muitos se deitaram na sombra para dormir. O tempo passou e ela ficou inquieta. O sol começou a bater forte, apesar do dossel acima da popa. Aqui era quente, silencioso, extremamente monótono; a alguns metros de distância, por cima de uma faixa de água azul rasa, o mistério sombrio e frio da praia cercada de árvores e do prado repleto de árvores a atraía. Além disso, o mistério sobre Zaporavo e Conan mexia com ela.

Ela conhecia bem a penalidade por desobedecer a seu impiedoso mestre, e ficou sentada por algum tempo, contorcendo-se de indecisão. Por fim, decidiu que valia a pena levar uma das chicotadas de Zaporavo por bancar a malcomportada e, sem mais delongas, chutou as sandálias de couro macio, tirou a túnica e ficou nua como Eva ali no tombadilho. Escalando a amurada e descendo pelas correntes, ela deslizou para a água e nadou até a praia.

Ela ficou na praia por alguns momentos, se remexendo enquanto a areia fazia cócegas em seus dedinhos dos pés e ela procurava pela tripulação. Ela viu apenas alguns membros dela, a alguma distância acima ou abaixo da praia. Muitos dormiam profundamente sob as árvores, com pedaços de frutas douradas ainda presos em seus dedos. Ela se perguntou por que eles estavam dormindo tão profundamente e tão cedo.

Nenhum deles a saudou quando ela cruzou o cinturão branco de areia e entrou na sombra da floresta. As árvores, ela descobriu, cresciam em conjuntos irregulares, e entre esses bosques havia extensões ondulantes de encostas parecidas com prados. À medida que avançava para o interior, na direção tomada por Zaporavo, ficou fascinada com as paisagens verdes que se desdobravam suavemente à sua frente, encosta após encosta, atapetadas de grama verde e pontilhadas de arvoredos. Entre as encostas havia declives suaves, igualmente relvados. O cenário parecia se fundir em si mesmo, ou cada cena à próxima; a visão era singular, ao mesmo tempo ampla e restrita. Acima de tudo aquilo, um silêncio lânguido pairava como um encantamento.

De repente, ela chegou ao cume de uma encosta, cercada por árvores altas, e a sensação sonhadora de mundo das fadas desapareceu abruptamente quando ela viu o que jazia na grama avermelhada e pisoteada. Sancha gritou involuntariamente e recuou, depois avançou com cuidado, de olhos arregalados, todos o seu corpo tremendo.

Era Zaporavo que estava caído na relva, olhando para cima sem ver nada, com um ferimento aberto no peito. Sua espada estava perto de sua mão inerte. O Falcão tinha feito sua última investida.

Que ninguém diga que Sancha contemplou sem emoção o cadáver de seu senhor. Ela não tinha motivos para amá-lo, mas ao menos sentiu a sensação que qualquer garota poderia sentir ao olhar para o corpo do homem que foi o primeiro a possuí-la. Ela não chorou nem sentiu necessidade de chorar, mas foi tomada por um forte tremor, seu sangue pareceu congelar brevemente e ela resistiu a uma onda de histeria.

Ela olhou em volta procurando pelo homem que esperava ver. Nada encontrou seus olhos, exceto o anel de gigantes cobertos de folhas grossas da floresta, e as encostas azuis além deles. O assassino do corsário se arrastara para longe, mortalmente ferido? Nenhum rastro de sangue podia ser visto afastando-se do corpo.

Intrigada, ela examinou as árvores ao redor, enrijecendo-se ao perceber um farfalhar nas folhas esmeraldas que parecia não ser ação do vento. Ela caminhou em direção às árvores, olhando para as profundezas frondosas.

– Conan? – ela chamou; sua voz soava estranha e pequena na vastidão daquele silêncio que se tornara repentinamente tenso.

Seus joelhos começaram a tremer quando um pânico sem nome a invadiu.

– Conan! – ela gritou desesperadamente. – Sou eu... Sancha! Onde você está? Por favor, Conan...

Sua voz falhou. O horror incrédulo dilatou seus olhos castanhos. Seus lábios vermelhos se separaram em um grito inarticulado. A paralisia tomou seus membros. Justo quando ela precisava desesperadamente fugir depressa, ela não conseguia se mover. Ela só conseguiu gritar sem emitir um som.

11

QUANDO CONAN VIU ZAPORAVO se embrenhar sozinho na floresta, sentiu que a chance que esperava havia chegado. Ele não comeu nenhuma fruta, nem se juntou às brincadeiras de seus companheiros; todas as suas faculdades estavam ocupadas em vigiar o chefe dos corsários. Acostumados aos humores de Zaporavo, seus homens não ficaram particularmente surpresos que seu capitão escolhesse explorar sozinho uma ilha desconhecida e provavelmente hostil. Eles se voltaram para sua própria diversão, e não notaram quando Conan deslizou como uma pantera perseguindo o chefe.

Conan não subestimava seu domínio sobre a tripulação. Mas ele ainda não ganhara o direito, por meio de batalhas e pilhagens, de desafiar o capitão para um duelo até a morte. Naqueles mares vazios não houvera oportunidade para ele provar seu valor de acordo com a lei dos corsários. A tripulação se oporia fortemente se ele atacasse o chefe abertamente. Mas ele sabia que se matasse Zaporavo sem o conhecimento deles, a tripulação sem líder provavelmente não seria tomada pela lealdade a um homem morto. Em tais matilhas de lobos, apenas os vivos contavam.

Então, ele seguiu Zaporavo com a espada na mão e o entusiasmo no coração, até chegar a um cume plano, cercado de árvores altas, que permitia ver entre os troncos as paisagens verdes das encostas se fundindo na distância azul. No meio da clareira, Zaporavo, pressentindo estar sendo seguido, virou-se com a mão no punho da espada.

O corsário praguejou.

– Cão, por que você me segue?

– Você é louco, para precisar perguntar? – riu Conan, aproximando-se rapidamente de seu antigo chefe. Seus lábios sorriram e em seus olhos azuis dançava um brilho selvagem.

Zaporavo sacou sua espada soltando uma praga pesada, e aço colidiu contra aço quando o baracho atacou de modo descuidado, sua lâmina criando um traço de chamas azuis sobre sua cabeça.

Zaporavo era veterano de mil combates em mar e em terra. Não havia homem no mundo mais profunda e completamente versado do que ele no conhecimento da esgrima. Mas ele nunca foi confrontado por uma lâmina empunhada por músculos criados nas terras selvagens além das fronteiras da civilização. O que enfrentava sua arte de combate era uma velocidade ofuscante e uma força impossíveis para um homem civilizado. A maneira de lutar de Conan era pouco ortodoxa, mas instintiva e natural como a de um lobo selvagem. As complexidades da espada eram tão inúteis contra sua fúria primitiva quanto a habilidade de um boxeador humano contra os ataques de uma pantera.

Lutando como nunca havia lutado antes, esforçando-se ao máximo para aparar a lâmina que cintilava como um raio sobre sua cabeça, Zaporavo, em desespero, deteve um golpe perto do punho da espada e sentiu todo o braço ficar dormente sob o impacto terrível. Esse golpe foi instantaneamente seguido por outro desferido com uma força tão grande, que a ponta afiada atravessou a cota de malha e suas costelas como papel, para furar o coração logo abaixo. Os lábios de Zaporavo se contorceram em breve agonia, mas, soturno até o fim, ele não emitiu nenhum som. Ele estava morto antes de seu corpo relaxar na grama agora toda pisoteada, onde gotas de sangue brilhavam como rubis derramados ao sol.

Conan sacudiu as gotas vermelhas de sua espada, sorriu com um prazer insensível, espreguiçou-se como um enorme gato... e abruptamente enrijeceu, a expressão de satisfação em seu rosto sendo substituída por um olhar de perplexidade. Ele ficou como uma estátua, sua espada esquecida em sua mão.

Quando ele ergueu os olhos de seu inimigo derrotado, eles pousaram distraidamente nas árvores ao redor e na paisagem além. E ele tinha visto uma coisa fantástica, algo incrível e inexplicável. Sobre o suave e arredondado acostamento verde de um declive distante, se deslocava uma figura negra, alta e nua, trazendo em seu ombro uma forma branca igualmente nua. A aparição sumiu tão repentinamente quanto apareceu, deixando o observador ofegante de surpresa.

O pirata olhou à sua volta, olhou incerto para o caminho por onde viera e praguejou. Ele ficou perplexo e um pouco nervoso, se o termo pode ser aplicado a alguém com nervos de aço como o dele. Em meio a um ambiente realista, ainda que exótico, uma imagem errante de fantasia e pesadelo havia sido introduzida. Conan não duvidava nem de sua visão nem de sua sanidade. Ele tinha visto algo estranho e incomum, ele sabia; o mero fato de uma figura negra correndo pela paisagem carregando um cativo branco era bastante bizarro, mas essa figura negra também tinha uma altura anormalmente elevada.

Balançando a cabeça em dúvida, Conan partiu na direção em que tinha visto a coisa. Ele não pensou muito na sensatez de fazer aquilo; com sua curiosidade tão aguçada, ele não teve escolha a não ser seguir as sugestões que ela dava.

Declive após declive ele atravessou, cada um deles com sua relva uniforme e arvoredos agrupados. A tendência geral era sempre ascendente, embora ele subisse e descesse as suaves inclinações com monótona regularidade. A variedade de morros arredondados e declives rasos era desconcertante e aparentemente interminável. Mas finalmente ele avançou para o que acreditava ser o cume mais alto da ilha e parou ao ver as paredes e torres verdes e brilhantes, que, até chegar ao local em que estava, fundiam-se tão perfeitamente com o verde da paisagem que eram invisíveis, mesmo para sua visão aguçada.

Ele hesitou, pôs a mão na espada e avançou, picado pelo bichinho da curiosidade. Ele não viu ninguém enquanto se aproximava de um alto arco na muralha curva. Não havia porta. Espiando cautelosamente, ele viu o que parecia ser um amplo pátio aberto, acarpetado de grama, cercado pela muralha circular de uma substância verde semitranslúcida. Vários arcos se abriam a partir dela. Avançando na ponta dos pés descalços, com a espada pronta, ele escolheu um desses arcos ao acaso e passou para outro pátio semelhante. Por cima de um muro interno, ele viu os pináculos de estruturas de formato estranho, parecidas com torres. Uma dessas torres foi construída para se projetar sobre o pátio em que ele se encontrava, e uma ampla escada levava a ela, ao longo da lateral do muro. Ele subiu, imaginando se aquilo tudo era real, ou se ele não estava no meio de um sonho de lótus negro.

No alto do muro, se viu em um parapeito ou sacada, ele não tinha certeza qual seria. Ele agora podia distinguir mais detalhes das torres, mas elas não tinham significado para ele. Ele percebeu, inquieto, que nenhum ser humano comum poderia tê-las construído. Havia simetria em sua arquitetura e sistema, mas era uma simetria louca, um sistema estranho à sanidade humana. Quanto à planta de toda a cidade, castelo ou o que quer que fosse, ele podia ver apenas o suficiente para ter a impressão de um grande número de pátios, a maioria circulares, cada um cercado por seu próprio muro e conectado aos outros por arcos abertos, e todos, aparentemente, agrupados em torno do aglomerado de torres fantásticas no centro.

Virando na direção contrária à dessas torres, ele recebeu um choque terrível e se agachou de repente atrás do parapeito da sacada, olhando espantado.

A sacada ou saliência era mais alta que o muro oposto, e ele estava olhando por cima desse muro para outro pátio cercado. A curva interna da parede mais distante daquele pátio diferia das outras que ele havia visto, pois, em vez de ser lisa, parecia ser cercada por longas linhas ou saliências, cheias de pequenos objetos cuja natureza ele não conseguia determinar.

No entanto, ele deu pouca atenção ao muro naquele momento. Sua atenção estava centrada no bando de seres que se agachavam em torno de um poço verde escuro no meio do pátio. Essas criaturas eram negras e nuas, parecidas com homens, mas a menor delas, de pé, teria a cabeça e os ombros acima do pirata alto. Eram esguios em vez de maciços, mas eram musculosamente formados, sem nenhum sinal de deformidade ou anormalidade, exceto pelo fato de sua grande altura ser anormal. Mas, mesmo àquela distância, Conan sentia a maldade básica de suas feições.

No meio deles, encolhido e nu, estava um jovem que Conan reconheceu como o marinheiro mais jovem a bordo do Vagabundo. Ele, então, era o cativo que o pirata tinha visto sendo levado pela encosta coberta de grama. Conan não tinha ouvido nenhum som de luta. Não viu manchas de sangue ou feridas nos membros lustrosos de ébano dos gigantes. Evidentemente, o rapaz havia vagado para o interior da ilha, longe de seus companheiros, e sido arrebatado por um dos homens negros à espreita em uma emboscada. Conan chamou mentalmente as criaturas de homens negros, por falta de um termo melhor. Instintivamente, ele sabia que aqueles seres altos de ébano não eram homens, não da maneira como ele entendia o termo.

Nenhum som chegou até ele. Os negros assentiram e gesticularam um para o outro, mas não pareciam falar, pelo menos vocalmente. Um, de cócoras diante do rapaz encolhido, segurava uma coisa parecida com uma flauta na mão. Ele colocou a coisa nos lábios, e aparentemente soprou, embora Conan não tenha ouvido nenhum som. Mas o jovem zíngaro ouviu ou sentiu, e se encolheu. Ele estremeceu e se contorceu como se estivesse em agonia; uma regularidade tornou-se evidente na contração de seus membros, que rapidamente se tornou rítmica. A contração tornou-se um estremecimento violento, os movimentos bruscos se tornaram regulares. O jovem começou a dançar, como as cobras dançam por compulsão ao som do pífano do faquir. Não havia nada de entusiasmo ou abandono alegre naquela dança. Havia, de fato, um abandono que era horrível de se ver, e não era alegre. Era como se a melodia muda das flautas agarrasse o mais íntimo da alma do rapaz com dedos lascivos e com tortura brutal arrancasse dela toda expressão involuntária de paixão secreta. Era uma convulsão de obscenidade, um espasmo de lascívia, uma destilação de fomes secretas emolduradas pela compulsão: desejo sem prazer, dor terrivelmente unida à luxúria. Era como assistir a uma alma desnudada, e todos os seus segredos sombrios e inomináveis revelados.

Conan olhava, congelado pela repulsa e abalado pela náusea. Ele próprio tão simples quanto um lobo cinzento, não ignorava os segredos perversos das civilizações apodrecidas. Ele perambulara pelas cidades de Zamora e conheceu as mulheres de Shadizar, o Maligno. Mas ele sentiu aqui uma vileza cósmica que transcendia a mera degeneração humana: um galho perverso na árvore da vida, desenvolvido ao longo de linhas fora da compreensão humana. Não foi com as contorções e posições agonizantes do pobre rapaz que ele ficou chocado, mas com a obscenidade cósmica desses seres que poderiam trazer à luz os segredos abismais que dormem na escuridão insondável da alma humana e encontrar prazer na ostentação desavergonhada de coisas que não deveriam ser nem mesmo insinuadas, mesmo em pesadelos inquietos.

De repente, o torturador negro largou a flauta e se levantou, elevando-se sobre a figura branca que se contorcia. Agarrando brutalmente o rapaz pelo pescoço e quadril, o gigante o virou e o jogou de cabeça no poço verde. Conan viu o brilho branco de seu corpo nu em meio à água verde, enquanto o gigante negro segurava seu cativo sob a superfície. Então, houve um movimento inquieto entre os outros negros, e Conan abaixou-se rapidamente sob o muro da sacada, sem ousar levantar a cabeça para não ser visto.

Depois de um tempo, sua curiosidade levou a melhor, e ele cautelosamente olhou para fora novamente. Os negros estavam saindo por um arco para outro pátio. Um deles estava apenas colocando algo em uma saliência do muro mais distante, e Conan viu que era aquele que havia torturado o rapaz. Ele era mais alto do que os outros, e usava uma faixa com joias na cabeça. Do rapaz zíngaro, não havia vestígios.

O gigante seguiu seus companheiros, e logo Conan os viu emergir do arco pelo qual ele tinha conseguido acesso àquele castelo de horror, e se afastarem em fila pelas encostas verdes, na direção de onde ele tinha vindo. Eles não portavam armas, mas ele sentiu que planejavam mais agressões contra os corsários.

Mas, antes de ir avisar os corsários inocentes, ele quis investigar o destino do rapaz. Nenhum som perturbava o silêncio. O pirata acreditava que as torres e pátios estavam desertos, exceto por ele.

Ele desceu rapidamente a escada, atravessou o pátio e passou por um arco para o pátio que os negros tinham acabado de deixar. Agora ele via a natureza do muro estriado. Era cercado por saliências estreitas, aparentemente cortadas da pedra sólida, e ao longo dessas saliências ou prateleiras havia milhares de pequenas figuras, principalmente de cor acinzentada. Essas figuras, não muito maiores que a mão de um homem, representavam homens, e foram feitas com tanta habilidade que Conan reconheceu várias características raciais nos diferentes ídolos, características típicas dos corsários zíngaros, argosseanos, ophireanos e kushitas. Estes últimos eram de cor preta, assim como seus modelos tinham pela escura na realidade. Conan estava ciente de uma vaga inquietação enquanto olhava para as figuras mudas e cegas. Havia uma imitação da realidade com relação a eles que era de alguma forma perturbadora. Ele os apalpou com cautela e não conseguiu decidir de que material eram feitos. Parecia osso petrificado; mas ele não podia imaginar substância petrificada sendo encontrada naquela localidade em tal abundância para ser usada de modo tão extravagante.

Ele notou que as imagens que representavam os tipos com os quais estava familiarizado estavam todas nas bordas mais altas. As saliências inferiores estavam ocupadas por figuras cujas feições lhe eram estranhas. Elas personificavam apenas a imaginação dos artistas ou representavam tipos raciais há muito desaparecidos e esquecidos.

Balançando a cabeça com impaciência, Conan virou-se para o poço. O pátio circular não oferecia lugar de ocultação; como o corpo do rapaz não estava à vista, devia estar no fundo do poço.

Aproximando-se do disco verde plácido, ele olhou para a superfície brilhante. Era como olhar através de um espesso vidro verde, limpo, mas estranhamente ilusório. Sem grandes dimensões, o poço era redondo e cercada por uma borda de jade verde. Olhando para baixo, ele podia ver o fundo arredondado. Quão longe abaixo da superfície, ele não conseguia decidir. Mas o poço parecia incrivelmente profundo, ele estava ciente de uma tontura ao olhar para baixo, como se estivesse olhando para um abismo. Ele ficou intrigado com sua capacidade em ver o fundo; mas lá estava ele. Distante, impossivelmente remoto, ilusório, sombrio, mas visível. Às vezes, ele achou que uma leve luminosidade aparecia nas profundezas cor de jade, mas não podia ter certeza. No entanto, ele tinha certeza de que o poço estava vazio, exceto pela água cintilante.

Então, onde, em nome de Crom, estava o rapaz que ele vira ser brutalmente afogado naquele poço? Levantando-se, Conan tocou sua espada e olhou ao redor do pátio novamente. Seu olhar se concentrou em um ponto em uma das saliências mais altas. Lá ele tinha visto o negro alto colocar alguma coisa. Suor frio brotou de repente na pele bronzeada de Conan.

Hesitante, mas como se atraído por um ímã, o pirata se aproximou do muro cintilante. Atordoado por uma suspeita monstruosa demais para ser expressa, ele olhou para a última figura naquela saliência. Uma horrível familiaridade se fez evidente. Em pedra, imóveis, de tamanho reduzido, mas inconfundíveis, as feições do rapaz zíngaro olhavam para ele sem nada ver.

Conan recuou, abalado até os alicerces de sua alma. Sua espada pareceu pesada em sua mão paralisada enquanto ele olhava, de boca aberta, atordoado pela percepção abissal e terrível demais para a mente entender.

No entanto, era inegável: o segredo das figuras anãs foi revelado, embora por trás daquele segredo houvesse um segredo ainda mais sombrio e enigmático.

III

POR QUANTO TEMPO CONAN ficou congelado e concentrado em divagações preocupantes, ele nunca soube. Uma voz tirou sua concentração, uma voz feminina que gritava cada vez mais alto, como se a dona da voz estivesse se aproximando. Conan reconheceu aquela voz, e sua paralisia desapareceu instantaneamente.

Um salto rápido o levou para o alto das prateleiras estreitas, às quais ele se agarrou, chutando para o lado as imagens agrupadas para obter espaço para seus pés. Outro salto e uma corrida, e ele estava agarrado à borda do muro, olhando por cima dele. Era um muro externo; ele estava olhando para o prado verde que cercava o castelo.

Do outro lado, no gramado, um negro gigante caminhava, carregando uma prisioneira que se contorcia debaixo de seu braço, como um homem carrega uma criança mal-educada. Era Sancha, o cabelo preto caindo em ondas onduladas desgrenhadas, a pele morena contrastando muito com o ébano brilhante de seu captor. Este não dava atenção às contorções e gritos da garota enquanto se dirigia para a arcada externa.

Enquanto ele desaparecia lá dentro, Conan escorregou imprudentemente pelo muro e deslizou para dentro do arco que se abria para o pátio mais distante. Agachado ali, ele viu o gigante entrar no pátio do poço, carregando sua cativa. Agora ele era capaz de distinguir os detalhes da criatura.

A soberba simetria do corpo e dos membros era mais impressionante de perto. Sob a pele de ébano, músculos longos e arredondados ondulavam, e Conan não duvidou que o monstro pudesse rasgar um homem comum membro a membro. As unhas dos dedos forneciam ainda mais armas, pois cresciam como as garras de uma fera. O rosto era uma máscara de ébano esculpida. Os olhos eram castanhos, um dourado vibrante que brilhava e reluzia. Mas o rosto era desumano; cada traço era marcado pela maldade... uma maldade que transcendia a maldade comum da humanidade. A coisa não era humana, não podia ser; era produto de uma vida saída das profundezas da criação blasfema, uma perversão do desenvolvimento evolucionário.

O gigante jogou Sancha no gramado, onde ela rastejou, chorando de dor e terror. Ele lançou um olhar ao redor como se estivesse incerto, e seus olhos castanhos se estreitaram quando pousaram nas imagens tombadas e derrubadas do muro. Então ele se abaixou, agarrou sua cativa pelo pescoço e pela virilha, e caminhou decididamente em direção ao poço verde. E Conan deslizou de seu arco e correu como o vento da morte pela relva.

O gigante girou e seus olhos brilharam ao ver o vingador de bronze correndo em sua direção. Naquele instante de surpresa, seu aperto cruel afrouxou e Sancha escapou de suas mãos e caiu na grama. As mãos cheias de garras abriram e fecharam, mas Conan passou por baixo delas e cravou sua espada na virilha do gigante. O ser de pele escura caiu como uma árvore derrubada, jorrando sangue, e no instante seguinte Conan foi agarrado em um aperto frenético quando Sancha saltou e jogou os braços ao redor dele em um frenesi de terror e alívio histérico.

Ele praguejou ao se desvencilhar, mas seu inimigo já estava morto; os olhos castanhos estavam vidrados, os longos membros de ébano haviam parado de se contorcer.

– Ah, Conan – soluçava Sancha, agarrando-se tenazmente a ele –, o que será de nós? O que são esses monstros? Ah, com certeza aqui é o inferno e aquele era o diabo...

– Então, o inferno precisa de um novo diabo. – O baracho sorriu ferozmente. – Mas como ele pegou você? Eles tomaram o navio?

– Eu não sei. – Ela tentou enxugar as lágrimas, procurou a saia, e então se lembrou de que não usava nenhuma. – Eu vim para terra. Vi você seguir Zaporavo, e segui os dois. Eu encontrei Zaporavo... foi... foi você quem...?

– Quem mais? – ele resmungou. – E depois?

– Eu vi um movimento nas árvores – ela estremeceu. – Pensei que era você. Eu chamei... então, vi aquela... aquela coisa agachada entre os galhos, olhando para mim. Foi como um pesadelo; eu não conseguia correr. Tudo que eu podia fazer era gritar. Então ele pulou da árvore e me agarrou... oh, oh, oh!

Ela escondeu o rosto nas mãos e ficou abalada novamente com a lembrança do horror.

– Bem, nós temos que sair daqui – ele rosnou, pegando o pulso dela. – Vamos, temos que chegar até à tripulação...

– A maioria dos marinheiros estava dormindo na praia quando entrei na floresta – disse ela.

– Dormindo? – ele disse com raiva. – Pelos sete demônios do fogo e da condenação do inferno...

– Ouça! – Ela ficou paralisada, uma imagem branca trêmula de medo.

– Eu ouvi! – ele retrucou. – Um gemido! Espere!

Ele voltou a subir as prateleiras e, olhando por cima do muro, praguejou com uma fúria concentrada que assustou até a Sancha. Os seres negros estavam voltando, mas não vinham sozinhos ou de mãos vazias. Cada um trazia uma forma humana flácida; alguns traziam dois. Seus cativos eram os corsários; eles pendiam frouxamente nos braços de seus captores e, não fosse por um ocasional movimento vago ou contração, Conan teria acreditado que estavam mortos. Eles haviam sido desarmados, mas não despidos; um dos negros carregava suas espadas embainhadas, com os braços cheios de aço pontiagudo. De vez em quando um dos marinheiros soltava um grito vago, como um bêbado gritando em um sono embriagado.

Como um lobo feito prisioneiro, Conan olhou ao redor. Três arcos levavam do pátio até o poço. Pelo arco leste, os negros haviam deixado a corte e por ele provavelmente retornariam. Ele havia entrado pelo arco sul. No arco oeste ele se escondera e não tivera tempo de perceber o que havia além dele. Independentemente de sua ignorância da planta do castelo, ele foi forçado a tomar sua decisão apressadamente.

Descendo do muro, ele colocou as imagens no lugar com pressa frenética, arrastou o cadáver de sua vítima para o poço e jogou-o lá dentro. Ele afundou instantaneamente e, ao olhar, Conan viu distintamente uma contração terrível, um encolhimento, um endurecimento do corpo. Ele se virou apressadamente, estremecendo. Então, agarrou o braço de sua companheira e a conduziu apressadamente em direção ao arco sul, enquanto ela implorava para saber o que estava acontecendo.

– Eles aprisionaram a tripulação – ele respondeu apressadamente. – Eu não tenho nenhum plano, mas vamos nos esconder em algum lugar e observar. Se eles não olharem no poço, podem não suspeitar da nossa presença.

– Mas eles verão o sangue na grama!

– Talvez achem que um de seus próprios demônios feriu alguém e derramou o sangue – ele respondeu. – De qualquer forma, vamos ter que arriscar.

Estavam no pátio de onde ele assistira à tortura do rapaz, e ele a conduziu apressadamente pela escada que subia pelo muro ao sul e a forçou a ficar agachada atrás da balaustrada da sacada; era um esconderijo ruim, mas o melhor que podiam fazer.

Mal haviam se acomodado, quando os seres entraram no pátio. Houve um estrondo retumbante ao pé da escada, e Conan enrijeceu, segurando sua espada. Mas os negros passaram por um arco no lado sudoeste e eles ouviram uma série de baques e gemidos. Os gigantes estavam jogando suas vítimas na relva. Uma risadinha histérica subiu aos lábios de Sancha, e Conan rapidamente colocou a mão sobre a boca dela, abafando o som antes que pudesse traí-los.

Depois de um tempo, eles ouviram o barulho de muitos pés na relva abaixo, e então reinou o silêncio. Conan espiou por cima do muro. O pátio estava vazio. Os negros estavam mais uma vez reunidos ao redor do poço no pátio adjacente, agachados. Eles pareciam não prestar atenção às grandes manchas de sangue na relva e na borda de jade do poço. Evidentemente, manchas de sangue não eram nada incomuns. Nem estavam olhando para o poço. Eles estavam absortos em alguma inexplicável conversa própria; o negro alto estava tocando novamente sua flauta dourada, e seus companheiros ouviam como estátuas de ébano.

Tomando a mão de Sancha, Conan deslizou escada abaixo, curvando-se para que sua cabeça não ficasse visível acima da parede. A garota, andando encolhida, o seguiu contrariada, olhando com medo para o arco que dava para o pátio do poço, mas através do qual, daquele ângulo, nem o poço e nem seus sombrios guardiões eram visíveis. Ao pé da escada estavam as espadas dos zíngaros. O barulho que ouviram fora as armas capturadas sendo largadas ao chão.

Conan guiou Sancha em direção ao arco sudoeste, e eles atravessaram silenciosamente a relva e entraram no pátio além. Lá, os corsários jaziam em pilhas descuidadas, bigodes eriçados, brincos brilhando. Aqui e ali, alguns se mexiam ou gemiam inquietos. Conan se inclinou para eles, e Sancha se ajoelhou ao lado dele, inclinando-se para frente com as mãos nas coxas.

– O que é esse cheiro doce e enjoativo? – ela perguntou nervosamente. – Está no hálito de todos eles.

– É aquela maldita fruta que eles estavam comendo – ele respondeu em voz baixa. – Lembro-me do cheiro dela. Deve ser como o lótus negro, que faz os homens dormirem. Por Crom, eles estão começando a acordar... mas estão desarmados, e tenho a impressão que aqueles demônios negros não vão esperar muito antes de começarem a usar magia neles. Que chance terão os rapazes, desarmados e estúpidos de sono?

Ele meditou por um instante, fazendo careta com a intensidade de seus pensamentos; depois agarrou o ombro moreno de Sancha com um aperto que a fez estremecer.

– Ouça! Vou atrair aqueles porcos para outra parte do castelo e mantê-los ocupados por um tempo. Enquanto isso, você acorda estes idiotas e traz suas espadas para eles... assim, ao menos teremos uma chance. Você consegue fazer isso?

– Eu... eu... não sei! – ela gaguejou, tremendo de terror, e mal sabendo o que estava dizendo.

Dizendo uma praga, Conan segurou os grossos cachos dela e a sacudiu até que ela viu os muros dançando perante seus olhos atordoados.

– Você precisa! – ele sibilou para ela. – É nossa única chance!

– Eu vou fazer o meu melhor! – ela engasgou, e com um grunhido de incentivo e um tapa encorajador no traseiro que quase a derrubou, ele deslizou para longe.

Alguns momentos depois, ele estava agachado no arco que dava para o pátio do poço, encarando seus inimigos. Eles ainda estavam sentados ao redor do poço, mas estavam começando a mostrar evidências de uma impaciência maligna. Do pátio onde jaziam os corsários que despertavam, ele ouviu seus gemidos cada vez mais altos, começando a se misturar com xingamentos incoerentes. Ele retesou os músculos e se agachou como uma pantera, respirando facilmente entre os dentes.

O gigante enfeitado com joias se levantou, tirando a flauta dos lábios e, naquele mesmo instante, Conan caiu entre os negros assustados com um pulo de tigre. E, como um tigre que salta e ataca entre suas presas, Conan saltou e atacou: três vezes sua lâmina golpeou antes que alguém pudesse levantar a mão em defesa; então ele saltou do meio deles e correu pela relva. Atrás dele, ficaram esparramadas três figuras negras, seus crânios partidos.

Mas, embora a fúria inesperada de seu ataque surpresa tivesse pegado os gigantes desprevenidos, os sobreviventes se recuperaram rápido o suficiente. Eles estavam em seus calcanhares enquanto ele corria pelo arco oeste, suas longas pernas levando-os pelo solo em alta velocidade. No entanto, ele se sentia confiante em sua capacidade de deixá-los para trás; mas esse não era o seu propósito. Ele pretendia conduzi-los numa longa perseguição, para que Sancha tivesse tempo de despertar e armar os zíngaros.

Mas quando ele correu para o pátio além do arco oeste, praguejou. Este pátio diferia dos outros que ele tinha visto. Em vez de ser redondo, era octogonal, e o arco pelo qual ele havia entrado era a única entrada ou saída.

Girando, ele viu que todo o grupo o estava seguindo; alguns se agruparam no arco, e o resto se espalhou em uma ampla fila à medida que se aproximavam. Ele os encarou, recuando lentamente em direção à parede norte. A fila se curvou em um semicírculo, estendendo-se para cercá-lo. Ele continuou a se mover para trás, mas cada vez mais devagar, notando os espaços que se ampliavam entre os perseguidores. Eles temiam que ele tentasse escapar por um canto do semicírculo e alongaram-no para impedir.

Ele assistiu com a calma alerta de um lobo, e quando atacou foi com a devastadora velocidade de um raio, direto no centro do semicírculo. O gigante que bloqueou seu caminho caiu com um ferimento no meio do esterno, e o pirata estava fora do círculo que se fechava antes que os negros à direita e à esquerda pudessem vir em auxílio do camarada ferido. O grupo no portão se preparou para receber seu ataque, mas Conan não foi até ele. Ele havia se virado e observava seus caçadores sem emoção aparente, e certamente sem medo.

Desta vez, eles não se espalharam em uma fila. Eles haviam aprendido que era fatal dividir suas forças contra tal encarnação de fúria dilacerante e mortal. Eles se agruparam em uma massa compacta e avançaram sobre ele com cuidado, mantendo sua formação.

Conan sabia que se caísse entre aquela massa de músculos e ossos com garras, poderia haver apenas um desfecho. Uma vez que eles o lançassem ao solo entre eles, onde pudessem alcançá-lo com suas garras e usar seu grande peso corporal como vantagem, mesmo a ferocidade primitiva do bárbaro não prevaleceria. Ele olhou ao redor do muro e viu uma projeção parecida com uma saliência acima de um canto no lado oeste. O que era, ele não sabia, mas serviria ao seu propósito. Ele começou a recuar para aquele canto, e os gigantes avançaram mais rapidamente. Eles evidentemente pensaram que eles mesmos o estavam conduzindo para o canto, e Conan encontrou tempo para refletir que eles provavelmente o viam como um inferior, mentalmente menos capacitado que eles. Melhor ainda. Nada é mais desastroso do que subestimar um antagonista.

Agora ele estava a apenas alguns metros da parede, e os negros estavam se aproximando rapidamente, evidentemente pensando em prendê-lo no canto antes que ele percebesse sua situação. O grupo no portão havia abandonado seu posto e se apressava para se juntar aos companheiros. Os gigantes estavam semi-agachados, olhos ardendo como o fogo dourado do inferno, os dentes brilhando brancos, as mãos com garras levantadas como se para evitar um ataque. Eles esperavam um movimento abrupto e violento por parte de sua presa, mas quando ele aconteceu, os pegou de surpresa.

Conan ergueu sua espada, deu um passo em direção a eles, então se virou e correu para o muro. Com um movimento fugaz e a força de músculos de aço, ele disparou no ar, e seu braço esticado enganchou os dedos sobre a saliência. Instantaneamente houve um estrondo e a saliência cedeu, precipitando o pirata de volta ao pátio.

Ele caiu sobre suas costas, que, apesar de todos os seus músculos elásticos, teriam quebrado se não fosse o amortecimento da relva, e ricocheteando como um grande felino, ele encarou seus inimigos. A imprudência desafiadora desapareceu de seus olhos. Eles ardiam como um fardo de fogo azul; seus cabelos se eriçaram, seus lábios finos rosnaram. Em um instante, a situação mudou de um jogo ousado para uma batalha de vida ou morte, e a natureza selvagem de Conan respondeu com toda a fúria da selva.

Os negros, paralisados momentaneamente pela rapidez do episódio, agora caíram sobre ele e tentaram derrubá-lo. Mas, naquele instante, um grito quebrou o silêncio. Girando, os gigantes viram uma multidão mal-ajambrada aglomerando-se no arco. Os corsários balançavam como bêbados, praguejavam incoerentemente; estavam tontos e confusos, mas seguravam suas espadas e avançaram com uma ferocidade nem um pouco contida pelo fato de que eles não entendiam o que estava acontecendo.

Enquanto os negros olhavam espantados, Conan gritou estridentemente e os atingiu como um relâmpago afiado como uma navalha. Eles caíram como grãos maduros sob sua lâmina, e os zíngaros, gritando com fúria confusa, correram grogues pelo pátio e caíram sobre seus gigantescos inimigos com fúria sanguinária. Eles ainda estavam atordoados; emergindo vagamente do sono drogado, haviam acordado com Sancha sacudindo-os freneticamente e enfiando espadas em seus punhos, e vagamente a ouviram incitando-os a algum tipo de ação. Eles não entenderam tudo o que ela disse, mas a visão de gente estranha e sangue escorrendo foi o suficiente para eles.

Em um instante, o pátio se transformou em um campo de batalha que logo se assemelhou a um matadouro. Os zíngaros oscilavam e balançavam, mas empunhavam suas espadas com força e habilidade, praguejando em profusão, e completamente alheios a todos os ferimentos, exceto aqueles instantaneamente fatais. Eles superavam em muito os negros, mas estes não eram antagonistas fracos. Elevando-se acima de seus agressores, os gigantes causavam estragos com garras e dentes, rasgando gargantas de homens e desferindo golpes com punhos cerrados que esmagavam crânios. Em meio à confusão daquele corpo a corpo, os corsários não podiam tirar grande vantagem de sua agilidade superior, e muitos estavam estupidificados demais devido ao sono drogado para conseguir evitar golpes direcionados a eles. Eles lutavam com a ferocidade cega de um animal selvagem, decididos a causar a morte para evitá-la. O som das espadas cortando carne parecia o som dos cutelos dos açougueiros, e os gritos, berros e xingamentos eram terríveis.

Sancha, encolhendo-se na arcada, estava atordoada com todo aquele barulho e a fúria; ela teve a impressão de um caos rodopiante no qual o aço brilhava e golpeava, os braços desciam e subiam, rostos com ódio apareciam e desapareciam, e corpos tensos colidiam, ricocheteavam e se misturavam em uma dança diabólica de loucura.

Os detalhes da batalha se destacavam brevemente, como gravuras escuras em um fundo de sangue. Ela viu um marinheiro zíngaro, cego por um grande naco de couro cabeludo rasgado e pendurado sobre os olhos, apoiar suas pernas contra o solo e enfiar sua espada até o punho em uma barriga negra. Ela ouviu distintamente o grunhido do corsário quando golpeou, e viu os olhos castanhos da vítima revirarem em agonia repentina; sangue e vísceras jorraram sobre a lâmina acionada. O negro moribundo segurou a lâmina com as mãos nuas, e o marinheiro puxou cega e estupidamente tentando livrá-la; então um braço negro envolveu a cabeça do zíngaro e um joelho negro foi plantado com força cruel no meio de suas costas. Sua cabeça foi jogada para trás em um ângulo terrível, e algo estalou acima do barulho da briga, como um galho grosso se partindo. O conquistador arremessou o corpo de sua vítima ao chão e, ao fazê-lo, algo como um raio de luz azul brilhou sobre seus ombros por trás, da direita para a esquerda. Ele cambaleou, a cabeça tombou para a frente sobre o peito, e dali, horrivelmente, caiu ao chão.

Sancha ficou nauseada. Ela engasgou e desejou vomitar. Fez um esforço enorme para se virar e fugir do espetáculo, mas suas pernas não funcionaram. Nem fechar os olhos, ela conseguiu. Na verdade, ela os arregalou ainda mais. Estava indignada, enjoada, passando mal, mas sentia a terrível fascinação que sempre experimentara ao ver sangue. No entanto, essa batalha transcendia qualquer outra que ela já tivesse visto travada entre seres humanos em ataques a portos ou batalhas navais. Foi então que ela avistou Conan.

Separado de seus companheiros pela enorme massa do inimigo, Conan foi envolvido por uma onda negra de braços e corpos, e arrastado para baixo. Os inimigos rapidamente o matariam, mas ele havia derrubado um deles com ele, e o corpo do negro protegeu o corpo do pirata abaixo dele. Eles chutavam e rasgavam o baracho e tentavam arrastar seu companheiro que se contorcia, mas os dentes de Conan estavam desesperadamente cravados em sua garganta, e o pirata agarrava-se tenazmente ao seu escudo moribundo.

Um ataque dos zíngaros causou um afrouxamento da pressão, e Conan jogou o cadáver de lado e se levantou, manchado de sangue e ferido. Os gigantes se erguiam acima dele como grandes sombras negras, se debatendo, esbofeteando o ar com golpes terríveis. Mas ele era tão difícil de acertar ou agarrar quanto uma pantera louca por sangue, e a cada giro ou brilho de sua lâmina, sangue jorrava. Ele já havia recebido ferimentos suficientes para matar três homens comuns, mas sua vitalidade taurina não diminuía.

Seu grito de guerra elevou-se acima da sinfonia de carnificina, e os zíngaros perplexos, mas furiosos, recuperaram o ânimo e redobraram seus golpes, até que os sons de carne rasgada e de ossos esmagados sob espadas quase afogaram os uivos de dor e ira.

Os negros vacilaram e partiram para o portão, e Sancha gritou com a aproximação deles e saiu correndo. Eles se espremeram pelo estreito arco, e os zíngaros esfaquearam e golpearam suas costas com gritos estridentes de alegria. O portão ficou em ruínas antes que os sobreviventes o atravessassem e se espalhassem, cada um por si.

A batalha tornou-se uma perseguição. Atravessando pátios gramados, subindo escadas trêmulas, sobre os telhados inclinados de torres fantásticas, mesmo ao longo das amplas bordas dos muros, os gigantes fugiram, pingando sangue a cada passo, perseguidos por seus impiedosos algozes como se estes fossem lobos. Encurralados, alguns deles se viraram para enfrentar os inimigos e alguns homens morreram. Mas o resultado era sempre o mesmo: um corpo negro mutilado, se contorcendo na relva, ou arremessado, se retorcendo e rodopiando de um parapeito ou do telhado de uma torre.

Sancha refugiou-se no pátio do poço, onde se agachou, tremendo de terror. Do lado de fora se ergueu um grito feroz, pés bateram na relva, e através do arco irrompeu uma figura negra e manchada de vermelho. Era o gigante que usava a tiara de pedras preciosas. Um perseguidor atarracado veio logo atrás, e o negro se virou, bem na beira do poço. Ele pegou uma espada abandonada por um marinheiro moribundo, e quando o zíngaro avançou imprudentemente contra ele, o negro atacou com a arma desconhecida. O corsário caiu com o crânio esmagado, mas o golpe foi aplicado de modo tão desajeitado que a lâmina se partiu na mão do gigante.

Ele arremessou o cabo nas figuras que se aglomeravam no arco e correu em direção ao poço, seu rosto uma máscara convulsa de ódio.

Conan irrompeu entre os homens no portão, e seus pés arremeteram sobre a relva em uma investida impetuosa.

Mas o gigante esticou seus grandes braços e de seus lábios saiu um grito desumano: o único som feito por um negro durante toda a luta. Protestou para o céu seu ódio terrível; como uma voz uivando das fossas do inferno. Ao ouvir o som, os zíngaros vacilaram e hesitaram. Mas Conan não se deteve. Silenciosamente e com desejo assassino, ele se dirigiu até a figura de ébano parada à beira do poço.

Mas, no momento em que sua espada gotejante brilhava no ar, o negro girou e deu um salto de grande altura. Por um instante, eles o viram parado no ar acima do poço; então, com um rugido de fazer tremer a terra, as águas verdes subiram e se apressaram a encontrá-lo, envolvendo-o em um vulcão verde.

Conan deteve sua corrida bem a tempo de não cair no poço, e saltou para trás, empurrando seus homens para atrás com poderosos movimentos de seus braços. O poço verde era como um gêiser agora, o barulho aumentando para um volume ensurdecedor à medida que a grande coluna de água se elevava mais e mais, espalhando-se para além de sua grande borda com uma coroa de espuma.

Conan estava conduzindo seus homens até o portão, fazendo-os irem à sua frente, batendo neles com a parte plana de sua espada; o rugido da tromba d'água parecia tê-los roubado de suas faculdades. Vendo Sancha paralisada, olhando com os olhos arregalados de terror a coluna fervilhante, ele a chamou com um grito que cortou o trovejar da água e a fez saltar do seu torpor. Ela correu até ele, braços estendidos, e ele a pegou por baixo de um braço e correu para fora do pátio.

No pátio que se abria para o mundo exterior, os sobreviventes se reuniram, cansados, esfarrapados, feridos e sujos de sangue, e ficaram boquiabertos diante da grande coluna instável que se erguia naquele momento, se aproximando da abóbada azul do céu. Seu tronco verde estava entrelaçado de branco; sua coroa espumosa era três vezes a circunferência de sua base. Por um momento, ela ameaçou explodir e se desfazer em uma enorme torrente, mas continuou a subir em direção ao céu.

Os olhos de Conan varreram o grupo ensanguentado e nu, e ele praguejou ao ver poucos deles. Na tensão do momento, ele agarrou um corsário pelo pescoço e o sacudiu com tanta violência que o sangue dos ferimentos do homem espirrou em todos ao redor.

– Onde estão os outros? – ele gritou no ouvido de sua vítima.

– Só restamos nós! – o outro gritou de volta, acima do rugido do gêiser. – Os outros foram todos mortos por eles...

– Bem, saiam daqui! – rugiu Conan, dando-lhe um empurrão que o fez cambalear em direção ao arco externo. – Aquela fonte vai estourar a qualquer momento...

– Vamos todos nos afogar! – gritou um corsário, mancando em direção ao arco.

– Afogar, o diabo – gritou Conan. – Seremos transformados em peças de ossos petrificados! Corram, malditos!

Ele correu para a arcada externa, um olho na torre verde rugindo que pairava tão terrivelmente acima dele, o outro nos retardatários. Atordoados pela sede de sangue, pela luta e pelo barulho estrondoso, alguns dos zíngaros se moviam como homens em transe. Conan os apressava; seu método era simples. Ele agarrava os mais lentos pela nuca, impelia-os violentamente pelo portão, acrescentava velocidade com um chute vigoroso no traseiro, temperando seus estímulos para que se apressassem com comentários pungentes sobre os antepassados da vítima. Sancha mostrou-se inclinada a ficar ao lado dele, mas ele afastou os braços dela que tentavam abraçá-lo e, blasfemando em profusão, a fez se afastar com um tremendo tapa no traseiro que a mandou correndo pelo platô.

Conan não saiu do portão até ter certeza de que todos os seus homens que ainda viviam estavam fora do castelo e começavam a cruzar o prado plano. Então ele olhou novamente para a coluna que rugia se erguendo contra o céu, transformando em anãs as torres próximas, e ele também fugiu daquele castelo de horrores inomináveis.

Os zíngaros já haviam cruzado a borda do planalto e estavam fugindo pelas encostas. Sancha esperou por ele no cume da primeira encosta além da orla, e ali ele parou um instante para olhar para o castelo que ficara para trás. Era como se uma gigantesca flor de caule verde e flores brancas balançasse acima das torres; seu rugido enchendo o céu. Então a coluna verde-jade e cor de neve se partiu com um estrondo como o rasgar dos céus, e muros e torres desapareceram em uma torrente ensurdecedora.

Conan pegou a mão da garota e correu. Declive após declive subia e descia diante deles, e atrás soava o barulho de um rio. Um olhar por cima do ombro mostrou uma larga onda verde subindo e descendo enquanto varria as encostas. A torrente não se espalhara e se dissipara; como uma serpente gigante, fluía sobre as descidas e subidas arredondadas. E mantinha um curso consistente: estava seguindo-os.

Essa percepção foi um incentivo para Conan se apressar ainda mais. Sancha tropeçou e caiu de joelhos com um gemido de desespero e exaustão. Segurando-a, Conan a jogou por cima do ombro gigante e continuou correndo. Seu peito arfava, seus joelhos tremiam; sua respiração se rasgava ofegante por entre os dentes. Ele cambaleou. À sua frente, viu os marinheiros pondo os botes ao mar, estimulados pelo terror que os dominava.

O oceano explodiu de repente em sua visão, e nele flutuava o Vagabundo, ileso. Os homens entraram nos botes desordenadamente. Sancha caiu no fundo de um deles e ficou ali encolhida. Conan, embora o sangue trovejasse em seus ouvidos e visse o mundo através de uma nuvem vermelha, pegou um remo a exemplo dos marinheiros ofegantes.

Com os corações prestes a explodir de exaustão, eles se apressaram em direção ao navio. O rio verde irrompeu pela orla das árvores. Aquelas árvores caíram como se seus caules tivessem sido cortados e, ao afundarem na inundação cor de jade, desapareceram. A maré fluiu sobre a praia, lambeu o oceano, e as ondas ficaram de um verde mais profundo e sinistro.

Um medo irracional e instintivo tomou conta dos corsários, fazendo-os levar seus corpos agonizantes e cérebros cambaleantes a um esforço maior. Eles nem sabiam o que tanto temiam, mas sabiam que naquela abominável onda verde havia uma ameaça ao corpo e à alma. Conan sabia, e quando viu o largo vagalhão deslizar nas ondas e fluir através da água em direção a eles, sem alterar sua forma ou curso, ele convocou sua última reserva de força tão ferozmente que o remo se partiu em suas mãos.

Mas suas proas bateram contra o casco do Vagabundo, e os marinheiros subiram pelas correntes, deixando os botes à deriva. Sancha subiu carregada no ombro largo de Conan, pendurada como um cadáver, para ser jogada sem cerimônia no convés quando o baracho assumiu o leme, lançando ordens ofegantes para sua reduzida tripulação. Durante o evento, ele assumira a liderança sem que ninguém questionasse, e eles o seguiram instintivamente. Eles cambaleavam como bêbados, mexendo mecanicamente em cordames e correias. A corrente da âncora, destravada, bateu contra a água, as velas se desdobrando e inchando-se frente a um vento crescente. O Vagabundo estremeceu e sacudiu, e girou majestosamente em direção ao mar. Conan olhou para a margem;

como uma língua de chama esmeralda, uma ondulação lambia a água inutilmente, a um remo de distância da quilha do Vagabundo. Ela não avançou mais. Daquela extremidade da torrente, o olhar de Conan seguiu um fluxo ininterrupto de verde brilhante, através da praia branca e sobre as encostas, até vê-lo desaparecer na distância azul.

O baracho, recuperando o fôlego, sorriu para a tripulação ofegante. Sancha estava de pé perto dele, lágrimas histéricas escorrendo pelas bochechas. As calças de Conan estavam penduradas em farrapos manchados de sangue; seu cinto e bainha haviam desaparecido, sua espada, enfiada no deque ao lado dele, estava com fissuras e uma crosta vermelha. Sangue coagulava sua cabeleira negra e uma orelha havia sido quase arrancada de sua cabeça. Seus braços, pernas, peito e ombros estavam mordidos e arranhados como se por panteras. Mas ele sorria enquanto apoiava suas pernas poderosas e girava o leme em pura exuberância de força muscular.

– E agora? – perguntou a garota.

– Vamos pilhar os mares! – ele riu. – Uma tripulação deficiente, mastigada e arranhada, mas que consegue lidar com o navio, e tripulações sempre podem ser encontradas por aí. Venha aqui, garota, e me dê um beijo.

– Um beijo? – ela gritou histericamente. – Você pensa em beijos em um momento como este?

A risada dele ressoou acima do estalar e trovejar das velas, quando ele a pegou no colo com um braço poderoso e beijou seus lábios vermelhos com um prazer retumbante.

– Penso na Vida! – ele rugiu. – Os mortos estão mortos, e o que passou, passou! Eu tenho um navio, uma tripulação e uma garota com lábios como vinho, e isso é tudo que eu sempre pedi. Lambam suas feridas, mandriões, e abram um barril de cerveja. Vocês vão trabalhar neste navio como nunca trabalharam antes. Dancem e cantem enquanto aguentam, malditos! Para o diabo com mares vazios! Vamos rumo a águas onde os portos são ricos e os navios mercantes estão abarrotados de pilhagem!

FIM

HERÓI DE PAPEL

O herói Conan, criado por Robert E. Howard, se tornou um marco da literatura e dos quadrinhos em histórias que se destacaram por cenários incríveis, inimigos terríveis e altas doses de ação e violência

Maurício Muniz

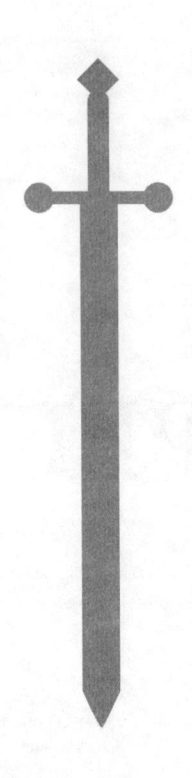

A queda da Bolsa de Valores de Nova York, em 1929, lançou os Estados Unidos em uma crise econômica como nunca se vira. Em meio ao desemprego e fome que se seguiram, porém, um tipo específico de entretenimento ganhou espaço e conquistou jovens e adultos – as revistas *pulp*, publicações de 128 páginas em média que apresentavam diversas aventuras longas e curtas, dos mais variados gêneros, escritas por autores de imaginação prodigiosa. Impressos em papel jornal de baixa qualidade, os *pulps* davam aos leitores horas de entretenimento pelo preço relativamente baixo de 25 centavos de dólar. Uma das revistas mais populares do segmento era a *Weird Tales* e foi nela que surgiu, na edição de dezembro de 1932, o personagem Conan, o Bárbaro.

Capa da revista Weird Tales *que apresenta a história A Rainha da Costa Negra*

O AVENTUREIRO DA ERA PERDIDA

Conan era criação de Robert E. Howard, um escritor texano que tentava se destacar entre os autores de histórias baratas dos anos 1920 e 1930. Howard já criara dois personagens que tentava emplacar: Kull, um rei guerreiro que vivera numa época muito distante da antiguidade, e o puritano inglês Solomon Kane, que cruzava o mundo em luta com demônios, bruxas, monstros e vampiros. Nenhum dos personagens teve muito apelo inicialmente, mas Howard teve a ideia de criar um personagem que viveria aventuras numa época intermediária, um mundo de magia e barbarismo que o autor batizou de Era Hiboriana, um período após a destruição da Atlântida e antes do surgimento das civilizações conhecidas atualmente. Nesse período histórico existente apenas na mente de Howard, transitava Conan, um ladrão, mercenário, pirata e guerreiro vindo do reino selvagem da Ciméria, adorador do deus Crom e destinado a se tornar o rei da

Robert E. Howard

Um mapa da Era Hiboriana

Livro de Conan escrito por Poul Anderson

Coletânea de histórias de Howard

Aquilônia. Para ajudar a situar um pouco o leitor, Howard criava paralelos com reinos e regiões reais em suas histórias. A Aquilônia, por exemplo, seria o nome original da Aquitânia, enquanto Britúnia era o nome da Grã-Bretanha na Era Hiboriana.

A primeira história de Conan publicada em *Weird Tales* se chamou *A Fênix na Espada* e era, na verdade, uma adaptação feita por Howard de um conto originalmente estrelado por Kull – motivo pelo qual Conan é mostrado como o rei da Aquilônia neste conto. Além dele, Howard apresentou para publicação na revista dois outros contos estrelados por Conan, mas o editor não gostou deles e inicialmente os recusou. Mas o bárbaro foi visto novamente pelos leitores já no mês seguinte à sua estreia, na história *A Cidadela Escarlate*, publicada em janeiro de 1933 na *Weird Tales*, onde ele também é mostrado como rei. O personagem foi bem recebido e voltou a aparecer novamente em março do mesmo ano na aventura *A Torre do Elefante*, mas, nela, Howard apresenta um Conan mais jovem e ainda longe de se tornar rei. Pelas histórias seguintes, o autor se concentrou em narrar as peripécias dessa versão de Conan, que vive aventuras em vários cenários diferentes e apenas sonhava em usar uma coroa na cabeça. Logo ficou claro que os leitores aprovavam (e muito) as histórias do herói esperto, sarcástico e violento, dono de grandes habilidades de luta, que acabava com seus inimigos no fio da espada.

Howard escreveria mais de vinte aventuras de Conan até 1936, ano de sua morte, enquanto também se dedicava a outros personagens e gêneros. Ele escreveu histórias policiais, de terror, faroestes e histórias sobre boxe, entre outras. Devido em parte a sua amizade e admiração por H.P. Lovecraft, famoso escritor de histórias de terror para os *pulps*, Howard incluiu muitos elementos sobrenaturais e assustadores nas aventuras de Conan, com

Herói de Papel

Capa da primeira revista de Conan pela Marvel, por Barry Windsor-Smith

Crônicas Cimérias — A Espada e o Bárbaro

Capa de **The Savage Sword of Conan** *por Earl Norem*

monstros e seres demoníacos que muitas vezes pareciam saídos de contos de Lovecraft. Um produto de seu tempo, as histórias de Howard foram acusadas de racismo ou de misoginia em épocas mais recentes, mas é preciso notar que o autor apenas costumava usar elementos tradicionais dos *pulps*, em um período (quase um século atrás) em que o mundo e as convenções sociais e políticas eram diferentes das atuais. Garotas em perigo, à espera de um herói para salvá-las, e a hostilidade contra inimigos estrangeiros estavam presentes na maior parte da literatura barata da época. Naquela época ainda bastante moralista, as insinuações de erotismo também eram muito usadas nos *pulps* para atrair os leitores e Robert E. Howard não se furtava a usá-las.

Após a morte de Howard, outros autores completaram histórias inacabadas de Conan ou criaram aventuras novas para o bárbaro. Entre os nomes famosos da ficção científica e da fantasia que emprestaram seu talento às histórias do herói, então Steve Perry, Harry Turtledove, Robert Jordan, Poul Anderson, Lin Carter e L. Sprague de Camp.

Embora tenha se tornado um dos personagens mais conhecidos do século 20 e tenha inúmeros fãs ao redor do mundo, Conan e o mundo fantástico em que vivia demoraram a ser considerados dignos de nota por boa parte da sociedade e dos críticos literários. Em 1946, por exemplo, um jornalista do *The New York Times*, Hoffman Reynolds, escreveu uma dura crítica às histórias de Conan escritas por Howard, com o título "Superman em Acesso Psicótico", em que desaprovava a violência das tramas. Nem a comparação com o super-herói da DC Comics era elogiosa, já que à época os gibis eram vistos como um tipo de literatura menor, quase para iletrados. Porém, esse artigo foi quase premonitório, pois décadas depois ficou claro que o bárbaro era um personagem perfeito para ser adaptado aos quadrinhos.

CONAN NOS QUADRINHOS

Conan foi adaptado para o cinema e para a televisão, foi transformado em jogo de tabuleiro e teve diversos videogames. Porém, talvez o meio em que mais prosperou tenha sido o dos quadrinhos.

Ao que consta, a primeira adaptação de Conan para os gibis ocorreu no México, em 1958, quando a editora Corporacion Editorial publicou uma adaptação da história "A Rainha da Costa Negra", de Howard, sem autorização e sem pagar os direitos autorais. Demoraria mais doze anos até que Conan aparecesse novamente nos quadrinhos, desta vez em adaptações autorizadas publicadas pela Marvel Comics.

Curiosamente, Conan quase não foi lançado pela Marvel, que tentou licenciar um outro bárbaro. Em 1970, o editor e roteirista Roy Thomas recebeu do editor-chefe, Stan Lee, e do dono da editora, Martin Goodman, a missão de encontrar uma série literária de aventura que pudesse ser adaptada para os quadrinhos. O problema é que a Marvel poderia pagar apenas o valor de 150 dólares ao dono dos direitos autorais por cada edição de quadrinhos que lançasse. Thomas conhecia pouco da obra de Robert E. Howard, mas achou que Conan seria uma boa opção. Porém, concluiu que os donos dos direitos sobre o personagem nunca aceitariam um valor tão baixo por edição e, por isso, tentou licenciar o personagem Tongor, um bárbaro criado pelo escritor Lin Carter. Este considerou o valor irrisório e recusou a oferta.

No entanto, à época, Thomas começou a ler as aventuras de Conan em coletâneas e se apaixonou pelo material, empolgando também o renomado desenhista John Buscema, que ficou interessado em desenhar a revista se a Marvel a lançasse. O editor resolveu, então, oferecer por conta própria 200 dólares por edição aos licenciantes de Conan, que aceitaram a oferta, para sua surpresa. Com data de capa de

Uma das séries em quadrinhos da Dark Horse

Crônicas Cimérias — A Espada e o Bárbaro

Conan chega à era moderna nos novos gibis da Marvel

outubro de 1970, a Marvel lançou a revista *Conan the Barbarian*, escrita pelo próprio Thomas e desenhada pelo britânico Barry Windsor-Smith – Buscema não assumiu os desenhos inicialmente por ser considerado importante demais para uma série cujo sucesso ainda era uma incógnita, segundo a Marvel.

Thomas e Windsor-Smith captaram bem o espírito de Conan, mesmo se criavam muitas aventuras originais que não traziam a mesma carga de violência, terror e erotismo velado das histórias escritas por Howard. A primeira edição foi um sucesso de vendas, mas as edições seguintes foram perdendo leitores, a ponto de Stan Lee resolver cancelar a série com sua edição de número treze. Roy Thomas apelou ao chefão Goodman e a revista ganhou mais tempo para provar que poderia aumentar as vendas e em pouco tempo conseguiu, tornando-se um dos títulos mais famosos da Marvel, ganhando ainda mais destaque quando Buscema passou a desenhar a revista a partir da edição 25. No total, a Marvel publicou 275 edições regulares e onze anuais de *Conan the Barbarian* até 1993 e a boa aceitação ainda levou ao lançamento, ao longo dos anos, de outras revistas, álbuns e edições especiais do personagem. O maior sucesso entre as publicações da Marvel com o herói surgiu em 1974 com *The Savage Sword of Conan*, título em preto e branco e em formato magazine, que adaptava mais fielmente as histórias de Howard e trazia também histórias criadas especialmente para os quadrinhos. Com roteiros de Thomas e arte de Buscema em sua fase principal, a revista se tornou um enorme sucesso e teve 235 edições lançadas até 1995. No Brasil, a versão nacional da publicação, publicada pela Editora Abril em 1984 como *A Espada Selvagem de Conan*, teve uma aprovação monstruosa, chegando a vender mais de 100 mil exemplares mensais e durou 205 edições.

Em 2003, com a licença em um vácuo após o cancelamento das séries de Conan pela Marvel, a Dark Horse Comics licenciou o personagem e começou a recontar suas histórias. Até 2018, a editora lançou sete séries distintas estreladas pelo bárbaro em uma linha temporal que se propunha a narrar toda a vida de Conan. As séries foram *Conan* (2003, 51 edições), *Conan the Cimmerian* (2008, 26 edições), *Conan: Road of Kings* (2010, 12 edições), *Conan the Barbarian* (2012, 25 edições), *Conan the Avenger* (2014, 25 edições), *Conan the Slayer* (2016, 12 edições), além da minissérie *King Conan* (2011, 24 edições) e diversos especiais. Elogiadas pelos fãs e indicadas a diversos prêmios, as séries da Dark Horse reuniram nomes de peso do mercado de quadrinhos, como os roteiristas Kurt Busiek (*Astro City*), Timothy Truman (*Hawkworld*) e Roy Thomas, assim como os desenhistas Cary Nord (*Demolidor*) e Tony Harris (*Starman*). A Dark Horse também republicou *The Savage Sword of Conan*, da Marvel, em uma coleção de encadernados de 500 páginas.

A Marvel, aliás, conseguiu reaver a licença de Conan em 2019 e lançou novas séries, especiais e minisséries do herói com resultados irregulares. A principal série da Marvel nessa fase foi *Conan the Barbarian*, iniciada por Jason Aaron e Mahmud Asrar, que durou 25 números. De maneira inusitada, a Marvel trouxe Conan para os dias atuais e o reuniu aos personagens Wolverine, Justiceiro, Elektra, Venom e Irmão Vodu em uma série chamada *Vingadores Selvagens*. Em paralelo, outras editoras, como a francesa Glénat e a espanhola DQómics, vêm publicando versões próprias de Conan em quadrinhos.

Ao que parece, as aventuras em papel do bárbaro estão longe de terminar.

Conan no traço do mestre John Buscema

Compartilhando propósitos e conectando pessoas
Visite nosso site e fique por dentro dos nossos lançamentos:
www.gruponovoseculo.com.br

facebook/novoseculoeditora
@novoseculoeditora
@NovoSeculo
novo século editora

Edição: 1
Fonte: Minion Pro e Aller Display

gruponovoseculo.com.br